講談社文庫

仮面の君に告ぐ

横関 大

講談社

一年前

「今日はこれで終わりです。次回は右奥にある虫歯の治療を進めましょう。お大事にどうぞ」

その日最後の患者を送り出し、早田《そうだ》慎介《しんすけ》は立ち上がった。マスクを外しながら、奥のロッカールームに向かう。薬用のハンドウォッシュで手を丹念に洗ってから白衣を脱いだ。隣で着替えている同僚のドクターが話しかけてくる。

「早田さん、これから一杯どう？　近くにスペイン風バルがオープンしたみたいよ」

「今日は無理だね。急いで帰らないといけないから」

「それじゃ仕方ないか」

「悪いね。また今度」

慎介は素早くジャケットを着て、足早にロッカールームを出た。診察室を横切り、待合室の前を通る。まだ数人の患者が会計をしていた。全員が会社帰りのサラリーマンといった様子だ。

「お疲れ様でした」

受付の事務員に声をかけ、慎介は自動ドアから外に出た。広い廊下を歩き、エレベーターの前に立った。

慎介が勤める上杉《うえすぎ》スマイル歯科クリニックは、西新宿の複合ビルの三階にある。一階から三階は商業施設になっていて、四階から十二階までは企業のオフィスだ。二年前に完成した当時は雑誌やテレビでもとり上げられた。有名な飲食店も多数出店しており、昼も夜もサラリーマンやOLたちで混み合っている。

エレベーターで一階まで降りた。一階は主に飲食店が入っているエリアだ。博多に本店があるとんこつラーメン店の前には行列ができていた。ほかの料理店も活気に満ちている。時刻は午後十時を過ぎたところだった。

慎介は雇われドクターだ。今のクリニックには開業した二年前から勤めている。慎介を含めて四人のドクターがいて、朝九時から午後三時までの早番と、午後三時から夜十時までの遅番の交代制をとっていた。特に遅番は残業を終えたサラリーマンなどで平日は混み合う。

以前は別の歯科医院で働いていたのだが、このクリニックに移ったのは正解だったと慎介は思っている。ビルも綺麗《きれい》だし、ランチも旨《うま》いものを食える。ロケーションが完璧だ。そして何より、このクリニックに勤めていなかったら、彼女と出会うこともなかっただろう。

ガラス張りの回転ドアから外に出た。肌寒さを感じて、慎介はジャケットの襟《えり》を立てた。十一月に入り、夜は冷え込むようになった。歩道を歩き、地下鉄大江戸線の都庁前駅に向かう。慎介の自宅は代々木にあり、普段は六本木《ろっぽんぎ》方面行きの電車に乗るのだが、今日は練馬《ねりま》方面行きに乗り込んだ。彼女のマンションに向かうためだ。彼女は東中野に住んでいる。

涌井《わくい》和沙《かずさ》と出会ったのは二年前だった。その日、慎介はオープン前の打ち合わせで開業したばかりの複合ビルに向かい、エレベーターで一人の女性と乗り合わせた。シックなスーツを着ており、いかにも仕事ができそうな女性で、おまけに美人だった。慎介より上の階で働くＯＬだと思い羨望《せんぼう》の眼差《まなざ》しで見ていたのだが、彼女は慎介と同じ三階で降りた。ほどなくして彼女は開業するクリニックで働く歯科衛生士であることがわかり、慎介は心の中でガッツポーズをしたものだった。

かといって彼女との仲はすぐには進展しなかった。開業したばかりのクリニックは目が回るほどの忙しさだったし、こんなに美人なのだから恋人もいるだろうと半ば諦《あきら》めていた。開業して半年後、遅番明けに思い切って飲みに誘うと、意外にもすんなりとオーケーしてくれた。普段はてきぱきと仕事をこなし、あまり無駄話をするタイプではない和沙だったが、面と向かって話してみると意外にも笑い上戸《じょうご》で、楽しい時間が過ぎていった。次の週末に映画を観に行く約束をとりつけ、その一ヵ月後には彼女との交際がスタートした。

なぜ俺の誘いを受けてくれたのか。後日そう訊《き》いてみたところ、彼女は笑って答えた。

波長みたいなもんかな。合いそうな感じがしたのよ。一番最初に行った居酒屋って憶《おぼ》えてる？　店に入るときに靴《くつ》を脱ぐタイプのお店だったでしょ。慎ちゃん、きちんと靴を揃《そろ》えて脱いで、ちょうど私の靴と綺麗に並んでたの。あれを見たとき、何かこの人とは合いそうだなと思ったの。

来月、和沙と入籍する予定だ。彼女の誕生日が十二月だからだ。年末年始はオーストラリアに新婚旅行に行く予定で、年が明けた一月に身内だけでささやかな結婚式を挙げることになっている。

　東中野駅に到着した。長いエスカレーターを上り、地上に出る。今日は彼女の部屋で食事をする予定になっていた。入籍することが決まった二ヵ月前、彼女はクリニックを辞めて、以前働いていた池袋の歯科医院に移っていた。

　遠くでパトカーのサイレンが聞こえた。サイレンは徐々に近づいてくる。サイレンの音が近づいてくるのではなく、自分が近づいているのだと自覚していたが、慎介は何も感じなかった。

　角を曲がると、彼女のマンションの前にパトカーが停車していた。救急車も停まっている。マンションの前には野次馬も集まっていて、慎介は人々をかき分けて前に進んだ。「物騒ね」とか「怖いわ」といった声が耳に飛び込んできた。

　マンションのエントランス付近には警察関係者とおぼしき男たちが動き回っていたが、ここで引き返すわけにはいかない。
　6、0、2とパネルのボタンを押した。すると背後から声をかけられた。振り返るとスーツを着た男が立っている。年齢は四十歳ほどで、強面《こわもて》の男だった。
「六〇二号室の涌井さんのお知り合いですか？」

「ええ、まあ」

「ご家族の方ですか？」

「違いますけど、まあそんなもんです。来月入籍することになってるので。それより何かあったんですか？」

男は答えなかった。オートロックのドアが開き、男が腕を伸ばした。「中へどうぞ」

「教えてください。何があったんですか？」

「私は警視庁の者です。お名前は？」

「早田です。それよりいったい何が……」

男がエレベーターに乗り込んだので、慎介もあとに続く。男が六階のボタンを押してから、前を見たまま言った。

「涌井和沙さんはご遺体となって発見されました。今から一時間前のことです。事件性があることから捜査を開始しました。ご遺体の身許確認をお願いします」

「ご遺体って……」

言葉を探していると、男が無表情のまま言った。

「こちらです」

気がつくとエレベーターは止まっていた。一歩前に踏み出そうとして、慎介はバランスを崩して膝《ひざ》をついた。段差につまずいたのではない。膝が小刻みに震えていて、自分の足でなくなってしまったようだ。「大丈夫ですか」という声が頭上で聞こえ、慎介は膝に手を置いて立ち上がった。

「だ、大丈夫です」

そう言ってみたが、全然大丈夫ではなかった。夢の中を彷徨《さまよ》っているように現実感がなかった。

クリーム色に統一された廊下を歩く。和沙の部屋のドアは開け放たれ、紺色の服を着た男たちが出入りしていた。隣で刑事が説明した。

「第一発見者はマンションの管理人です。犬の鳴き声がうるさいと六階の住人から苦情があったので、様子を見に来たようです。廊下に犬がとり残されていました。涌井さんの飼い犬でした。ドアのロックがかかっていなかったようで、管理人さんは不審に思って……」

刑事の言葉は耳を通り抜けていく。慎介は立ち止まり、ドアの中に目を向けた。和沙が普段履《は》いているオレンジ色のサンダルが置かれていた。量販店で一緒に買ったものので、慎介はブルーの色違いを持っている。廊下の奥はリビングで、そこに和沙らしき女性が横たわっていた。白いシーツで覆《おお》われている。

「か、和沙……」

カメラを持っていた男が、顔を覆っていたシーツをめくった。その次の瞬間、慎介は叫び声を上げてその場にくずおれた。

十日前

目を覚ますと、最初に見えたのは白い天井だった。ここはどこだろう、と涌井和沙は考える。私、何してたんだっけ？　そうだ。マンションに帰ったんだ。今日は慎介が自宅に来ることになっていた。途中のスーパーで夕飯の買い出しをして、自宅に戻ったのだ。そして――。

左手の手首に違和感を覚え、目を向けると手首に包帯が巻かれていた。そこからチューブが伸びている。点滴だ。ここは病院なのか。しかし病院に運び込まれた記憶はまったくない。知らぬ間に倒れ、運び込まれたということだろうか。

ベッドの脇に小さな棚が置いてあり、その上に時計があった。時刻は午前十時だった。柔らかな日差しがカーテン越しに差し込んでいる。一人部屋のようで、病室には和沙が寝ているベッドが置かれているだけだ。

体を起こしてみようとしたが、背中がベッドに貼《は》りついてしまったように動かない。筋肉痛に似た痛みだ。背中から腰にかけて、筋肉が固く強張《こわば》っているのがわかった。痛みをこらえて、何とか上体を起こす。首を回すと、痛みと同時に心地よさを感じた。徐々に全身へ血流が巡っていく。

どういう経緯で病院に運び込まれたのか、どうしても思い出せない。買ってきた食材を冷蔵庫に入れたことは憶えている。グラタンを作ろうと思っていた。慎介が好きなエビをたくさん入れたグラタンだ。そうだ、インターフォンが鳴ったのだ。それから玄関に向かおうとして——。

「モリさん」

病室の入り口に女性の看護師が立っていた。私と同じ年くらいだろうか。ふっくらとした人のよさそうな感じの看護師だ。間違ってこの病室に入ってきたのだろう。隣の病室にモリという患者がいるのかもしれない。

「モリさん、どこか痛いところはありますか？」

看護師は病室に入ってきた。まっすぐベッドの脇までやってきて、和沙の顔を見た。看護師の表情には驚きの色が混じっていた。

「今、先生は別の患者さんを診察中です。終わり次第、すぐに駆けつけてもらいます。それまでの間、安静になさってください。くれぐれも無理はしないことです」

そう言いながら看護師は布団の乱れを直してくれた。完全に私をモリという患者だと勘違いしているらしい。そそっかしい看護師だな、と和沙は小さく笑ったが、その笑みが凍りついた。

ベッドの上にネームプレートが挟まれていて、そこには『森千鶴《もりちづる》』と書かれていた。このベッドに寝ているのは私だけだ。私は涌井和沙だ。森千鶴ではない。

何が起こったのか。何が起きているのか、まったくわからなかった。とにかく慎介と連絡をとりたかった。彼に事情を聞けば、すべてがはっきりするはずだ。しかしその方法が思い浮かばない。スマートフォンはどこにあるのだろう。

「あ、あの……」

声が出ない。口の中が渇いてしまっている。わずかな唾《つば》をごくりと飲み込み、和沙は言った。

「お水を……ください」

「わかりました。少しお待ちください」

看護師は病室から出ていった。一人きりになると、途端に心細くなってくる。そもそも私はなぜ入院しているのだろう。重い病気なのだろうか。

看護師が病室に戻ってきて、吸い飲みを渡してくれた。直接吸い飲みに口を当て、一口飲む。水分が喉《のど》を滑り落ちるのを感じる。

「落ち着いてくださいね、森さん。ゆっくりお飲みください」

もう一口飲んだところで、違和感を覚えた。吸い飲みを持った自分の手だ。何かいつもと違う。いつもつけていたはずの婚約指輪がないからではなく、別の何かだ。私の手の指はもっと細く長かった。人差し指の付け根を見て、はっとした。そこにあるはずの小さな黒子《ほくろ》がない。

思わず吸い飲みを落としていた。布団の上に落ちた吸い飲みから水がこぼれた。看護師が慌てて拾い上げたが、お礼の言葉をかける余裕もなかった。

「か、鏡を貸してください」

そう言いながら、自分の声まで変わっていることにようやく気がついた。私の声ではない。

看護師がベッド脇にある棚を開けて、そこから手鏡をとり出した。渡された鏡を持ったが、それを持つ手が震えていた。

すぐに見る気になれなかった。鏡を見てしまったら、大変なことになるだろうという予感があった。しかし見ないわけにはいかなかった。私は、いったいどうなってしまったのか。

大きく深呼吸をしてから、鏡を自分の顔の前に持っていく。耳元で看護師の声が聞こえた。

「一年振りですもんね。でも心配ありません。ここに入院されたときからお変わりありませんよ」

驚きで声も出ない。意識が遠のいていくのを感じた。これは夢だ。悪い夢に決まっている。

鏡に映っていたのは、見たことのない、他人の顔だった。

※

大きな台車で運ばれてきたのは、すべてビールの詰まった箱だった。慎介はうんざりした気分になり、ビールの箱を持ち上げて、作業台の上に置いた。作業台にはパートの女性たちが待ち構えていて、それをラッピングしてからベルトコンベアに載せていく。慎介は重心を低くして、できるだけ腰に負担がかからぬよう、次々と台車から作業台へとビールの箱を運んだ。

ここは練馬区旭丘《あさひがおか》にある関東物流センターという会社だ。会社というより、外観は完全に倉庫だった。慎介がここで働き始めてから、二ヵ月が経過していた。

次の台車がやってきて、そこにもビールの箱が大量に載せられている。午前中で終わればいいのだが。慎介は暗澹《あんたん》たる気分になった。慎介は数人の男たちと一緒に、次々とビールの箱を運んだ。

この物流センターは大手百貨店と契約しており、普段は正規社員とパート従業員、合わせて五十人ほどが働いている。しかし年に二回だけ、大量のパート従業員を雇い入れる。お中元とお歳暮の時期だ。百貨店で注文された品々が運び込まれ、ここでラッピングされてから全国各地に配送されていくのだ。今は十一月の後半でお歳暮シーズンに突入しつつあり、従業員も二百人以上に膨《ふく》れ上がっている。

つらい肉体労働だが、その分時給もいいので、募集すれば人は集まるようだ。ただしお歳暮要員として雇われたパートは若者が多かった。この近所の大学生にとって、短期で集中して稼げるバイトとして認知されているらしい。

「俺、将来お歳暮贈ることになっても、絶対にビールはやめよ」

「うん、俺もそう思う」

近くにいた大学生バイトの会話を聞き、慎介も心の中でうなずいた。同感だ。気ままなフリーの歯科医師として働いてきたので、お中元やお歳暮をあげたり貰ったりしたことはあまりなかった。たしかにビールを貰えば嬉しいだろうが、それを物流センターで運ぶ人間の身になって考えたことなどなかったし、そういう仕事を自分がすることになるとは思っていなかった。

昼の休憩時間が始まるブザーが倉庫内に響き渡った。作業をしていたバイトたちが手を止めて、それぞれ休憩に入っていく。ベルトコンベアの音が止《や》み、倉庫内は静かになった。

慎介は三階にある食堂に向かった。日替わり定食を注文し、トレイに載せられた定食を持って席を探す。席はほとんど埋まっていたが、空いている席を何とか見つけて、そこに座った。

日替わり定食は豚肉の生姜焼《しょうがや》きだったが、ゆっくりと味わうことなく黙々と口に運んだ。何かを食べて旨いと思うことは最近はほとんどない。食事とは栄養の補給に過ぎない。

五分ほどで食べ終え、トレイを返却口に片づけてから食堂を出た。食堂を出たところが休憩室になっていて、ベンチが何台も置かれている。食事を終えて休憩している者もいるし、パンなどの軽食を食べている者もいる。慎介は自動販売機でペットボトルの緑茶を買い、ベンチに座った。

「早田さん、明日の夜って空いてる？」

緑茶を一口飲んだところで頭上から声をかけられた。顔を上げると一人の男が立っている。青いエプロンをしていた。慎介のエプロンは黒だ。

「空いてるけど」

「仕事終わったら飲みに行こうよ。いいだろ？」

「ああ、いいよ」

「決まりだ。終わったら待ってるよ」

男はそう言い残して立ち去っていった。青いエプロンは正規社員で、黒いエプロンはパートが着用することになっていた。お歳暮要員として雇われたパートは緑色のエプロンだ。今、休憩室を見回しても緑色のエプロンが大半を占めている。

さきほど話しかけてきた男は竹内《たけうち》という正規社員だ。これまでに三回ほど飲みに行ったことがある。面子《メンツ》は大体決まっていて、竹内のほかに及川《おいかわ》という二十代の若者が一緒だった。

二人とも今どきの若者で、髪を茶色に染め、ピアスをつけていた。たまに仕事をサボって煙草《たばこ》を吸っていたり、体調不良を理由に二人揃って仕事を休むこともある。センター長から目をつけられている連中だ。

前のベンチに女が一人で座っていた。ほっそりとした女性で、やや吊《つ》り目だが美人といえる顔立ちだった。緑色のエプロンなので、お歳暮要員だとわかる。彼女は本を読んでいて、ちょうど角度的に本のタイトルが見えた。歯科助手のガイドブックだった。

女性が顔を上げた。視線が合い、慎介は慌てて目を逸らした。女性が立ち去る気配がしたので、再び視線を戻すと、彼女が座っていたベンチにスマートフォンが置きっぱなしになっている。

女性を探すと、休憩室から出ていく後ろ姿が見えた。ベンチの上のスマートフォンをとり、追いかけた。

「これ、忘れ物」

追いついて背後から声をかけると、女性が振り向いた。スマートフォンを手渡すと、女性は小さく頭を下げた。

「ありがとうございます」

女性は頭を下げて、そのまま階段の方に向かって立ち去っていく。

音が聞こえた。音がした方向に顔を向けると、そこは喫煙室だった。ガラス張りの喫煙室の中で、さきほど話しかけてきた竹内が煙草を片手にガラスを叩いていた。及川の姿も見える。二人ともニヤニヤと笑っていた。彼女と話していた場面をからかっているようだ。

ぎこちない笑みを返し、慎介は休憩室に戻った。喫煙室に背を向けて、ベンチに座る。

竹内と及川は積極的に付き合いたい連中ではないが、ああいう奴らこそ情報を持っているような気がした。だからこちらから話しかけ、飲みに誘い、いつも気前よく全額支払った。金払いのいい、年上のパートを演じた。

あの男を見つけるためなら、何だってやる。慎介はそう決意していた。

練馬区桜台《さくらだい》にあるアパートに帰宅したのは、午後八時を過ぎた頃だった。今日もくたくただ。最初のうちはアパートに帰ってきたら泥のように眠り、翌朝痛みをこらえて出勤するだけの毎日だったが、最近はようやく慣れてきた。

足元で犬が鳴いていた。和沙が飼っていたソラという名のトイプードルだ。ソラを抱き上げ、胡坐《あぐら》をかいて座る。こうしてソラと戯《たわむ》れていると、幾分癒されるような気持ちになってくる。ソラは飼い主が殺されたことなどまったく知らずに、クリクリした目を慎介に向けていた。

一年前、和沙は殺された。帰宅した直後、部屋に侵入した何者かによって殺害された。死因は心臓を刺されたことによるショック死だった。

和沙の自宅マンション一階に備え付けられた防犯カメラに、宅配業者を装った男の姿が映っていた。時刻は午後七時過ぎで、和沙が殺害された時間帯だった。警察は男が事件に関与している可能性が高いと考えたが、男の素性はわからなかった。

事件発生から一週間後、一人の男が捜査線上に浮上した。名前は谷田部彰《やたべあきら》。練馬の物流センターに勤める二十九歳の男で、背格好も防犯カメラに残された男に近かった。

谷田部は池袋に住んでいる自称シナリオライターで、パートの仕事で食い繋《つな》ぎながら、シナリオのコンクールなどに応募していた。和沙の勤める歯科医院での受診歴もあることから、谷田部は和沙のストーカーであったのではないかと警察は推測した。事実、谷田部の自宅から和沙の写真が何枚か押収されていた。どれも遠くから隠し撮りされた写真だった。

俺と彼女は付き合っていた、というのが谷田部の弁だった。谷田部なる男の存在など慎介は知らなかったし、和沙から聞いたこともなかった。和沙のスマートフォンにも谷田部のメールアドレスはおろか、携帯番号も登録されていなかった。

動機は倒錯したストーカー心理。警察はそう考え、谷田部を追及した。が、谷田部が犯人であることを示す確たる証拠が出てこなかった。状況証拠が揃っているだけで、谷田部の犯行である証拠が一切見つからなかった。

一人暮らしの歯科衛生士――しかも入籍間近の女性が惨殺された事件を、マスコミは大きく報じた。どこかから洩れた和沙の写真がネットに流出し、拡散した。慎介の自宅マンションも割り出され、何度もマスコミが押しかけてきたし、電話も鳴り続けた。嵐の中にいるようだったが、慎介の心は冷え切っていた。ただただ、事件が解決されることを祈った。

しかし慎介の希望は打ち砕かれた。証拠不十分で警察は谷田部を釈放したのだ。そんな馬鹿な話があるか。慎介は憤《いきどお》ったが、どうすることもできなかった。

釈放された谷田部の姿が、大衆紙に掲載されたことがある。谷田部がアパートから出てくる姿を捉えた写真で、フードをすっぽりと被《かぶ》っていたが、その口元は笑っていた。嘲笑《あざわら》っているかのような笑みだった。

三ヵ月がたち、さらに半年が過ぎても谷田部に繋がる証拠は見つからなかった。慎介は悶々《もんもん》とした日々を過ごした。そんなある日、警察が訪ねてきて、捜査員の数を縮小すると告げられて愕然《がくぜん》とした。警察なんて当てにならないと思い知った瞬間だった。

警察が何もしないなら、自分で行動するしかない。谷田部を見つけ出し、直接話を聞くのだ。馬鹿なことだと頭ではわかっていたが、事件が解決しなければ安らかな日々は訪れないと思った。

警察は谷田部の居場所を慎介に教えようとしなかった。興信所に頼もうかと考えたが、他人を信じることができなかった。信じられるのは自分だけだった。

谷田部が練馬にある物流センターで働いていたことはわかっていた。履歴書を持参すると、すんなりと採用された。谷田部はすでに退職したあとだったが、彼に繋がる手掛かりが欲しかった。二ヵ月がたった今、まだ谷田部に繋がるものは何もない。

「そろそろ寝ようか、ソラ」

慎介はソラを抱き上げ、床の上に立たせた。ソラは床の匂いを嗅ぎながら、部屋の隅に敷いてあるマットに向かい、そこに寝転んだ。

和沙の死後、彼女の両親とは葬儀などで何度も顔を合わせた。和沙の父親は横浜市内で二つの歯科医院を経営しており、いつかは慎介にその経営を委ねたいと思っていたようだ。気を落とすんじゃないぞ、慎介君。顔を合わせるたびに慰めの言葉をかけてくれるが、まだ彼自身が娘の死のショックから立ち直っていないのは明らかだった。

壁を見る。そこには大衆紙に掲載された谷田部の写真が貼られていた。顔の部分だけを拡大したものだ。

その額には画鋲《がびょう》が突き刺さっている。

九日前

「……検査の結果ですが、異常はありません。脳波の状態も正常です。一年間も眠っていたわけですから、心配なのは体力面です。少しリハビリなさってから退院するのがいいでしょう」

初老の医師が説明していた。もっとも、医師は和沙にではなく、森千鶴なる女性に向かって話しかけている。

夢ではなかった。一夜明けても混乱は続いていた。自分が涌井和沙ではなく、森千鶴なる女性になってしまったのだ。顔も体型もまったく変わっている。以前の私とは完全に別人だ。

ただ、意識だけは昔と変わらなかった。私は涌井和沙。そう断言できる。子供の頃からの記憶は全部、頭の中に残っている。そこに森千鶴という女性のものは微塵《みじん》もない。私は私。涌井和沙だ。

この奇妙な現象をどう解釈すればいいのか、和沙にはわからなかった。怖くて誰に相談することもできない。頭がおかしくなったと思われるだけだろう。どうしようもない不安に怯《おび》えて昨夜はほとんど眠ることができず、枕を涙で濡らしてしまった。

「今日からは点滴も必要ありませんね。よく嚙《か》んで、お食事をとってください。また午後になったら診察します」

初老の医師は病室から出ていった。看護師も出ていったので、和沙は病室で一人きりになる。和沙は途方に暮れていた。

目が覚めたら、自分が別人になっていた。そんなことがあるのだろうか。いや、映画や小説の世界ならまだしも、現実として聞いたことがない。なぜ私は涌井和沙ではなく、森千鶴なる女性になってしまったのか。

入れ替わり。その可能性は昨夜も考えた。私の心と、森千鶴という女性の心が入れ替わったのだ。となると今、涌井和沙の体には森千鶴の心が宿っているはずだ。森千鶴の心を持った私の体は、どこにあるのだろうか。彼女もこの状況に戸惑っているのだろうか。

目を覚まして以来、たまに看護師が様子を見に訪れるが、「私は森千鶴じゃありません」と何度言おうと思ったかわからない。そのたびに和沙は言葉を飲み込んだ。どうせ笑われるだけだと思ったし、たとえ信じてくれたとしても、待っているのは精密検査だろう。今は一刻も早く、慎介に会いたかった。彼ならば私の話すことを信じてくれるのではないか。そう期待するしかなかった。

ベッドサイドの棚にテレビのリモコンがあったので、電源をオンにした。テレビに映ったのは午前中のワイドショーだった。しばらく見ていると、もうすぐ就任一年になろうとしているアメリカ大統領の過激な政策について、コメンテーターたちが意見を述べていた。

この大統領が就任した記憶が和沙にない。女性候補と熾烈《しれつ》な選挙戦を戦っていたはずだった。てっきり彼は負けると思っていたが、本当に大統領に就任してしまったらしい。一年間の記憶が抜けていることを痛感させられた。

「森さん、よろしいですか」

廊下から声が聞こえ、女性の看護師が病室に入ってきた。昨日、和沙が長い眠りから目を覚ましたとき、最初に会った看護師だ。彼女が和沙の——森千鶴の担当らしい。

「弟さんがお見えになってます。入ってもらってよろしいですね」

「えっ？　弟、ですか？」

「昨夜連絡したんです。もうお見えになってますよ」

看護師がいったん病室から出た。森千鶴に家族がいるのは当たり前だ。あまりに急なので心の準備ができていない。どうしたものかとベッドの上で呆然としていると、看護師に連れられて男性が病室に入ってきた。

「私は失礼しますね。ごゆっくり」

和沙は男性をちらりと見る。年齢は二十歳前後で、度の強い眼鏡をかけていた。ブルーのジーンズに黄色いダッフルコート、赤い帽子という信号機のような服装だった。帽子からはみ出た髪はボサボサだ。

男性は何も言わず、困惑した表情で病室を眺めていた。挙動不審だ。目が完全に泳いでいる。

「座ったらどうですか？」

思わず敬語で話しかけてしまい、あっと思って言い直す。

「座って」

「どうも」

小さくお辞儀をして、男性は窓際にある椅子《いす》に座った。男性はテレビに目を向け、何も言わないまま画面を見ていた。アメリカ大統領の特集はまだ続いている。

男性は何も話そうとしない。森千鶴の弟らしいが、和沙にとっては初対面だ。名前も知らないので、話しかけようがない。ほかに家族はいるのだろうか。どこに住んでいるのだろうか。訊きたいことは山ほどある。

「じゃあ俺はそろそろ」

五分ほどテレビを見ていた森千鶴の弟が立ち上がった。もう帰ってしまうのか。驚く半面、安堵《あんど》していた。見ず知らずの男性と同じ病室で過ごすのは気が重い。もともとあまり会話のない姉弟だったようだ。

病室を出ていく森千鶴の弟を呼びとめた。

「あの、ちょっといいですか？　あっ、ちょっといいかしら」

森千鶴の弟が振り向いた。怪訝《けげん》な目つきで和沙を見ている。

「私の貴重品、どこにあるか知ってる？　お財布とかケータイとか」

彼は何も言わず、黙って窓際まで歩いた。テレビの下の棚を開け、中から小さな箱を出した。ホテルや旅館で見かける貴重品入れだ。彼はダイヤル式の暗証番号を揃えて、棚の上に置いた。

「ありがとう」

森千鶴の弟は無言のまま病室から出ていった。ベッドから降り、スリッパを履いて貴重品入れの中を見た。

茶色い革製の長財布とスマートフォン、それから腕時計が入っていた。白いG-SHOCKだ。財布の中には一万円札が一枚と小銭が少々入っているだけだ。腕時計は動いているが、故障しているのか日付を示す数字が間違っている。文字盤の数字は『9』だったが、今日は九日ではない。スマートフォンの電源を入れると、電池は半分残っていた。

腕時計を左の手首に嵌《は》めた。男性用のG-SHOCKなので、つけた感じがややごつい。午前十時になろうとしていた。カーテンの隙間から窓の外を覗いてみる。ちょうど病院のエントランスが見え、そこにはバス停やタクシー乗り場が見えた。ここが都立大塚記念病院という名称であることは、今朝トイレのために外の廊下を歩いたとき、案内看板を見てわかっていた。

これは夢なのだろうか。まったく別人になってしまうなんてことが起こるはずがない。試しに腕をつねってみると痛みを感じる。わけがわからないが、ここに居ても何もわからないままだろう。

　ここから立ち去ることは心細い。大海に出る小舟に乗った心境だ。とにかく私は一刻も早く、慎介に会わなければならない。

※

お歳暮用のギフトを運び続ける。今日もその繰り返しだった。サラダオイルやハムの詰め合わせを延々と運びながら、日本人はお歳暮とお中元の風習を止めるべきだと本気で思ったりもした。休憩を告げるブザーが鳴ったので、慎介は軍手を外してトイレに行った。用を足してから自販機でジュースを買い、階段の脇にあるベンチに座る。午前十時と午後三時の二度、それぞれ十五分の休憩時間が設けられている。ぶっ通しで働くにはきつい仕事だ。

　階段を降りてきた女性が、慎介の隣に座った。ちらりと横顔を見て、昨日の昼休憩のときに見かけた女性だと気がついた。彼女が忘れたスマートフォンを慎介が届けたのだ。女性もこちらに気づいたらしく、小さく頭を下げて言った。

「昨日はありがとうございました」

「いえ、どういたしまして」

会話はそれで終わった。女性は膝の上で本を広げて読み始めた。昨日と同じ、歯科助手になるためのガイドブックだった。

慎介が歯医者になろうと思ったきっかけは、母の存在だった。慎介が三歳のときに両親は離婚し、慎介は母に育てられた。母は歯科衛生士の仕事をしながら、慎介を育ててくれた。だから歯科医というのは慎介にとって身近な存在で、いつしか歯医者になりたいと思うようになった。母は今も千葉市内にある歯科医院で働いている。今年で五十五歳になるが、まだまだ現役だった。

「通信講座で資格をとった方がいい」

思わず言葉を発していた。女性が怪訝《けげん》な視線を向けてきたので、取り繕《つくろ》うように慎介は言った。

「いや、歯科助手になりたいなら、通信講座で資格をとった方が早いと思うんだよ」

予防処置や診療補助をおこなう歯科衛生士と違い、歯科助手には国家資格はない。誰でも歯科助手になれる。ただし民間の資格はあり、今は通信講座で取得することができる。歯科助手の仕事内容は受付や診療のための雑務全般だ。

女性は警戒する目で慎介を見ていた。意志の強そうな目は、どことなく和沙を思い出させる。

「俺、歯科医師だったんだよ。一年前まで」

女性が首を傾げて、訊いてきた。

「歯医者の先生が、なぜここに？」

「いろいろあってね。歯科助手の経験はあるの？」

「ありません」

女性が首からぶら下げた名札を見る。『梶山美咲《かじやまみさき》』と書かれていた。彼女の胸の膨らみが見え、視線を逸らして慎介は言った。

「歯科助手というのは思った以上にハードな仕事だよ。特に初心者には大変な世界だ。専門用語が飛び交うし、異次元に来たように感じる子も多いようだ」

ずっと雇われドクターとして働いていたが、採用されても数ヵ月で去っていく歯科助手を何度も見てきた。歯科医院というのは基本的に狭い。給湯室や更衣室のような設備を備えている医院は少なく、スタッフ同士が愚痴《ぐち》をこぼし合う場所もない。ストレスが溜《た》まり易い職場だ。

「質問してもいいですか？」

梶山美咲が訊いてきたので、慎介はうなずいた。

「いいとも」

「私みたいな未経験者はどういうクリニックを狙ったらいいんでしょうか。未経験者歓迎と謳《うた》っているところでしょうか」

「強いて言えば、開業狙いかな」

「これからオープン予定の？」

「そう。経験者を欲しがる歯科医師と、欲しがらない歯科医師がいる。経験者のメリットは最初から戦力として計算できるからだ。でもデメリットもある。以前勤めていた経験で、治療に口を出してくる子もいたりする」

前のクリニックではこうやって薬を並べていたんですけど。そんな風に言われると、歯科医師としてムッとする場合もある。

「新規にオープンする歯科医師というのは比較的若いドクターが多い。スタッフと一緒に成長していきたい。患者を増やしていきたい。そういう夢がある。もし俺が小さな歯科クリニックを始める予定で、歯科助手を一人雇うんであれば、俺は未経験者を選ぶね。もし二人雇うなら、一人は経験者でもう一人は未経験者だ。でもこれは俺の考えだから、すべてのドクターがこう思ってるわけじゃない」

「なるほど。勉強になります」

階段を降りてくる足音が増えてきた。そろそろ休憩時間が終わる頃だ。美咲が立ち上がり、丁寧に頭を下げて言った。

「ありがとうございます。またお話を聞かせてください」

立ち去っていく美咲の後ろ姿を見送る。身長は和沙より高く、百六十五センチほどだろうか。痩《や》せているが、胸は大きそうだ。

慎介は首を振った。和沙が殺されて以来、性的なことを考えたことはない。女性を見ても何も感じなかった。女性のことをそういう目で見てしまったことは久し振りだ。

だが、人とまともに会話をしたことが単純に心を上向きにさせていた。休憩の終了を告げるブザーが鳴ったので、慎介はジュースを飲み干して立ち上がる。梶山美咲の横顔がちらりと脳裏をよぎったが、それを振り払うようにして歩き出した。

※

駅の構内を歩くことがこれほど心細いと思ったことは初めてだった。

和沙はJR新宿駅の構内にいた。入院着のため、人の視線が気になって仕方がない。ついつい伏し目がちになり、背中を丸めて歩いてしまう。そのお陰で何度も前から歩いてくる通行人にぶつかってしまう始末だった。

病室から抜け出すのは簡単だった。看護師の目を盗んで病室から抜け出し、一気に階段を駆け下りて一階のロビーから外に出た。停車していたタクシーに乗り込み、「一番近い駅まで」と告げると、ものの数分でJR大塚駅に辿り着いた。そこから山《やま》手線《のて》に乗り、新宿駅で降りたのだ。

西口から外に出た。ファストファッション店の看板が見えたので、和沙はそこに入った。入院着のまま外を歩くのは恥ずかしい。店内に入った和沙は、細身のジーンズとコットンのカットソー、それから一番安いダウンジャケットとスニーカーを購入した。ここで着替えたい。店員にそう告げると、試着室に案内された。

試着室の中には大きな鏡があり、そこで初めて和沙は自分の体を見た。落胆した。自分が映っているのではないか。そう期待していたが、やはり鏡に映っているのはまったくの別人だった。

身長は百六十センチくらいで、痩せている。髪は肩にかかる程度で、以前の和沙よりだいぶ短かった。地味な顔立ちだったが、化粧をしていないせいもあるだろう。

どうしてこんな風になってしまったのだろう。眩暈《めまい》を感じながら試着室から出た。手に持った袋にはさっきまで着ていた入院着が入っている。最初に見かけたコンビニエンスストアに入り、ゴミ箱に袋ごと捨てた。昨日目覚めたとき、病室にいた看護師の顔を思い出した。ごめんなさい。心の中で謝り、和沙は店から出た。

中央通りを都庁方面に向かって歩く。午前十一時三十分を過ぎており、行き交う人々は誰もが急いでいるように早足だった。京王プラザホテルの交差点を右に曲がれば、かつての職場は目と鼻の先だ。

ガラス張りの回転ドアから複合ビルの中に入る。中央に二階に続くエスカレーターがある。一階と二階は吹き抜けになっていて、二階にはドーナツ状に店舗が並んでいた。和沙は奥に向かい、サラリーマンたちに混じってエレベーターに乗り込んだ。

三階で降りる。一階から二階は主に飲食店が入っていて、三階は洋服店や美容室、それからネイルサロンといった店がテナントとして入っている。美容室の前を通り過ぎると、見慣れた看板が見えてきた。上杉スマイル歯科クリニック。和沙が一年と少し前まで働いていた職場だ。

自動ドアから中に入る。受付にいるのは和沙も知っている女性だった。佐伯美津子《さえきみつこ》という女性で、開業してからずっと働いている。彼女は既婚者なのでプライベートでの付き合いはなかったが、何度か一緒に食事をしたことがある。佐伯さんの隣には知らない女性が立っていた。こちらは新顔だろう。

佐伯さん。そう声をかけたい言葉を飲み込んで、和沙は受付に向かった。新顔の女の子が声をかけてくる。

「こんにちは。今日はいかがなされました？」

「ええと……その……」

完全予約制のため、待合室には一人のサラリーマン風の男性がいるだけだった。和沙は意を決して言った。

「早田先生はいらっしゃいますか？」

「早田先生、ですか……」

女の子は少し眉をしかめた。何か考え込んでいるような顔つきだった。和沙は続けて訊いた。

「遅番でしょうか？　それなら午後になったらまた顔を出しますけど」

「ええと」佐伯さんが隣から口を挟んでくる。「早田先生にどういったご用件でしょうか。差し支えなければ教えていただけませんか？」

こういう質問が来ることはわかっていた。とにかく早番か遅番かわかれば、あとはクリニックの前で見張っていれば慎介と会うことができるだろう。

「早田先生には以前違うクリニックでお世話になってました。その関係で相談したいことがありまして」

「そういうことですか」佐伯さんはうなずいた。しばらく考え込んでいた佐伯さんだったが、やがて顔を上げた。「申し訳ありませんが、早田先生はこのクリニックにはいらっしゃいません」

「どういうことですか？　ほかのクリニックに移ったってことですか？」

「私の口からは申し上げられません」

佐伯さんが困惑気味に頭を下げた。和沙は心の中で佐伯さんに話しかける。佐伯さん、私です。涌井和沙です。慎介はどこに行ったの？　ここを辞めてほかのクリニックに移ったってこと？

電話の鳴る音が聞こえ、新顔の女の子が受話器をとった。「はい、上杉スマイル歯科クリニックです。……はい、ご予約ですか？　ではお名前と……」

どうするべきか。ここで粘《ねば》っていても慎介の居場所を教えてくれることはないだろう。いったん受付の前を離れた和沙だったが、思い直して佐伯さんのもとに戻って言う。

「院長先生はいらっしゃいますか？」

「えっ？　院長ですか」

佐伯さんがさらに困惑した顔つきになり、申し訳ない気持ちで一杯になる。ごめんなさい、佐伯さん。困らせるつもりは全然ないの。私は慎介の居場所を知りたいだけなの。

「申し訳ございませんが、院長は治療中で手が離せません」

佐伯さんが再び頭を下げた。それだけわかれば十分だ。

「ありがとうございます。さえ……」

思わず出てしまった言葉を飲み込み、和沙はクリニックをあとにした。

同じビルの一階にあるハンバーグ専門店。正午を過ぎたばかりだが、店内は半分ほどの席が埋まっていた。店員に一人だと告げると、カウンター席に案内された。数人の男性がすでにカウンター席に座っており、そのうちの一人の男の隣に和沙は座った。

「ご注文はお決まりでしょうか？」

メニューを開き、和沙は注文した。

「ハンバーグステーキを単品でお願いします」

「かしこまりました」

森千鶴の財布の中身は二千円を切っている。ここまでの電車賃と服を買ったお金で八千円以上使ってしまった。本当だったらドリンクだけで済ませたい気持ちはあるものの、ランチどきにそれでは気が引ける。

隣に座った男の顔をちらりと見る。あごに髭《ひげ》を生やした四十代の男性で、今はスマートフォンの画面を眺めている。グレーのスラックスに鮮やかなブルーのシャツを着ていて、ネクタイは締めていない。彼の顔はよく知っている。上杉スマイル歯科クリニックの院長、上杉直也《なおや》だ。

上杉はこの店のハンバーグが大好物であり、二日に一回はここでランチをとることを和沙は知っていた。

「お待ちどおさまでした」

最初に上杉のハンバーグランチが運ばれてきて、そのあとすぐに和沙のハンバーグが運ばれてきた。上杉のライスは大盛りだった。上杉はスマートフォンを置き、ハンバーグを食べ始めた。和沙もナイフとフォークを手にとった。

ハンバーグはほとんど味がしなかった。不安と緊張で味覚が狂ってしまったようだ。昨日から病院食を食べていたせいか、胃が驚いているような気がした。半分ほど食べ、和沙はナイフとフォークを置いた。上杉は一心不乱に食べている。

慎介と上杉はもう十年以上の付き合いだと聞いていた。慎介が初めて勤めた歯科医院で先輩ドクターとして働いていたのが上杉だった。三年前、上杉はこのビルのテナントに進出するに当たり、慎介を一緒に連れていくことに決めた。上杉の実家は福岡で不動産会社を経営しており、彼の資本金はそこから出ていた。このビルへの開業資金は一介の歯科医師が貯金だけでどうにかできるものではない。

上杉が食事を終えようとしたタイミングを見計らい、和沙は話しかけた。

「あの、上杉先生でいらっしゃいますか」

「ええ」紙ナプキンで口を拭きながら上杉が答える。「私は上杉ですが、そちらは？」

「先生のクリニックで治療していただいたことがあります。主治医は早田先生でした」

「なるほど。そういうことでしたか」

上杉の視線を感じた。彼はバツイチで、子供は元妻の方に引きとられている。かつて上杉に食事を誘われたことがあるが、当時はもう慎介と交際していたので断った。

「早田先生には感謝してます。今も先生のクリニックにいらっしゃるんでしょうか?」

「早田なら辞めましたよ」

店員がデザートであるプリンを運んできた。このビルに入った飲食店の多くはランチセットにデザートがつく。舌の肥えたOLたちを納得させるには、デザートは必須だった。和沙は単品で頼んだので、運ばれてきたプリンは上杉の分だけだ。

プリンを食べ始めた上杉に対し、和沙は言った。

「先生、実はお話があって、ここに参りました」

スプーンを止めずに上杉が言う。

「だと思いました。ずっとあなたが私を見てることには気づいてましたから。どういうご用件でしょうか。苦情ですか？　私どもクリニックの治療に文句があるのでしたら、弁護士を通してください」

早々とプリンを食べ終え、上杉が立ち上がろうとした。和沙はそれを制して言う。

「待ってください。私の話を最後まで聞いてください。実は私、早田先生の――慎介兄さんの従妹《いとこ》なんです」

上杉はいったん浮かした腰を椅子に戻した。和沙は続けて言う。

「実は慎介兄さんと連絡がとれないんです。携帯にかけても繋がらないし、困ってるんです。さきほどクリニックの受付の方に話を聞いて、彼がここを辞めたことを知って驚きました。院長先生、彼はどこにいるんですか？」

「従妹ですか。初耳ですね」

上杉が疑惑の視線を向けてきたので、それを真正面から受け止めて答える。

「そうです。早田……早田千鶴といいます。今日は千葉からやってきました。叔母さん、つまり慎介兄さんのお母さんも心配してるんです」

「なるほどね」千葉という具体的な地名を聞き、上杉は和沙の話を信用したようだった。「まあ、あれだけの体験をしたわけだから、彼が落ち込むのは理解できる。彼がここを辞めて、今は何をしてるか僕にもわかりません」

あれだけの体験。それがどういうものなのか、和沙にはわからなかった。上杉に訊きたい気持ちがあったが、今は慎介の従妹を名乗っているため、うっかり尋ねて疑われるわけにはいかなかった。だが、慎介がクリニックを辞めたことが、自分――涌井和沙と関係しているのは勘でわかった。

「彼がどこに住んでるか、おわかりでしょうか？」

「ええ。彼の居場所は知ってますよ」

上杉はスマートフォンを持ち、操作してからテーブルの上に置いた。和沙は紙ナプキンをとり、上杉からボールペンを借りて、画面に記された住所をメモした。練馬区桜台のアパートだった。以前住んでいた代々木のマンションから引っ越したようだ。

「もし早田君に会ったら、戻ってくるならいつでも連絡してくれと伝えておいてください。私は彼の腕を誰よりも買ってるし、できるだけのことをしてあげたいと思ってます。では早田さん、私はこれで」

上杉が立ち上がり、レジの方に向かって歩いていった。和沙は手元にある紙ナプキンのメモを見つめた。クリニックを辞めるほどの事情とはいったい何なのか。早く知りたかったし、一方で知ってしまうことへの恐ろしさもあった。

迷いはあった。今の自分はまったく別人の顔をしているのだ。しかし今は慎介に会いたい。会えば何かわかるはずだ。

会計をしようとして、伝票がなくなっていることに気がついた。上杉が一緒に支払ってくれたようだ。お礼を言おうと立ち上がったが、すでに彼の姿は店内にはなかった。

※

「あの女、絶対早田さんに気があるだろ」

「間違いないね。飯でも誘えば簡単についてくるんじゃないか」

「だな。飽きたら俺たちに回してよ」

慎介は江古田《えこだ》駅南口の居酒屋にいた。大手チェーンの居酒屋で、店内は若者たちで溢《あふ》れ返っている。竹内、及川と一緒に四人がけのテーブルを囲んでいた。まだ夜の八時前だが、すでに二人はビールやサワーを五杯以上は飲んでいる。

「今年のお歳暮要員のナンバーワンはあの子で決まりかな。名前何だっけ？」

「梶山美咲。でも俺はタイプじゃないな。いつもヤマグチたちと一緒にいる子いるじゃん。あの子もいいと思うけどな」

「おお、及川いいセンスしてるねえ。リエちゃんだろ。池袋の短大に通ってるみたいだぜ」

女の話ばかりだった。お歳暮要員として採用された女性パートの品定めをしているのだ。聞いていてもまったく面白くないが、慎介は愛想笑いを浮かべて二人の話を聞き流した。会話の内容は空疎で、女かギャンブルの話ばかりだ。

「でも早田さんはいいよな。何もしなくても梶山美咲と仲よくなれるんだから」

「そうそう。今度あの子と話す機会があったら、飲み会しようって誘ってよ」

「もう話すことないと思うけどな」慎介はそう言いながら生ビールを一口飲んだ。

「ただ忘れ物を渡しただけだ。仲よくなったわけじゃない」

テーブルの上の料理はほとんど食べ尽くされていた。焼き鳥の串が皿の上に転がっている。周囲の話し声がうるさかった。

谷田部彰が練馬の物流センターで働いていたことに間違いはない。しかしまだ彼に繋がる手掛かりを見つけることはできずにいた。竹内たち二人とこうして一緒に飲んでいても、まだ彼らの会話の中には谷田部という名前は出てきていない。

一年前、谷田部は和沙殺害の容疑で取り調べを受け、一時期はマスコミも彼を犯人だと断定するかのような報道をした。ある意味、谷田部は有名人だった。そんな谷田部の話題が二人の中で出ないことに、慎介は違和感を覚えていた。だからこうして飲みたくもない酒を飲んでいる。

「そろそろ帰るか。明日も仕事だし」

竹内がそう言いながらポケットからスマートフォンを出した。画面を見た竹内は、手にしていたスマートフォンを隣に座る及川に渡しながら言う。

「早田さん、俺たち明日の午後休むかもしれない。腹壊す予定だから」

竹内はニヤニヤ笑っている。ズル休みをする。そう宣言しているのだ。

「だから頼んだよ、早田さん。大丈夫っしょ。俺がいなくても」

竹内とは同じ班だ。この繁忙期に正規社員が抜けると班全体に皺寄《しわよ》せが出るが、竹内はそんなことはまったく気にする様子がない。無責任な男だ。

なぜ竹内が急に休むと言い出したのか。今、届いたメールを見たからだろう。送信者とメールの内容が気になったが、それを尋ねるわけにはいかなかった。

「というわけだから明日は頼むね、早田さん」

竹内が伝票を手に立ち上がった。慎介は竹内の手から伝票を奪い、「俺が払うよ」と言って財布を出す。二人は礼も言わずにレジを素通りしていった。

勘定を済ませ、二人を追って店を出た。二人は西武池袋線に乗るため、江古田駅方面に向かって歩いていった。慎介は徒歩で帰れる距離なので、独り歩き出した。

しばらく歩いていると、隣に人の気配を感じた。右を見ると、いつの間にかスーツを着た男が慎介と同じペースで歩いていた。慎介は男に声をかけた。

「尾行ですか?」

「違います。お一人になるのを待っていたんです」

「まだ俺を疑ってるんですか?」

「早田さんへの疑惑は晴れましたよ」

男は室伏幸雄《むろふしゆきお》といい、警視庁の刑事だ。事件が発生した日、和沙の遺体の前まで慎介を案内した刑事だった。今でもたまに顔を出し、捜査状況を報告してくれるが、最初は慎介を疑っていたらしい。別の女性のことを好きになり、婚約者が邪魔になった。そう勘繰《かんぐ》っていたようだ。

「新しい仕事には慣れましたか？」

「ええ、何とか」

室伏は慎介が関東物流センターで働いていることを知っている。おそらく慎介の胸の内も見透かしているはずだ。こうして慎介の前に現れるのも、行動監視の意味合いがあるに違いない。

「早田さん、あまり無茶はしない方がいいですよ。故人もそんなことは望んじゃいないはずだ」

「僕は普通に働いているだけですから」

警察が何もしてくれないから、俺が動くしかないじゃないか。内心そう思ったが、それを口にできなかった。警察への不信はあるが、室伏個人への恨《うら》みはない。むしろ事件から一年がたった今も声をかけてくれる刑事は彼だけだった。

「谷田部は現在も我々の監視下にあり、継続して捜査中です。早田さん、何か新たに思い出したことはありませんか？」

「特に何も」

「そうですか。確たる証拠が出たら、すぐさま彼の逮捕に踏み切ります。そのときは早田さんにも伝えますので」

事件発生から一年がたち、事件は迷宮入りの恐れも出てきている。和沙の部屋から、第三者のものと思われる指紋や毛髪が採取されたが、すべて谷田部のものとは一致しなかった。和沙の部屋に出入りしたことのある者すべてに対象が広げられ、毛髪や指紋との照合作業が今も続いているらしいが、疑わしき人物は特定されていない。

「早田さん、くれぐれもご自愛ください。私はこれで」

室伏が立ち去っていく。彼が角を曲がるまで見送ってから、慎介は歩き始めた。自宅アパートはもうすぐだ。

和沙が生きていた頃、週末は必ず和沙のマンションで過ごした。夕食は交代で作ることに決めており、慎介は和沙が作るエビグラタンが大好きだった。和沙は慎介が作る焼きそばが好きで、本当に美味《おい》しそうに食べていた。レシピ教えてあげようかと慎介が言うと、和沙は首を横に振った。だって私が教わっちゃうと、次から私が作ることになるんでしょ。

自宅アパートに辿り着いた。築三十年を超えた木造アパートで、一階と二階で合わせて八部屋があるが、埋まっているのは三部屋だけという物件だ。慎介の部屋は二階の二〇三号室だ。

階段の一番下の段に人影が見えた。膝を揃えて座り込み、頭を下げている。このアパートの住人を待っているようだ。

慎介が階段に近づいていくと、人影が動いた。髪の長さからして女だとわかる。一瞬だけ顔が見えたが、暗くてよく見えなかった。

「すみませんね」

あまり関わりたくない。体を斜めにして女の隣を通り過ぎる。慎介は足早に階段を駆け上った。

※

気がつくと和沙は見知らぬ町の歩道にいた。どこをどう走ってきたのか、まったく思い出せない。自分を見ていた慎介の顔が頭から離れなかった。

上杉から教えられたアパートは古い木造アパートで、表札も出ていないため、彼がどの部屋に住んでいるのかわからなかった。仕方なく和沙は階段に座り、彼を待つことにした。しかしどれだけ待ってもいっこうに慎介が現れることはなく、いつしか和沙は膝の上に頭を置いて、眠ってしまっていた。

夢を見た。慎介と映画を観ている夢だった。いつも一緒に映画を見始めるのだが、和沙はいつの間にか眠ってしまうのだった。彼の肩に頭を載せ、うつらうつらと眠るのは心地よかった。

眠りから覚めたのは足音が聞こえたからだった。顔を上げると、男の影がこちらに近づいてきた。そのシルエットを見ただけで慎介だとわかった。ずっと同じ姿勢でいたせいか、すぐに立ち上がることができなかった。慎介は階段の手前まで近づいていた。

「すみませんね」

慎介はそう言い、和沙の顔を見下ろした。彼の顔つきを見て、和沙は愕然とした。それはまったくの他人に向けられた、冷たい目だった。まるで道端に転がった石コロでも見ているかのような、無関心な視線だった。

心が一瞬にして凍りついた。彼にそんな視線を向けられたことがないのでショックだった。名前を呼ぼうとしたが、舌が喉に貼りついてしまったかのように動かなかった。

慎ちゃん、私よ。和沙なの。ねえ、慎ちゃん。

そう叫びたい気持ちはあったものの、今の自分は彼にとっては赤の他人だ。顔も体も声も髪型も、何から何まで変わってしまっている。階段を上って彼を追いかける勇気もなく、和沙は発作的に走り出してしまったのだ。

浅はかだった。彼に会えば何とかなると思っていたのが間違いだった。彼にとって、今の私は全然知らない一人の女だ。普通に話しかけても、まともに相手をしてくれるはずがない。

どうしたらいいか、わからなかった。これから私はどうなってしまうのだろう。

後ろからベルを鳴らされ、振り向くと自転車が走ってきた。和沙は歩道の脇に移動して、自転車が通り過ぎるのを待つ。自転車を運転していたのは若い男で、ぼうっとしてんじゃないよと言いたげな顔つきでこちらを見ていた。

こんなに心細い気持ちは初めてだった。そもそも今夜一晩をどこで過ごせばいいのか、それさえもわからないのだ。都立大塚記念病院に戻る。それがもっとも現実的な選択肢だと思うが、病院に戻ったところで事態が好転するとは思えない。

横浜にある実家のことを思い出す。父と母はどうしているのだろうか。私がいなくなったことを心配しているだろうか。

小さな公園があった。ふらふらとした足どりで公園に入り、ベンチに座った。ベンチは冷たかった。ポケットに入っていた財布を出して、中身を確認した。残された金は八百円ほどだ。これではホテルに泊まることもできない。

涙が溢《あふ》れてきた。来たこともない公園で一人、今夜の寝場所を心配している自分がいた。そもそも本当に私は涌井和沙なのか。そんな疑問も浮かんできた。顔も体も別人なのだから、壊れてしまったのは心ではないのか。私は森千鶴という女性で、何かの間違いで涌井和沙だと思い込んでいるだけではないのだろうか。

思いついたことがあり、和沙はスマートフォンを手に持った。電車の中でも触ってみたのだが、パスコードがかけられており、開くことができなかった。入力する暗証番号は四桁の数字だ。

慎介の携帯番号は今でも覚えている。彼に電話をかけてみるというのはいい手かもしれない。たとえば私の――和沙の友人を装うというのはどうだろう。何か情報を得られる可能性もある。

財布に挟まっている免許証をとり出した。森千鶴の顔写真が見える。現住所は大塚になっていた。生年月日がわかったので、彼女の生年月日を入力してみたが、画面は反応しない。

生まれ年を西暦で入力してみたり、彼女の住所の地番を並べてみたりしたが、結果は駄目だった。公衆電話を探そう。最近では見かけなくなったが、どこかにあるはずだ。

そう思って立ち上がったときだった。手にしていたスマートフォンが震え始めた。画面を見ると着信が入っていて、『潤君《じゅん》』と表示されている。電話に出るにはパスコードが必要ないらしい。

潤とは誰だろうか。森千鶴の友人、ことによると恋人かもしれない。和沙は恐る恐る画面をタップしてから、スマートフォンを耳に当てた。

無言だった。相手は何も言わない。和沙は声を出した。

「もしもし？」

すると電話の向こうで男の声が聞こえた。

「姉ちゃん、今どこ？　何やってんだよ」

今朝、病室を訪ねてきた一風変わった青年の姿を思い出す。森潤。森千鶴の弟からの電話だった。

目的のマンションはJR大塚駅北口から出て、北へ一キロほど進んだ場所にあった。和沙は地番を確認し、一棟のマンションの前で足を止めた。四階建てのモルタル塗りのマンションで、一階はコンビニエンスストアになっていた。

森潤と電話で話し、彼のマンションに向かうことに決めた。ここまでの電車賃で所持金は底をついた。今の和沙には森潤のほかに頼る人がいなかった。

エレベーターで三階まで上る。教えられた三〇三号室のインターフォンを押しても、反応はなかった。ドアノブを回すと、施錠されていなかった。「ごめんください」と中に声をかけながら、和沙は部屋の中に入った。

短い廊下があり、その向こうにリビングが見えた。「入って」という声が奥から聞こえたので、「お邪魔します」と和沙は靴を脱ぎ、リビングに向かった。壁側に置かれた机の前に森潤が座っていた。パソコンの画面を眺めている。

綺麗な部屋とは言い難い。壁にはポスターが貼られ、床にはDVDのケースなどが乱雑に置かれている。ポスターはアニメのものだった。潤が見ているパソコンの画面でも、アニメの映像が流れていた。潤はヘッドフォンをつけており、和沙の姿をちらりと見て、「今いいとこだから」とパソコンの画面に視線を戻した。

オタクというやつだろうか。森潤という男について、何一つ情報を持っていない。

やはりここに来たのは間違いだったのかもしれない。彼と話を合わせる自信がなかった。

居心地の悪さを感じながら待っていると、ようやく潤がヘッドフォンを外した。

「ごめん」何から話していいかわからず、和沙は謝った。「急に病院を抜け出したりして……。ここにも連絡あったでしょ？」

「うん。電話があった」

会話はそれで止まってしまう。やはりここから出た方がよさそうだ。森千鶴にとっては弟かもしれないが、涌井和沙にとっては赤の他人だ。

「じゃあ私、帰るね」

「待って」

潤が呼び止めてくる。和沙は足を止め、彼の方を見た。潤は上目遣《うわめづか》いで和沙を見ている。やがて小さな声で言った。

「姉ちゃん、どうしたんだ？」

答えることができなかった。潤が続けて言う。

「どうしちゃったんだよ。なぜ姉ちゃんがここの住所を知らないんだよ。そんなのおかしいだろ」

反論のしようがない。さきほど公園でかかってきた電話で、彼からここの住所を教えてもらっていた。

「やっぱり頭打っておかしくなっちゃったんだろ。病院に行った方がいい。ちゃんと検査してもらうんだよ。じゃないとこのまま……」

「うるさいっ」気がつくと声を発していた。ダムが決壊したように、溜まっていた不安やストレスが口から吐き出される。「私だって何が何だかわからないわよ。森千鶴？　いったい誰よ、それ。私は森千鶴じゃない。この顔も、この体も、私のものじゃないの」

言葉は止まらなかった。気がつくと涙も流れていた。構わず和沙は話し続ける。

「昨日目が覚めたらこうなってたの。わけがわからない。私は涌井和沙。しかも一年もたってたなんて、信じられないわよ。どういうことなのよ。私が聞きたいくらいだわ」

言葉を吐き出してしまうと、幾分心が落ち着いてきた。涙をぬぐい、潤に向かって言う。

「だからあなたのことも全然知らないの。弟だなんて言われてもぴんとこない。だって私、森千鶴じゃないから」

「そんな話、信じられるかよ」

潤が目を大きく見開いて言う。当たり前だ。こんな話を信じてくれるはずがないのだ。やはり病院に戻って精密検査を受けるのが得策なのか。頭を強く打ったなどして、意識に障害が出ているのかもしれない。

「じゃあ証明してみてよ。あんたが俺の姉ちゃんじゃないってことを」

潤が挑むように言う。こちらの話をまるで信じていない口振りだった。和沙は考え込む。私が森千鶴ではないと証明するなんて絶対に無理だ。森千鶴に関する情報が何一つないし、あったとしてもそれを言っても意味がない。

私が森千鶴でないことを証明するのが難しいなら、逆はどうだろうか。私が涌井和沙であることを知ってもらうのだ。

「お願いがあるの。ちょっと口の中を見せて」

「なぜだよ。嫌だよ、そんなの」

「いいから見せて。私が森千鶴じゃないって証明しろって言ったのはあなたじゃない」

しばらく黙っていた潤だったが、肩をすくめてから口を開けた。和沙は潤の口の中を見る。ちょうどデスクの上にスタンドライトがあったので、それを点《つ》けて潤の顔に向ける。

「ええと……右下七番第二大臼歯《だいきゆうし》、左下六番第一大臼歯に虫歯の治療痕があるわね。どちらもメタルインレー。左上五番と六番、それから右上四番が虫歯っぽいわね。C2、いやC3かしら。早めに歯医者に行った方がいいかもしれない」

「もういいって」潤が顔を背《そむ》けた。「どういうことだよ。俺の歯を見て何言い出すんだよ。訳わかんないよ」

「私、歯科衛生士なの。今私が言ったことは間違いじゃない。もし疑うなら今すぐ歯医者に行って。私と同じことを言われるはずだから」

「余計なお世話だよ」

潤がそう言ってそっぽを向く。和沙はスタンドライトを消した。森千鶴になく、涌井和沙だけが持っている知識を披露することしか思いつかなかった。やがて潤がこちらを見て言った。

「マジなのか？」

「そう、マジなの。私はあなたのお姉さんじゃないの」

「まさかそんな話って……」

「お願いだから信じて。そもそも考えてみてよ。こんな話をして誰が得するの？」

潤は答えなかった。思案するように腕を組んでいた潤だったが、やがて顔を上げた。

「つまりあんたは俺の姉ちゃんじゃなくて、心は別の人格ってことだよな」

「信じて、くれるの？」

「たしかにこんな話をして俺を騙《だま》しても意味ないもんな。言葉遣いが微妙に姉ちゃんと違うのも変だ」

和沙は安堵した。ようやく自分の話を理解してくれる人物が現れたのだ。頼りなさそうな若者だが、今は贅沢を言っている場合ではない。「ありがとう」と和沙が礼を述べると、彼は意外なことを言った。

「よくある話だから」

嘘《うそ》だ。少なくとも和沙の周りにこんな体験をした人はいないし、噂《うわさ》で聞いたこともない。潤はなぜか楽しそうに言った。

「フィクションの世界じゃよくとり上げられるモチーフだよ。いわゆる憑依《ひょうい》ってやつだね。霊が乗り移ることだ。ホラー映画でよくあるよ」

霊。さきほど慎介のアパートの前で、彼から向けられた視線を思い出す。冷たい目つきだった。彼には私の姿が――涌井和沙の姿が見えていない。私は幽霊になってしまったのか。

「科学的、医学的にもまったく根拠はない。一種のトランス状態だとも言われてるらしい。あんた、さっき自分の名前言ったよね。何て名前？」

「涌井和沙。漢字で書くと……」

潤はパソコンに向かい、キーボードを打ち始めた。なぜ彼は私の話を信じてくれるのだろうか。アニメオタクなので、日頃から空想の世界にどっぷり浸かっているせいかもしれない。

潤がこちらに顔を向けた。その顔は笑っていない。やや声のトーンを落として潤が言った。

「あんた、死んでるみたい。一年前に殺されたんだよ」

しばらく言葉が出なかった。私は……一年前に死んだ。しかも殺された。悲鳴を上げそうになったが、和沙は何とか歯を食いしばる。ただ、立っていることができなかった。その場に尻をついて座り込んでしまった。

「ショック？」

潤に訊《き》かれたが、答えることができなかった。嘘だ。そんなことがあるはずがない。私が死んだなんて……。

「つまり一年前に涌井和沙は死んで、そのまま姉ちゃんの体に乗り移ったんだよ。あんたが殺された記事もネットに出てるよ。あっ、間違いないね。姉ちゃんの事故とあんたの事件、ちょうど同じ日に起きてるから」

潤の言葉が耳を素通りしていく。自分が死んだという事実を受け入れることができなかった。潤はこちらの気持ちなどお構いなしといった感じで話している。

「あんたを殺した犯人、まだ捕まってないみたい。容疑者はいたらしいけど、証拠不十分で釈放されてるね」

潤がマウスを操りながら言う。和沙はよろよろと立ち上がり、彼の背後からパソコンの画面を覗き込んだ。

涌井和沙。その名前を見た途端、和沙は頭を殴られたような衝撃を覚えた。本当に私は死んだのか。立ち眩《くら》みがして、その場に立っていることができなかった。和沙は床に膝をついた。

「大丈夫？」

潤の言葉に答えず、和沙はうずくまって頭を抱えた。私が死んだ？　しかも殺された？　どうしてこんなことに――。

頭がおかしくなってしまったのか。和沙は自分に問いかけた。私は誰？　森千鶴？　いや違う。私は涌井和沙だ。それだけは絶対に断言できる。この潤という男の子の言う通り、私の心が赤の他人に乗り移ったとしか考えられない。

有り得ない。しかし、認めたくないが、これが現実なのだ。和沙は立ち上がり、覚悟を決めてパソコンの画面に目を向けた。

記事によると、殺されたのは一年前の夜だった。第一発見者はマンションの管理人で、廊下にとり残された犬を保護して不審に思い、和沙の部屋で遺体を発見した。死因は鋭利な刃物で刺されたことによるショック死だった。

記事の続報を見た。池袋に住むフリーターが容疑者として浮上したが、男は取り調べで容疑を否認し、証拠もないことから起訴には至らなかったらしい。

「ネットは便利だよね。男の名前もすぐにわかる」

潤がアクセスしたのは巨大掲示板サイトだった。潤がマウスを操りながら言った。

「谷田部彰。あんたを殺した容疑者。こいつ以外に容疑者はいないようだね」

どこかで聞いたことのある名前だった。記憶を辿っていくと、その名前を思い出した。西新宿の上杉スマイル歯科クリニックに勤める前の話だ。当時、和沙は池袋のある歯科医院で働いていて、谷田部彰はそこの患者だった。

一度だけ、池袋のカフェで顔を合わせて、話しかけられたことがある。そのときは友人と待ち合わせをしていたので、五分ほど同じテーブルで話しただけだった。シナリオだか小説を書いていると話していたことを憶えている。

「ストーカーだったらしい。谷田部って奴の部屋からあんたの写真が押収されたってさ。でもあんた、有名人だね。美人歯科衛生士、殺害で検索すれば、凄い数がヒットするぜ。写真まで出回ってるし」

パソコンの画面に目を向けた。もう五年以上前にスノーボードに行ったときの写真が映っている。ウェアを着て、ピースサインをしていた。こんな写真、いったい誰が……。

「事件発生から一年が過ぎて、いまだに犯人は捕まらない。迷宮入りってやつかもしれないね」

「ねえ」思いついたことがあったので、和沙は訊いた。「私が森千鶴さんの体に乗り移ってるってことは、森千鶴さんの心はどこに行ったの？」

「俺もそれを考えてた。体は生きてるんだから、姉ちゃんは死んでないと思う。あんたが乗り移ったから、一時的にどこかに閉じ込められてるんじゃないかな。いつになったら姉ちゃんの心が甦《よみがえ》るのか、それは俺もわからない」

「お姉さんって、どんな人だったの？」

和沙が訊くと、潤はパソコンに目を向けたまま答えた。

「うるさい姉ちゃんだった。世話焼きで、いつも俺にガミガミ文句言ってた。普段はパン屋で働いてて、いつか自分の店を持ちたいとか言ってたな」

「お姉さん、どんな事故で入院したのかしら？」

「歩道橋の階段で足を踏み外して、そのまま転がり落ちたんだ。通りかかったサラリーマンが発見して、救急車を呼んでくれた。このマンションのすぐ近くの歩道橋。あんたも渡ってきたと思うよ」

さっきこのマンションに来る途中に渡ってきた歩道橋のことだろう。まさかあんな場所で事故に遭うなんて、森千鶴という子もツイていない。

「誰かに突き落とされた可能性があるみたいだけど、姉ちゃんも命は助かったし、警察はそれほど本気で捜査をしてないんじゃないかな」

自分と——涌井和沙と同じだと思った。降って湧いたような不幸に見舞われ、その犯人は捕まっていない。

「ところでさ、あんた何歳？」

「私？　三十一。あっ、違うか。三十二歳。お姉さんはおいくつ？」

「二十六歳。へえ、三十過ぎてんだ。だから話し方がおばさん臭いんだな。姉ちゃんだったらかしらとかおいくつとか絶対言わないし」

会話って凄《すご》いな、と和沙は実感していた。霊となって他人の体に乗り移るなんて、一人では絶対に受け入れることができなかったはずだ。いや、受け入れたわけではないが、こうしてパニックにならずにいられるのは、この森潤という青年と会話をしているからだろう。

私は殺され、森千鶴の体に乗り移った。なぜこうなってしまったのか、それはまったくわからなかった。

※

カップ麵《めん》の蓋《ふた》を剝《は》がし、湯を注いだ。竹内たちと飲んでいたときは、つまみはほとんど口にしなかったので、腹が空いていた。

和沙とはあまり共通の趣味はなかったが、食べ歩きだけが似通った趣味だった。ネットや雑誌で調べ、その店に行くのだ。休みの日はよく二人でランチに出かけた。蕎麦《そば》を食べに長野県まで日帰りで行ったこともある。

味付けの好みは似ていたし、これは旨いとかこれはいまいちとか、そういう点では意見が一致することが多かった。しかし和沙は慎介がカップ麵などを食べることだけは冷ややかな視線で見ていた。

そんなもの食べないで、もっとちゃんとしたもの食べようよ。

和沙はそう言い、カップ麵ではなく生ラーメンを茹《ゆ》で、上に野菜炒《いた》めを載せたラーメンを作ってくれた。あの野菜ラーメンが懐《なつ》かしい。カップ麵を啜《すす》っている今の姿を見られたら、きっと和沙は怒るに違いない。

カップ麵を食べ終えた頃、携帯電話に着信があった。和沙の父親、涌井雅之《まさゆき》からだった。

「早田です。先日はありがとうございました」

「こちらこそ、わざわざ悪かったね。遠いところを来てもらって」

一週間前、和沙の一周忌の法要がおこなわれた。慎介も横浜まで出向いて参列した。親族のみのこぢんまりとした法要だった。一年たったが和沙を失った悲しみから立ち直った者などおらず、涙を流している参列者もいた。

「それで慎介君、例の件だが、考えてくれたかね」

法要のあとに食事会があり、そのときに雅之から提案されたのだ。できれば涌井歯科医院を継いでくれないか、と。

和沙は一人っ子だった。溺愛《できあい》していた一人娘を失った父親の悲しみは理解できた。生きる希望を失い、和沙の両親は途方に暮れていた。雅之は五十代だったが、この一年で急激に老《ふ》け込んだように見えた。雅之は優れた歯科医であると同時に、横浜市内で二軒の歯科医院を開業している有能な経営者でもあった。歯科医院を続ける情熱を失い、自身の経営する二つの歯科医院をそっくり慎介に譲ろうと考えたらしい。

「大変有り難《がた》い話だと思っています。ですがお義父《とう》さん、いや涌井さんはまだまだお若いじゃないですか。引退するには早過ぎます」

「悪い話じゃないと思うがね。すぐにとは言わないが、私の気持ちは固まってる。また線香をあげに来てくれ。君が顔を出してくれると、和沙も喜ぶと思う」

「わかりました。またお邪魔させていただきます」

「頼んだよ。それと次の日曜日だが、東京に行く用事があるんだ。よかったら飯でもどうかな。旨いものでも食べよう」

「申し訳ありません。予定がつくかわからないもので」

「そうか、仕方ないな。また次の機会にしよう」

「お気持ちだけ有り難く頂戴いたします」

通話を切った。カップ麺の残り汁を流し台に捨ててから、慎介はソラを膝の上に載せた。

「ソラ、ごめんな。なかなか散歩に連れていってあげられなくて」

慎介はソラの背中を撫《な》でた。最初この部屋に連れてきたとき、ソラは慣れない環境に吠《ほ》えてばかりだった。しかし今はもう無闇に吠えることはなくなったし、排泄《はいせつ》も用意したトイレマットにきちんとする。和沙は毎日自分のウォーキングも兼ねて三十分は散歩していたようだが、今は三日に一回の頻度だ。

ソラは気持ちよさそうに目を閉じている。一周忌のときに会った、和沙の両親の姿を思い出した。父親は毅然《きぜん》とした態度だったが、どこか小さく見えた。母親はその隣で泣いていた。和沙に似て細面の美人だったが、頭に白いものが混じっていた。

慎介は改めて思った。

あの人たちのためにも、事件は一刻も早く解決されなくてはならないのだ。

※

「本気でここに泊まるつもり？　自分の部屋に行けばいいのに」

潤がそう訊いてきたので、和沙は答えた。

「うん。だって私が勝手に入るのもどうかと思って」

「変なの。自分の部屋なのに」

森千鶴はこのマンションの四階に住んでいるらしい。同じマンションで姉弟別々で部屋を借りるなんて、森姉弟はかなり裕福な家庭の子なのかもしれない。この間取りだと家賃は一部屋十万は下らないだろう。

「じゃあ電気消すぜ」

潤がそう言って電気を消した。すでに深夜零時を回っている。潤は窓際のベッドの上におり、和沙は毛布をかけて床に寝転がっている。

「森君は普段何してるの？　学生さん？」

潤と話しているうちに、かなり心が落ち着いてきた。自分が森千鶴という女性の中に入ってしまったことは認めるしかなさそうだ。しかも自分は死んでしまっているので、元通りになることはない。目の前は真っ暗だが、こうして他人の体を借りて生きているのは事実なのだ。

「森君っていうの、やめてくれないかな」

「わかった。潤君、普段は何してるの？」

「大学生。今は休学中だけどね」

「勉強についていけなくなったとか」

「違う。一年生のときは普通に学校行けてたんだけど、二年生になったときに、急に学校に行きたくなくなった。以来ずっと部屋にいる」

「でもコンビニだけだと不便でしょ。食べものも偏《かたよ》るし」

「たまに近くにある弁当屋に行ったりする。結構旨い弁当屋で、姉ちゃんはそこの唐揚げ弁当が大好きだった。それに今は宅配サービスが主流だからね。それほど不便じゃないよ。最近のカップ麵とか凄い進化してんだぜ」

そういえば慎介もカップ麵が好きだったな。和沙はそんなことを思い出した。たまにどうしても食いたくなるんだよ。言い訳しながら、こそこそと食べていたものだ。

だがいったい、慎介に何があったのだろうか。新宿のクリニックを辞め、あんな古びたアパートに引っ越していた。お金に困っていたという話は聞いていない。

「ちなみに潤君のご両親はどこにいるのかしら。私が目を覚ましたこと、伝えた方がいいのかな」

「両親はいないよ」暗闇の中で潤の声が聞こえる。「俺が三歳、姉ちゃんが八歳のときに交通事故で死んじゃったんだ。俺たちは母さんのお兄さんに引きとられて育てられたってわけ」

「そうなんだ」

「俺は小さかったから、あまり憶えてないんだよ」

森千鶴のことを考えた。パン屋でバイトをしていたという。弟は引き籠《こ》もりで、今は休学中だとはいえ、学費などはすべて姉の千鶴が面倒をみていたのではないか。

「お姉さん、大変ね。仕事をしながらあなたの面倒もみなきゃいけないわけだし」

「そうでもないよ」潤がすぐさま答えた。「このマンション一棟、実は姉ちゃんの名義になってんの。父さん名義だったのを、姉ちゃんが相続したんだよ。だから家賃収入だけで食べていける。こうして俺がのんびりできるのも、全部そのお陰なんだ」

「なるほど」

だからといって引き籠もりの生活を続けているのはどうかと思うが、口に出すのはやめにした。

「一階にコンビニあったの見ただろ。あの後ろに今は小さな美容院がテナントとして入ってる。将来的に姉ちゃんはあそこでパン屋を開くのが夢だったらしい」

「過去形はやめない？　お姉さん、まだ生きてるわけだし」

「それもそうだ」

「お姉さんが働いてたパン屋さんに挨拶に行った方がいいのかな」

「やめた方がいいって。話を合わせるのが大変だぜ」

森千鶴には彼女の培ってきた人間関係があり、彼女が目を覚ますのを待っている人々がいるのだ。霊が乗り移った私が行っても話が嚙み合わず、混乱を招くだけだろう。

「それより姉ちゃん、明日からどうするつもり？」

「私、あなたのお姉さんじゃないけど」

「でも外見は姉ちゃんだし、涌井さんって呼ぶのも変だよ」

一理ある。和沙は天井に目を向けて言った。

「明日ここを出ていくから。潤君に迷惑かけられないしね」

「迷惑だなんて思ってないけどさ、どこに行くつもり？　行く当てなんかないだろ」

「あるわよ」

霊が乗り移った。そうわかった今、開き直りにも似た心境だった。行動あるのみだ。少しでも慎介のそばにいたい。彼がどう暮らしているか、何を考えているか、それを知りたかった。

「あっ、深夜アニメの録画忘れた。姉ちゃん、電気点けていい？」

「いいわよ」

ベッドの上で潤が体を起こす気配を感じ、机の上のライトが灯った。和沙は左手の手首に嵌めていた腕時計を外した。時刻は深夜零時三十分になろうとしていた。日付を示す文字盤は『8』の数字が表示されていた。今朝、病院で見たときは『9』だった。日付が変わって数字が減るなんて、やはり壊れているらしい。事故に遭った際も森千鶴はこの腕時計を嵌めていたはずだ。そのときの衝撃で壊れてしまったのかもしれない。

腕時計を枕元に置き、和沙は毛布にくるまった。目尻に涙が伝うのを感じた。私、死んじゃったのか。そう思うと涙がとめどなく溢れてくる。

しっかりしないと。泣いていても何も始まらない。そう自分に言い聞かせたが、毛布は濡れていく一方だった。

八日前

慎介は物流センターの裏手に車を停めていた。時刻は正午になろうとしている。そろそろ奴らが抜け出してくる頃だろう。

今朝、物流センターに電話をして、体調不良で休む旨を申し入れた。竹内と及川も午後から休むはずなので、他のパートに迷惑をかけることになる。それを考えると胸が痛むが、今日だけはどうしても竹内たちの行動を監視したかった。

慎介の視線の先には物流センターの駐車場がある。大型トラックやバンが停まっているが、その隅の方に黒い軽自動車が停車していた。竹内が最近中古で購入した車で、たまに無断で停めていることを慎介は知っていた。

竹内たちが姿を現した。二人ともくわえ煙草のまま駐車場にやって来て、軽自動車に乗り込んだ。慎介もエンジンをかけた。この車は練馬駅近くのレンタカーショップで借りたものだった。

竹内の車が走り出したのが見えたので、慎介も車を発進させた。尾行などしたことはないが、まさか竹内たちも自分が尾行されているとは思ってもいないはずだ。念のためにマスクをつけ、黒縁の伊達《だて》メガネをかけている。見破られないことを祈るしかない。

目白通りを東に向かって進んでいた。二人が仮病を使って何をしようとしているのか、それを突き止めるのが今日の目的だ。あの二人のことなので、単純にパチンコ屋に行くだけの可能性もある。新装開店の店を狙い、平日に休んで打ちに行くと前に飲んだときに話していた。

南長崎《みなみながさき》一丁目の交差点を左折し、山手《やまて》通りを池袋方面に北上していく。しばらく走っていると竹内の車が減速したので、慎介もブレーキペダルを踏んだ。慎介は竹内の車を追い越し、二十メートルほど前方で停車した。バックミラーで様子を窺《うかが》うと、二人は車から降りてコンビニエンスストアに入っていった。

五分ほどして二人は店から出てきて、再び軽自動車が発進する。慎介もアクセルを踏み、尾行を再開する。

竹内の車は池袋の街に入っていく。交通量が明らかに増え、竹内の車を見失ってしまうのではないかと慎介は危惧した。もしも首都高速に乗られでもしたら、尾行を続けていく自信がなかった。車を運転するのは一年半振りだった。最後に運転したのはレンタカーを借りて和沙とドライブに行ったときだ。

慎介の不安は杞憂《きゆう》に終わり、竹内の車が減速して大きなマンションの地下駐車場に入っていった。十五階ほどありそうなマンションだ。二人のうちのどちらかがここに住んでいるという話は聞いたことがない。周囲を見回すと、通りを挟んだところにコインパーキングがあったので、そこに車を入れることにした。

コインパーキングに車を入れ、シートベルトを外した。フロントガラスの向こうにマンションが見える。エントランスも一望できるので、見張りにはうってつけの場所だ。カーナビを見ると、このあたりは西池袋だった。

ポケットの中で携帯電話が震えていた。着信の相手は上杉直也だった。

「早田か。俺だ、上杉だ。久し振りだな」

「ご無沙汰してます」

上杉と話すのは半年振りだ。和沙の死後、慎介はしばらくクリニックを休んでいた。結局復帰しないままクリニックを辞めた。そのときに会って直接話したとき以来だった。

「実は昨日、お前の従妹が俺を訪ねてきた。お前の住所を教えてほしいってな。うっかり話してしまったんだが、本当にそれでよかったのか気になったんだ」

従姉ならいる。母方に二人で、どちらも慎介より年上だ。電話の向こうで上杉が続けた。

「二十代くらいの女性だった。千葉から来たと言っていた。心当たりはあるか?」

「ありません。どんな感じの女性でした?」

「地味な感じの子だったよ。そうか、軽率なことをしてしまったな。もし迷惑をかけてしまったらすまない」

以前はマスコミから電話がかかってきたり、自宅に直接押しかけられたりしたが、引っ越してからはそれもなくなった。携帯番号も変更済みだ。

「元気にしてるか？」

上杉に訊かれ、慎介は曖昧に答えた。

「まあまあです」

「戻ってくる気があるなら、いつでも連絡してくれ。俺とお前の仲だ。遠慮は要らないぞ」

「ありがとうございます」

通話を切り、自分の住所を聞き出していった女の素性について考える。マスコミだろうか。もし押しかけられるようなことがあったら、引っ越しを考えなければならないだろう。

マンションのエントランスを見た。平日の昼間のためか、人の出入りはほとんどなかった。シートを倒して楽な姿勢になり、慎介は見張りを開始した。

※

「本当にいいの？　もっといい物件をいくらでも紹介できるけどねえ」

人のよさそうな不動産屋の主人がそう言った。和沙は練馬区桜台に来ていた。慎介の住んでいるアパートを管理している不動産屋を探し出し、すぐさまその店に飛び込んだ。大手ではなく町の不動産屋といったこぢんまりとした店で、相手をしてくれたのは六十に手が届きそうな男性だった。

「お願いします。この物件を気に入ったので」

「それならいいけど」

行動あるのみ。慎介の隣の部屋に引っ越すつもりだった。心の距離を縮められないなら、せめて体の距離を縮めようと考えた。それなら慎介と同じアパートに住むのが一番だと考えたのだ。

他人の体に心が乗り移ってしまったことに慣れたわけではない。しかし一人で悩んでいるよりも、実際に行動していた方が精神的にも楽だった。

アパートの名前はあおい荘といい、上下階合わせて八部屋あるらしいが、今は三世帯しか住んでいないという。実は来年の三月末で建て替えを予定しているため、敷金も礼金もゼロだった。家賃は一ヵ月三万円だ。

「ちなみに二階はどの部屋が空いてますか？」

「今は二部屋空いてるよ。二〇二と二〇四。二〇一号室はご夫婦が住んでて、二〇三号室には男性が一人で住んでるね」

「二〇四号室に入居したいです」

「まあそこまで言うなら、こっちも何も言わないけどさ」

契約書にサインするなどの手続きをおこない、鍵を渡されたのは午後二時過ぎのことだった。すぐに和沙はアパートに向かった。前払いで払った今月分の家賃は森千鶴の口座から借りた。彼女のキャッシュカードの暗証番号を潤から教えられたのだ。体は姉ちゃんなんだから、あんただって姉ちゃんの金を使う権利はあると思うよ。

鍵を開けて、新しい我が家に足を踏み入れる。そこかしこが傷《いた》んでいて、フローリングも埃《ほこり》だらけだった。まずは百円ショップで買ってきた掃除道具で掃除を始めた。雑巾で床や窓を拭き上げる。トイレはあるが、風呂はないようだ。ここにどれだけの期間住むことになるかわからないので、布団や洗面用具などの最低限のものだけ買ってくるつもりだった。

南側と東側に窓があり、西側が二〇三号室と隣り合っていた。窓を開け放ち、新鮮な空気を室内に入れる。電気やガスなどの手配は不動産屋の主人がやってくれることになっていて、今日中には使えるようになるらしい。面倒見のいい主人で助かった。

一人暮らしには慣れている。高校卒業後、歯科衛生士の専門学校に通うために上京して一人暮らしを始めた。専門学校卒業後、最初は父の知り合いである品川の歯科医院で働きながら、歯科衛生士としてのイロハを学んだ。以来、引っ越しも何度か繰り返したので、さほど不安はなかった。

ただ、慎介の隣の部屋に引っ越してきたはいいものの、ここから先は何も考えていない。どのように慎介と接触するか、そもそも接触することが可能なのか、すべてノープランだ。今の自分は慎介にとっては赤の他人。霊が乗り移ったと説明しても耳を傾けてくれるはずがない。

それにしても狭い部屋だ。慎介の部屋もおそらく同じ間取りだろう。なぜ慎介はこんなアパートに引っ越してきたのだろうか。

掃除に専念する。蛍光灯の傘が汚れていたので、それを拭こうとしたのだが、高くて手が届かない。背伸びをして懸命に手を伸ばそうとしたとき、バランスを崩してしまった。よろめいて壁に手をついたとき、その鳴き声が聞こえた。えっ？　まさか

――。

和沙は壁に耳を当てる。少し埃っぽいが気にしていられない。隣の部屋の音に耳を澄《す》ますが、何も聞こえなかった。

「ソラ！　ソラ！　いるんでしょ、ソラ」

壁をこつこつと叩きながら、和沙は声を出した。しかし隣の部屋――慎介の部屋は静まり返っている。決して空耳ではない。はっきりと犬の鳴き声が聞こえたのだ。慎介の部屋に犬がいるならば、きっとソラに違いない。慎介がわざわざ別の犬を飼ったりしないはずだ。

居ても立ってもいられない。隣の部屋にソラがいると思うだけで、無性に会いたくなってくる。どうにかして会うことはできないだろうか。

窓から顔を出したが、ベランダらしきものはない。壁を伝って隣の部屋に行くのは曲芸師でなければ無理だろう。だがどうしてもソラに会いたかった。

ソラは五年前に購入したオスのトイプードルだ。ネットで見つけ、茨城県にあるブリーダーのもとまで実際に出向いて購入した。以来、ずっと一緒に暮らしてきた。お前とソラを見てると、飼い主とペットというより、友達同士に見えてくるよ。慎介によく言われたものだ。

スマートフォンを出す。千鶴のものだが、潤がパスコードを解除してくれたので、自由に使えるようになっていた。頼るべき人物は一人しか思い浮かばなかった。

「もしもし？　和沙だけど」

通話はすぐに繋がった。電話の向こうで潤が眠たげな声を出した。

「姉ちゃんか。どうした？　引っ越しは終わったんだろ」

「お陰様で。それより相談があるの」

和沙はかいつまんで事情を説明する。隣の部屋に侵入できないものか。和沙の話を聞いた潤がやや笑ったような声で言った。

「無理だよ。勝手に入ったら不法侵入だし、不動産屋に言っても鍵を開けてくれるはずがないって。諦めるのが無難だね」

「どうにかならないかしら？　隣に私の犬がいるのよ」

「うーん、困ったな」

潤はしばらく沈黙した。和沙は黙って彼の言葉を待つ。やがて潤が口を開いた。

「方法はある。でも使えるのは一度だけだ。姉ちゃんがそれでもいいなら」

「いいわ。教えて」

「わかった。まずは……」

和沙はごくりと唾を飲み、潤の言葉に耳を傾けた。

それから三十分後、和沙はアパートの階段の上で待っていた。さきほども会った不動産屋の主人が階段を上ってくる。和沙の顔を見て主人が言った。

「森さん、本当かい？」

「ええ、間違いないと思います」

主人を先導して廊下を歩き、二〇三号室——慎介の部屋のドアの前に立った。主人は臭いを嗅《か》ぐような仕草をしてから首を捻った。

「ガスの臭いはしないけどねえ」

「私、鼻が利くんです。ガス洩《も》れだと思います」

すべて潤の指示に従っているだけだ。彼の言葉が耳元でよみがえる。いいかい、姉ちゃん。必要なのは姉ちゃんの演技力だ。ガス洩れしてるって相手に思わせること。それが大事だ。

「そうかなあ。私には全然臭わないけど」

「念のため確認した方がいいと思います」

主人はポケットから鍵を出した。マスターキーだろう。彼がドアノブにマスターキーを差し込んで、ロックを解除した。和沙はドアノブに手をかけた。

「私が様子を見てきます。ご主人はここで待っててください」

「いや、でも森さん。私が……」

「大丈夫です。何かあったら大声で助けを呼びます。私に任せてください」

和沙は用意していたハンカチを出し、鼻と口に押し当てた。主人が戸惑った顔で言った。

「消防車を呼んだ方がいいかな。もしくは警察とか」

この台詞《せりふ》は想定外だ。和沙は首を横に振って答えた。

「そ、そこまでしなくていいでしょう。まずは私が様子を見てきますので」

和沙は部屋の中に入り、ドアを後ろ手で閉めた。狭い部屋なのですぐに見つかる。窓側にトイレマットが置かれていて、その近くにソラがいた。突然入ってきた侵入者を見て、身を低くして警戒している。

「ソラ、私よ」小声で言ってもソラは唸《うな》るだけだ。無理もない。今の私は顔も声も以前と違うのだから。「ソラ、心配しないで。私よ、和沙よ」

靴を脱ぎ、部屋に上がった。部屋の間取りは一緒だったが、中央に木製のテーブルが置いてあった。テーブルの上にノートパソコンがあった。

「森さん、大丈夫かい。ガスは洩れてるかい」

ドアの向こうで声が聞こえたので、和沙は振り返ってドアを薄く開けて言った。

「やっぱり少し洩れてました。元栓は閉めましたし、大騒ぎするほどじゃないと思います。これから換気をするので、ご主人は念のためにほかの住人の方に伝えてもらえますか？」

「わかった」

主人がうなずいて廊下を立ち去っていくのを見届けてから、和沙は再び室内に戻った。作戦成功だ。あとで潤にお礼を言わなければならないだろう。

ソラのもとに向かう。警戒した顔つきで唸っているソラを見て、和沙は口笛を吹き始めた。散歩のときによく吹いていた、鳩ぽっぽのメロディーだ。口笛を耳にして、ソラが首を傾げてキョトンとしていた。可愛さと懐かしさが入り混じり、抱き締めたくなってくる。

口笛を吹きながら、和沙は手を伸ばす。首の下を撫《な》でたが、ソラは抵抗しなかった。大丈夫そうだ。和沙は両手でソラを持ち上げて胸に抱く。

この温かさが愛おしい。「ソラ、ソラ」と呼びながら、和沙はソラを抱いた。ソラはつぶらな目で和沙を見上げていた。この人、誰かなあ。そんなことを思っているのかもしれない。獣っぽい臭いが鼻につく。無理もない。慎介は頻繁にシャンプーしたりしないだろう。トリミングを怠っているせいか、ソラの毛はモサモサと酷い有り様で、見る影もなかった。

ずっとこうしてソラを抱いていたいが、時間がなかった。後ろ髪を引かれる思いでソラを床に置き、和沙は言った。

「ソラ、またね。必ずまた会えるから」

立ち去ろうとしたとき、壁に貼られた写真に気がついた。A4サイズの写真で、粒子が粗い。小さな写真を拡大したものだろう。写真に写っているのは一人の男で、その顔には見憶えがあった。少し印象は違うが、例の谷田部彰という男だ。

「慎ちゃん、どうして……」

思わず声を洩らしていた。写真に写った谷田部の額には、画鋲が深々と突き刺さっている。

※

午後六時を過ぎたが、マンションに動きはなかった。まだ竹内たちの車は出てこない。中に入ったのが午後一時前のことだったので、かれこれ五時間以上経過したことになる。

竹内たちがマンションの中で誰に会っているのか、想像もつかなかった。何度か飲みに行ったが、そういうプライベートなことを竹内たちはあまり話さなかった。早田慎介という男に対し、完全に心を許していない証拠だった。酒を奢《おご》ってくれる、得体の知れないおっさん。そんな風に思われているはずだ。

車内にはラジオが低い音量で流れている。聞いたことのない歌謡曲が終わり、夕方のニュースが流れ始める。

『この時間最初のニュースです。昨日午後八時頃、東京都江東《こうとう》区亀戸《かめいど》で発生した女子大生殺害事件ですが、近所に住む十八歳フリーターを逮捕したと警視庁は発表いたしました。男は一方的に女性に好意を寄せ、被害者の下着を盗むなどの行為を繰り返していた模様です……』

痛ましいニュースだ。ストーカー殺人だろうか。殺された被害者の家族、恋人、友人たちは、今頃やりきれない思いを抱いているに違いない。

マンションに目を向ける。すっかり暗くなって、人の顔を識別するのも難しくなっていた。今日は潮時かもしれない。ただしこのマンションを特定できたのは収穫だ。

車から降りた。ずっと尿意を感じていたので、用を足してから帰ろうと思った。マンションの隣のビルの一階にコンビニエンスストアの看板が見えたので、横断歩道を渡ってその店に向かう。店内は温かく、かすかにおでんの匂いがした。

奥のトイレで用を足してから店内に戻った。菓子パンを二つ持ってレジに向かう。

「ホットコーヒーのLサイズ、一つください」と言うと、紙コップを渡された。代金を払い、紙コップとレジ袋を持ち、レジの隣にあるコーヒーメーカーに向かった。

紙コップをセットし、ボタンを押す。豆が挽《ひ》かれる音が聞こえ、抽出口からコーヒーが出た。それを見守っていると、レジの前で声が聞こえた。二つあるレジのうち、奥のレジだった。

「ちくわと大根、それから牛スジでしょ。あとは……巾着《きんちゃく》と玉子ね」

男がレジの前に立っていた。スマートフォンを耳に当てている。誰かと通話しながらおでんを注文しているようだ。男の話し声が聞こえてくる。

「……タケが帰るっていうから、一人抜けるんだよ。……そう、俺の部屋。多分二、三時間で終わると思うぜ」

タケ。竹内のことではないだろうか。慎介は男の様子を観察した。ちょうど左側の耳にスマートフォンを当てているので、その横顔は見えない。レジの前に置かれたカゴにはビールやスナック菓子が大量に入っている。店員が忙しげに商品を出してバーコードをスキャンしている。

「頼むよ、待ってるから」

男がそう言い、スマートフォンを耳から離した瞬間、慎介は顔がカッと熱くなるのを感じた。奴だ。谷田部彰だ。ようやく見つけたのだ。

谷田部はうっすらと無精髭を生やしていて、黒いパーカーを着ていた。毎晩のように壁に貼った写真を見ているので、見間違えるはずがない。こいつは谷田部だ。

ブザーが鳴った。コーヒーが満たされたことを告げる音だった。その音がやけに大きく聞こえ、慎介は動揺した。カップをとろうとしたが、手が震えて仕方がなかった。カップを持ち、近くの台に置いた。砂糖とクリームに手を伸ばしたが、指先が震えてうまく摑《つか》むことができなかった。

レジに目を向けると、谷田部が精算していた。店員がレジからお釣りを出して、谷田部に向かって差し出した。

慎介は紙コップを持ち、隣にあるイートインスペースに向かった。窓際にカウンターがあり、三脚の椅子が置かれていた。そのうちの一脚に腰を下ろした。

紙コップを置き、両手をカウンターの上で握り締める。和沙が殺害された事件の容疑者が目の前にいる。慎介は手の拳《こぶし》を強く握り、必死に動揺を抑えた。背後で足音が聞こえ、慎介は俯《うつむ》き加減でそれを見送った。

顔を伏せたまま、心の中で数えた。一、二、三と数えていき、十まで数えてからカップを手に立ち上がり、店から出た。谷田部の姿が見えた。袋を手にマンションのエントランスに入っていくところだった。谷田部の姿がマンションの中に消えるのを見届けてから、慎介はコインパーキングに向かって歩き始めた。

汗をかいたせいか、額に当たる風が冷たい。慎介は足早にコインパーキングに戻った。運転席に乗り込んでから、手にしていた紙コップを口に運ぶ。まだ指先が震えていて、うまく口に当てることができなかった。シートにもたれ、正面にあるマンションを見上げた。

和沙殺害の最大の容疑者。その男があのマンションに住んでいるのだ。

※

午後七時過ぎ、階段を上ってくる足音が聞こえた。壁が薄いので外の音がよく聞こえる。和沙が耳を澄ましていると、隣のドアが開閉する音がした。どうやら慎介が帰ってきたようだ。

壁の近くに身を寄せて耳を澄ます。ソラの鳴き声が聞こえ、それに向かって慎介が何か言っていたが、その内容まではわからなかった。何だか盗聴している犯罪者のような気分になってきて、和沙は壁から離れた。

ガスも水道も使えるようになったが、家具と呼べるものはほとんどない。近所の量販店で布団を一組買っただけだ。あとは着替えも買ったが、電子レンジや冷蔵庫といった家電製品は買わなかった。昼食はコンビニの弁当で済ませた。一人で食べる弁当は味気ないもので、不覚にも涙が出そうになった。

まったく私は何をやっているんだろう。和沙は自嘲気味に笑った。慎介の隣の部屋に引っ越してきたはいいが、これからどうするか何も考えていない。

和沙はさ、石橋を叩《たた》かないで渡るタイプだよな。

以前、慎介がそんなことを言っていた。自分では慎重な性格だと思っているが、たまに後先考えずに行動を起こして周囲を驚かせることがあった。それも重要度が高ければ高いほど、その傾向は強まった。受験や就職などの人生の転換点では、誰にも相談することなく自分の直感だけで決めてきた。今回もそうだ。何も考えずに行動に移してしまったのだ。

慎介の部屋のドアが開く音が聞こえた。和沙は玄関に向かい、ドアを薄く開けて外を見た。慎介は紙袋を持ち、こちらに背を向けて廊下を去っていく。ソラも一緒だった。すぐに和沙も靴を履いて外に出た。

慎介とソラを追いかける。会社帰りのサラリーマンがたまに通りかかる程度なので、距離を開けてあとを追う。慎介とソラは環状七号線方面に向かって歩いていく。二人が角を曲がったので、和沙は早足で歩いて塀の陰から顔を出す。慎介がある建物の前で足を止め、ソラのリードを電柱に繋いでいるのが見えた。慎介はソラを置いて、建物の中に入っていく。どうやらコインランドリーらしく、その隣には銭湯があった。洗濯をしている間に風呂に入るつもりなのだろう。和沙にとっても銭湯の場所を知れたのは収穫だった。

コインランドリーから出てきた慎介は隣の銭湯に姿を消した。和沙は通りに出て、ソラのもとに向かう。鳩ぽっぽの口笛を吹きながらソラに近づき、頭を撫でた。

まったく慎ちゃんったら、こんな場所にソラを置いてきぼりにするなんて。

「ソラ、一人で待ってるなんて偉いね。毎晩こうなの?」

ソラは和沙の顔を見上げているだけだった。しかしソラが肯定しているように見えたので、和沙は言う。

「そうなんだ。ソラ、強くなったね」

和沙は立ち上がった。さきほどコンビニの前を通りかかったはずだ。急がなければならない。慎介の風呂が短いことは知っていた。

小走りで引き返し、コンビニでクッキーを買い、再び銭湯の前に戻ってきた。袋を開け、クッキーをソラの鼻先に差し出す。匂いを嗅いでから、ソラはクッキーを食べた。クッキーはソラの大好物だ。

「美味しい？　ところでソラ、ちゃんとゴハンはもらってる？　不自由してない？」

三枚ほどクッキーを食べさせたとき、頭上で声が聞こえた。顔を上げると、そこに立っていたのは慎介だった。

「あの、僕の犬に何か？」

「あっ、いえ」和沙は立ち上がり、お辞儀をした。「あまり可愛かったものだからつい……」クッキーの袋を見せて続けた。「あげちゃいました。勝手なことをして申し訳ありません」

「ん？　森さん？」

いきなり慎介に言われ、和沙は驚く。顔を上げると慎介がやや驚いたような顔をしてこちらを見ていた。

「やっぱり森さんだ。でも……どうしてここに？　この近くに住んでるってこと？」

どういうこと？　和沙は混乱していた。つまり慎介と森千鶴という女性は知り合いだったのか。そうであるなら都合が悪い。彼女と慎介の接点がわからない以上、迂闊《うかつ》に話をすることができない。

「久し振りだね。元気でしたか」

慎介にそう言われ、和沙は必死に頭を巡らせる。下手《へた》に話を合わせるよりも、ある程度のことを打ち明けてしまってもいいのではないか。

「すみません」和沙は頭を下げた。「実は私、一年前に事故に遭って、記憶があまり残ってないんです。なのであなたが誰なのか、わからないんです。見憶えがあるような気がするんですけど」

「そ、そうなんだ」

慎介はたじろいだ。しかし私の話を疑っている様子はない。

「僕は早田慎介といいます。以前、あなたの歯の治療をしたことがあるんですよ。西新宿のクリニックでね」

「なるほど。そういうことでしたか」

和沙は納得した。森千鶴は慎介の患者だったということなのだ。それなら慎介が彼女を知っていても不思議ではない。まったくの赤の他人に乗り移ったと思っていたが、慎介の知り合いということならば、多少の縁はあったということだ。

「虫歯の治療でした。去年の秋くらいだったかな。軽い虫歯だったので、たしか三回程度の通院で完治したはずです。どうです？　歯は痛みますか？　右下の奥歯だったような気がするけど」

「大丈夫です。歯に痛みはありません」

「よかった。この近くに住んでいるんですか？」

「ええ、まあ」

「ちょっと失礼しますね」

そう言って慎介はコインランドリーの中に入り、洗濯を終えた衣類を紙袋に入れた。出てきた慎介はソラのリードを外して歩き始める。自然と和沙も慎介のあとを追った。

「可愛いワンちゃんですね。何て名前ですか？」

慎介はちらりと和沙を見て、答えた。

「ソラ」

「ふーん、ソラちゃんか。いい名前ですね」ちょうど前方の横断歩道が赤信号に変わったので、和沙は膝をついて手を広げた。「ソラ、おいで」

ソラは迷わず和沙のところにやって来た。その頭を撫でてやる。慎介がこちらを見ているのがわかった。

「どうかしました？」

「いえね」慎介は足元のソラを見て言った。「ソラはあまり人に懐《なつ》かない犬だから珍しいなと思って」

だって私は飼い主だから。その言葉を飲み込み、和沙は言った。

「トイプードル、昔飼ってたことあるんです。だからかもしれませんね」

ソラは人懐こい性格だ。散歩をしていても、ほかの犬や飼い主にも愛想を振りまいていた。もしかすると私がいなくなったせいで、この子にも辛い思いをさせたのかもしれない。そう考えると胸が痛んだ。

「トイプードルを飼ってたことは憶えてるんですね」

慎介にそう言われ、和沙はやや狼狽気味に答えた。

「断片的な記憶は残ってるんです」

「そうですか。では僕はここで」

慎介が立ち止まり、電柱にソラのリードを結び始めた。大手チェーンの牛丼屋の前だ。ここで夕食を食べていくのだろう。

　慎介が店内に入り、財布を出しながら券売機の前に立った。いったん店の前から立ち去ろうと歩き始めた和沙だったが、しばらく歩いて足を止めた。厚かましい女だと思われるかもしれない。だがここは積極的になるべきだ。

　和沙は牛丼屋に引き返し、店内に足を踏み入れた。慎介は券売機からお釣りをとっていた。和沙の顔を見て、慎介は怪訝な顔をした。構わず和沙は言った。

「私もお腹空いちゃって。ご一緒していいですか？」

※

　慎介はグラスのビールを飲んだ。牛丼屋はカウンター席のみで、今は五人の男性客が牛丼をかき込んでいた。

　収穫のあった一日だった。竹内たちに目をつけたのは正解だった。この二ヵ月間、あの物流センターで汗を流してきた苦労が報われた気がした。おそらく谷田部彰はあのマンションに住んでいる。部屋番号は不明だが、奴の住むマンションがわかっただけでも大きな前進と言えるだろう。

「私、牛丼食べるの久し振りなんですよ」

そう言いながら森千鶴がトイレから戻ってきたのと、牛丼が運ばれてきたのは同じタイミングだった。

「いただきます」

千鶴は割り箸を割り、牛丼を食べ始めた。一年ほど前に治療した患者だ。いまどきの女性というより、地味なタイプの女性だった。

紅ショウガを載せて牛丼を食べる。隣を見ると彼女が美味しそうに牛丼を食べている。その表情から邪念《じゃねん》といったものは感じられない。ただの偶然だろうが、警戒するに越したことはない。

「あの、ソラちゃんのことなんですけど」

千鶴が話しかけてきたので、慎介はビールを一口飲んで答えた。

「何か？」

「ちょっと毛が汚れてます。シャンプーしてますか？」

「……してませんが」

和沙が生きていた頃は、彼女がシャンプーをしていたはずだ。たまにトリミングにも通っていたようだ。

「たまにはシャンプーしてあげないと可哀想《かわいそう》です。屋外で飼っているなら放っておいてもいいと思うんですけど。室内で飼ってるんですよね」

「ええ」

「だったら尚更《なおさら》です」

少しだけ腹が立った。犬をどのように飼おうが自由じゃないか。ややムッとして慎介は言った。

「知人から預かってる犬なんでね」

「預かってるなら、もっと可愛がってあげないと」

「考えておくよ。それより森さん、今もパン屋さんで働いているの？」

彼女がパン屋で働いていることを知っていた。たった三回程度顔を合わせただけだが、軽い世間話をしたことがある。

「今は休職中です。実は今日、引っ越してきたばかりなんです。前にこのあたりに住んでたことがあるみたいで、何か記憶が戻るきっかけがあるといいなと思って」

あれは昨日のことだったか。刑事の室伏と別れ、アパートに戻ったときだ。階段に一人の女性が座っていた。あのときの女性ではなかろうか。

「もしかして、あおい荘？」

「そうですけど。どうしてわかるんですか？」

慎介は答えなかった。以前の患者が同じアパートに引っ越してきた。ただの偶然で片づけていいものか。彼女がマスコミに雇われている可能性も否定できないが、わざわざ同じアパートに引っ越してくるなんて、そんな手の込んだ方法をマスコミが使うはずがない。今日のラジオでも耳にしたように、ほかにも凶悪犯罪が起きている。報道は鮮度が命だ。和沙の事件に鮮度はない。

「いや、俺もあおい荘に住んでるんだよ。昨日、君を見かけたような気がしてね」

「そうですか」

慎介は牛丼を食べ始めた。彼女も箸を持ち、牛丼を口に運んでいた。しばらく無言のまま食べた。やがて慎介は牛丼を食べ終え、残っていたビールを飲み干してから立ち上がった。

店から出る。ソラのリードを解いて、歩き始めた。ドアが開く音が聞こえ、目を向けると彼女がうつむいたまま店から出てきた。慎介がソラを連れて歩き出すと、彼女も後ろからついてきた。

ソラの様子が落ち着かなかった。後ろにいる女性が気になっているようだ。この犬がここまで他人に懐くのも珍しい。

アパートが近づいてきた。彼女も二階に住んでいるようで、慎介に続いて外階段を上ってくる。階段を上り切ったところで彼女が言う。

「あの、大変恐縮なんですが、一つお願いがあります」

彼女はやや背中を丸め、上目遣いで慎介を見ていた。「何でしょう？」と慎介が言うと、彼女が答えた。

「ソラちゃんの朝の散歩、私がしてもいいですか？」

「君が？　ソラの散歩を？」

「はい。引っ越してきたばかりで不安で仕方なくて、ソラちゃんを見てると気持ちが落ち着くんです。散歩は毎朝ですか？」

「ええ」

ソラの散歩は三日に一度、雨が続いたら一週間も行かないこともあるが、それは黙っておくことにした。

「お願いします。明日からソラちゃんの散歩をさせてください」

変わった女性だな、と慎介は思った。だがこちらとしても断る理由がないし、何よりソラも彼女のことを気に入った様子だった。

「わかりました。いいですよ」

「本当ですか？　ありがとうございます」

彼女が顔をパッと輝かせた。美人ではないが、可愛げのある笑顔だった。彼女はキーを自分の部屋のドアに差し込みながら言った。

「お休みなさい、早田さん」

彼女がドアを開け、部屋の中に消えていった。慎介はソラを抱き、自分の部屋に入った。「ソラ、よかったな。お友達ができて」と慎介が言うと、腕の中でソラがかすかにうなずいたように見えた。

七日前

「本当に毎朝散歩してるんですか？」

「うん。してるけど」

そうは見えない。和沙の持ったリードは常に伸び切っている。ソラが意気込んでぐいぐいと前に歩いていくからだ。久し振りの散歩でテンションが上がっているかのようだ。

朝の七時に慎介の部屋をノックすると、彼が顔を出した。慎介も一緒に行くつもりらしかった。私でもそうするはずだ。会ったばかりの隣人に犬の散歩を委《ゆだ》ねるなんて、怖くてとてもできない。

朝の空気は気持ちがいい。こうして慎介と歩いていると、以前の自分に戻ったような感覚になる。うっかりすると普通に話しかけてしまいそうなので、和沙は意識して敬語で慎介に訊いた。

「今も新宿の歯医者さんで働いてるんですか？」

和沙が訊くと、慎介が答えた。

「わけあって歯科医は辞めたんだ。今は物流センターで働いてる。この近くにあるんだよ。お歳暮を全国に発送する仕事だ」

和沙は驚いた。別の歯科医院で働くために引っ越したと思っていたからだ。なぜ物流センターで働いているのか、その理由がまったくわからなかった。

すでに散歩を始めて十五分ほど経過しており、ようやくソラも落ち着いてきた。意気込むことなく、和沙と同じペースで歩いている。

公園が見えてきた。どこか見憶えがあるなと思ったら、最初にここに訪れた際に迷い込んだ公園だった。公園の中に入り、ベンチに座った。慎介も隣に座る。公園には犬を連れた人も何人かいて、犬を遊ばせながら談笑していた。

慎介に話しかけたいが、何から話していいのかわからない。訊きたいことは山ほどある。なぜ新宿のクリニックを辞めたのか。なぜ物流センターで働いているのか。そして最大の疑問は、昨日慎介の部屋に入ったときに見た写真だ。額に画鋲が突き刺った谷田部彰の写真。いったい慎介は何を企んでいるのだろうか。

「ねえ、君」いきなり慎介が訊いてきた。「記憶がなくなったと言ってたけど、頭を強く打ったりしたの？」

「歩道橋の上から階段を転がり落ちたみたいです。そのときに頭を強く打ったんです」

「記憶は？　まったく何も憶えてないってわけじゃないだろ」

「ええ。自分の名前とかは憶えてるんですけどね」

都合のいい記憶喪失だな。和沙は内心苦笑する。しかし昨夜、あの場を乗り切るにはこれしか方法がなかったのだ。まさか慎介と森千鶴に接点があったとは思ってもいなかったのだから。

「ふーん。早く元通りになるといいね」

「私もそう思います」

会話が途絶えてしまう。今はまだ友人と言える段階でもない。彼にとっての私は『隣に引っ越してきた元患者』といった認識だろう。この段階で『私は実は和沙なの』と告白しても、決して信じてもらえないはずだ。もっと距離を縮《ちぢ》めるしかない。

「提案なんですけど」和沙は思い切って言う。「ソラちゃんをトリミングに連れていきませんか。サロンできちんとカットしてあげたいんです。駄目ですか？」

「駄目じゃないけど、そこまでしてもらうのは気が引けるな」

遠慮がちに慎介が言う。出会ってからもう三年だ。最初に会ったのはエレベーターの中だ。ずっと彼の視線を感じていた。この人、私に気があるのかな、と最初から思っていた。

「じゃあ早田さん。ソラちゃんの匂い嗅いでみてください」

「ここで？」

「今すぐ」

慎介が足元にいたソラを持ち上げ、鼻に近づける。慎介は顔をしかめて言った。

「臭っ」

「でしょ？　犬だって清潔でいたいんです。しかも早田さん、室内でソラちゃんを飼ってるじゃないですか。ソラちゃんの毛に病原菌がいたとしたら、早田さんの服にもつくかもしれませんよ。場合によっては手に付着して食べ物を通じて口の中に入るかもしれません」

少し言い過ぎかなと思ったが、このくらい言わなければ駄目だと思った。脅《おど》しが効いたのか、慎介が神妙な顔をしてうなずいた。

「わかったよ。明日は土曜日で休みだから、ソラをトリミングに連れていく。そこはシャンプーもやってくれるんだろ」

「ええ。じゃあ私、予約しておきますね」

「そろそろ帰って仕事に行かないと」

慎介がそう言って立ち上がったので、和沙もそれにならった。来た道を引き返す。通勤していくサラリーマンや高校生の姿が増え始めていた。

慎介の背中が斜め前に見える。その距離は近くて、それでいて遠かった。思い切って和沙は慎介に訊いてみた。

「早田さん、付き合ってる女性いるんですか？」

慎介は答えなかった。しばらく前を見ていた慎介だったが、やがてぼそりと言った。

「いたけど、もう会えないんだ」

その横顔は淋《さび》しげに見えた。和沙は一年半ほど前のことを思い出していた。

その日、朝起きると慎介からメールが入っていた。メールには『お腹が痛くて死にそう』と短く書かれており、和沙はすぐに電話をした。電話の向こうで慎介が苦しげに言う。

「こんな腹痛いの生まれて初めてかもしれない」

「今日は早番？」

「いや、遅番」

「じゃあすぐにお医者さんに電話して」

和沙は早番だったので、慎介に同行することができなかった。不安な気持ちで午前中の仕事をこなし、昼休みになってようやく慎介に連絡をとることができた。慎介の声は暗かった。

「鎮痛剤を処方されて、それを飲んだら少し楽になった」

「で、腹痛の原因は何だったの？」

「わからない。胃の内視鏡をやったら、腫《は》れが見つかった。組織を採取して病理検査をすることになった」

「腫れって、ポリープみたいなもの？」

「医者はポリープとは言わなかった。俺も写真を見たんだけど、明らかに腫れてんだよ。結果が出るのは一週間後だ」

「大丈夫よ、きっと」

それから先の一週間、慎介の落ち込みようは酷《ひど》かった。常に暗い顔をして、話しかけても「うん」とか「ああ」とか言うだけで、会話がほとんど成立しなかった。仕事だけは何とかこなしているものの、夕飯に誘っても断られたし、週末も一人で家に閉じ籠もっていた。

あとから聞いたところでは、慎介は一人でネットを検索し、胃ガンの症状や治療法などを調べ、果たして俺はどのステージなのだろうかと勝手に想像し、悶々と暮らしていたようだ。

そして一週間後、病理検査の結果が出る当日、和沙も不安だったので慎介に同行して代々木にある消化器系専門の内科クリニックに向かった。待合室でも慎介の表情は冴《さ》えず、落ち着かない様子だった。見兼ねて和沙は言った。

「じたばたしても始まらないわよ。大丈夫だから」

「和沙、ごめん」

「謝ることはないわよ」

「本当にごめん。俺、もしも……」

慎介はそう言ったきり黙り込んでしまう。和沙は広げていた雑誌を閉じ、慎介に言った。

「もしも、何？」

「もしも本当に胃ガンだったら、助からないかもしれない。若いと進行が早いっていうし、長い闘病生活になると思う。そしたらお前、俺のことは忘れていいよ。俺もお前との結婚は諦めるから」

和沙は驚いていた。慎介が『結婚』の二文字を口にするのは初めてだったからだ。

「慎ちゃん、私と結婚するつもりだったの？」

「ああ、悪いかよ。でも無理かもしれないけどな、こうなってしまったら」

「悪くないけど、それってここで言うべきこと？」

病院の待合室だ。周囲には高齢の患者さんたちがテレビのワイドショーに見入っている。別にロマンティックなプロポーズを期待していたわけではない。しかしまさか病院の待合室なんて……。

「早田さん、早田慎介さん」

慎介が立ち上がり、深刻そうな顔つきで廊下の奥に消えていった。もちろん慎介のことは心配だが、半年前の人間ドックでも胃の内視鏡の結果は悪くなかったと聞いている。今回も大丈夫だろうと和沙は楽観していた。

十五分後、慎介が待合室に戻ってきた。その顔は晴れ晴れとしている。さきほどまでのこの世の終わりといった顔つきが嘘のようだ。それだけで結果が予想できたが、隣に座った慎介に和沙は皮肉っぽく訊いた。

「で、ステージいくつだって？」

「全然問題ないって」慎介が笑みを浮かべて答えた。「寄生虫に嚙まれた跡なんじゃないかっていうのが医者の見解。刺身に寄生虫がいることがあるみたいなんだよ。そういえば腹が痛くなる前の日、上杉さんに海鮮丼をご馳走になったんだよ。それが原因かもしれないな」

会計を済ませて病院から出た。二人とも遅番なので、まだ出勤するまで時間がある。

「腹減ったな。最近お粥《かゆ》くらいしか喉を通らなかったからな。和沙、旨いもの食いに行こうぜ」

ムカついて仕方がない。返事をしないでいると、慎介が怪訝そうな顔つきで訊いてきた。

「どうした？　何か怒ってるっぽいけど」

「怒ってないわよ」

「というわけだから、これからもよろしく頼むよ。和沙、俺と結婚しよう」

慎介がさらりと言った。何となくプロポーズというのは夜にされるイメージがあったが、今は平日の午前中、しかも場所は内科クリニックの前の歩道だ。和沙は溜め息をつき、慎介を一人残して歩き出す。

「和沙、待てよ。おい、待てってたら」

それが慎介にプロポーズをされた、記念すべき日だった。

※

「困るんだよね。いきなり辞めるなんて言われてもさ。早田君だってわかってんだろ。今は忙しいんだよ」

昼休みに班長のもとに向かい、退職する旨を伝えたが、受け入れてもらえなかった。班長といっても年齢は慎介とさほど変わらず、三十代半ばの男性だ。

「うちの班、評判悪いんだよ。誰のせいかわかるだろ。竹内だよ、竹内。あいつがいるお陰でセンター長からも目をつけられてる。それなのに早田君にいきなり退職されたら、俺の管理手腕も問われちゃうよ。できればお歳暮シーズンを乗り切ってからにして頂戴よ」

退職は受け入れてもらえず、今後の話もうやむやに終わった。慎介は休憩室に行き、ベンチに座った。十二月に入れば物流センターの忙しさはピークを迎え、土日祝日も交代制で勤務することになる。

この週末が絶好のチャンスだった。明後日の日曜日を決行日と決めていた。本当は明日でもいいと思ったのだが、急にソラをトリミングに連れて行くことになったのだ。

森千鶴という隣人のことを考える。少なくとも悪意はなさそうだ。必死に生きている感じが伝わってきて、それが眩《まぶ》しかった。

欠伸《あくび》を嚙み殺しながら、慎介は立ち上がって自販機で缶コーヒーを買った。昨夜は二、三時間ほどしか眠っていない。ずっとネットであれこれ調べたりしていたのだ。

グランヴィレッジ西池袋。それが谷田部彰が住むマンションだった。十六階建てで、部屋数は九十六戸ある。家賃は十五万から二十万といったあたりで、池袋でも比較的高めのマンションだ。

　オートロックなので中に侵入することはできない。しかし方法は考えていた。その準備のためにネット通販で必要なものを購入済みだ。明日中には届くはずだ。

　問題はどうやって谷田部彰が住んでいる部屋を割り出すか、だ。うまくマンション内に侵入できたとしても、谷田部の部屋を見つけなければ話にならない。内部にポストが並んでいるはずだが、谷田部がそこに名前を書いていない可能性もある。書いてあることに期待できない。

「ここ、いいですか」

　顔を上げると梶山美咲が立っていて、慎介の隣を指でさしていた。断る理由を思いつかず、「どうぞ」と慎介はうなずいた。

「このあいだはありがとうございました。早速開業予定の歯科医院をネットで探して、履歴書を送りました」

「それはよかった」

　歯科助手の求人は多いが、志望者も多いので競争率は高い。彼女が採用されるか否かは、履歴書の内容と面接の結果次第だろう。

「一つ面接も決まりました。来月ですけど。開業は来年早々みたいです」

「へえ。どこのクリニック？」

「四谷です」

数年前、ネットで歯科医院過剰の記事を読んだことがある。それによると全国の歯科医院の数は、コンビニ店舗数と比べて、一万五千軒上回っているという。開業する歯科医院も多いが、廃業に追い込まれる歯科医院も数多くある。

「でも悩んでるんです」美咲が腕を組んで言う。「私、昔から面接とか凄い苦手で。高校生の頃にコンビニの面接でも言いたいことが何も言えなくて、落とされたことがあります。どうしたらいいんだろ」

かつて働いていた歯科医院で、何度か面接を担当したことがある。経験者なら履歴書や話す内容で技術レベルを推し量ることができるが、未経験者だとそうはいかない。一言で言ってしまえばフィーリングだ。

「別にすぐじゃなくていいんですけど」美咲が遠慮した視線を向けてきた。「今度面接の心構えを教えてもらえませんか？　早田さんのご都合がよければで結構です」

「うーん。俺が教えられることなんてないと思うけどね」

「そんなことありませんよ。だって早田さん、実際にドクターだったわけですよね。そういう方からお話を聞くのは無駄にはならないと思います」

そろそろ昼休憩も終わる時間なので、休憩中のパートたちがそれぞれの職場に戻り始めていた。美咲も腰を上げ、小さく頭を下げて言う。

「ご検討お願いします。では私はこれで」

「あっ、ちょっと」

慎介は立ち上がった。来週以降、この物流センターに出勤するつもりはないが、せっかくこうして出会ったのだから、力になってやりたいという思いもあった。しかし半分はこの女性と二人きりで話せたら楽しいだろうなという助平心《すけべいごころ》だった。和沙には悪いが、ただアドバイスをするだけだ。

「実は来週から予定が詰まってるんだ。今夜なら少し時間をとれるかもしれない」

「本当ですか。嬉しいです。でしたら……」

待ち合わせの場所と時刻を決め、美咲と別れた。今夜が最後の晩餐《ばんさん》だ。休憩終了のブザーが鳴り始めたので、慎介は慌てて通路を走り始めた。

※

インターフォンを押しても、しばらく反応はなかった。もう一度押してみると、ド

ア の向こうで動きがあった。和沙はドアを叩いて呼びかける。

「私、和沙。ちょっといいかしら？」

ドアが開いて、潤が顔を覗《のぞ》かせた。寝起きらしく髪がいつも以上にボサボサだ。和沙の顔を見て、潤が欠伸を嚙み殺しながら言う。

「姉ちゃん、来るなら事前にメールしてよ。それに和沙って名前、あまり大声で言わない方がいいぜ。誰かに聞かれたら厄介だ」

「そうね。気をつける」

和沙は靴を脱いで部屋の中に上がった。持っていたビニール袋を机の上に置く。中にはジュースやお菓子が入っている。

「これ、差し入れ」

「サンキュ」潤は袋の中から缶コーヒーをとり出しながら言った。「で、新居での生活には慣れた？　恋人さんとコンタクトはとれたのか？」

「慣れるってまだ一日だし。慎介とは話すことはできたわ」

昨日から今朝にかけて起きたことを潤に話す。現時点で和沙の理解者は彼しかいないし、この体の持ち主の弟なのだ。和沙の話を聞き終えて潤はうなずいた。

「つまり姉ちゃんはあんたの恋人さんの患者だったわけか。まったくの赤の他人じゃなかったわけだね」

「そうなの。去年の秋って言ってたかしら。ちょうど私が慎介と婚約して、池袋の歯科医院に移った頃ね。私とは入れ違いだったんだと思う」

「朝の散歩に一緒に行ったなんて上出来だ。明日もトリミングに行くんだろ。でも姉ちゃん、慎重にね。いきなり真実を告げても彼は絶対に信じないから」

「だよね。それは私も承知してる」

　随分変わった女だと思われているだろう。しかし今の状況では積極的に行動していくしか道はないと思われた。慎介の隣の部屋で普通に生活しているだけでは意味がない。

　できれば私の正体に——森千鶴という女性の中に涌井和沙の心が宿っていることに気づいてほしいが、それは難しいように思われた。そんな話を信じてくれる人などいないはずだ。

「でもなぜ彼が歯科医師の仕事を辞めて、あんなところで暮らしているかわからないんだよね」

　和沙がそう言うと、潤がベッドの上に座りながら答えた。

「マスコミだろ。マスコミに追い回されて、自宅にいられなくなったんだよ。職場までマスコミに押しかけられて、別の職場に移ったんだ」

「でも歯科医師まで辞めることないのに。彼は腕の立つドクターだから、別のクリニックでも働けると思う。私が一番腑に落ちないのはそこなの。なぜ彼がドクターを辞めたのか」

「今はどんな仕事をしてるかわかる？」

「物流センターだって。今朝の散歩のときに話してた」

潤が立ち上がった。何か気になることがあったようだ。パソコンの前に座り、潤はマウスを操っていた。しばらくして潤が顔を上げた。

「俺も姉ちゃんの事件──涌井和沙の事件が気になって、いろいろ調べてみたんだ。容疑者だった谷田部彰って男、練馬の物流センターに勤めてた経歴がある。ネットにも載ってた」

パソコンの画面には地図が表示されていた。関東物流センターという建物があり、たしかに慎介の自宅から徒歩で通える距離だった。

「つまり慎介は谷田部のことを調べてるの？」

「そうだね。おそらく警察は谷田部の住所を恋人さんに洩らしたりしないはず。彼が独断で動いてるんだ」

彼の部屋で見た、谷田部の写真を思い出した。額に画鋲が突き刺さっている写真だった。それを潤に話すと、彼はうなずきながら言う。

「復讐だね。恋人さんは姉ちゃんの復讐をするつもりだ」

あの写真を見たときから、頭のどこかで漠然とその可能性を考えていたが、否定したい気持ちが強かった。こうして第三者の口から発せられると、復讐という言葉の重みがずしりとのしかかってくる。

「私、復讐なんて望んでないわ。だって谷田部って人が犯人だと決まったわけじゃないんでしょ。実際に逮捕されてないわけだし」

「証拠不十分だよ。警察はまだ彼をマークしてるはず。恋人さんが谷田部に復讐しようと考えても不思議はない。司法が裁かないなら俺がやる。そう思ってるかもね」

馬鹿なことを……。和沙は胸を掻きむしられるような思いだった。犯人が憎いのはわかる。私だって自分を殺した犯人が死ぬほど憎い。だが殺人の罪を犯してまで、復讐してほしいとはこれっぽっちも思わない。

「恋人さんが物流センターで働いてるのは、谷田部に繋がる痕跡《こんせき》を見つけたいからだろうね。事件の直前まで谷田部は物流センターで働いてたみたいだから、付き合っていた友人もいただろうし」

「復讐は絶対に駄目。殺人よ、殺人。私、そんなこと彼に頼んでない」

「それはそうだ。姉ちゃんは殺された当事者だもんね。でも調子狂うよな。姉ちゃん、殺されたんだよ。殺した相手のこと憎くないの？」

「憎いわよ。でも復讐は駄目」

一年前、私は殺された。だがこうして他人の体を借りる形で、なぜか魂だけ生き永らえてしまっている。自分が殺された実感があまりない。

しかし慎介は違う。彼の世界に涌井和沙という女は存在しない。恋人を殺され、彼はその復讐を果たそうとしているのだ。もしこれが逆の立場だったら──慎介が殺されて、私が一人とり残されたとしたら、慎介の命を奪った存在を消し去りたいと思うだろうか。

いや、違う。今はそんなことを考えている場合ではない。慎介が復讐を考えているのであれば、何としてでもそれを止めなければならない。彼を人殺しにするわけにはいかない。絶対にだ。

「潤君、助けて。どうにかして彼の復讐を止められないかしら？」

「うーん、難しいと思うけどな」

潤はそう言って腕を組んだ。

「問題は恋人さんがどこまで谷田部に近づいているかだ。まだ彼が谷田部に繋がる情報を入手していなければ好都合だよ。そう簡単に谷田部の居場所を摑めるはずがないからね」

潤はスナック菓子を食べながら話している。箸を使って菓子を食べているのは、手が汚れるのを防ぐためだろう。神経質な性格のようだ。

「でも問題はすでに彼が谷田部に繋がる情報を知っている、もしくは近づきつつある場合だね。おそらく恋人さんは復讐の手立てを考えてるに違いない。それを食い止めるのは不可能だ。彼を尾行するわけにはいかないし」

「私、何だってするわ。彼を尾行すればいいのね」

「でも姉ちゃん、顔が割れてるじゃん。尾行って案外難しいと思うぜ。刑事ドラマみたいにうまくいきっこないよ」

「発信器はどうかしら？　今だとGPSで居場所を特定できるんじゃなかったっけ」

「姉ちゃん、刑事ドラマ好きでしょ」

そう言いながら、潤がパソコンに向かう。刑事ドラマを好きだったのは慎介だ。海外の連続刑事ドラマのDVDを借りてきて、私の部屋でもよく観ていた。

「発信器、通販で買えるみたいだよ」

「本当？」

潤はインターネットの通販サイトを見ていた。画像を拡大しながら彼が言う。

「三、四万出せば、かなり精度の高い発信器が買える。これなんかいいね。会社が営業車の動きをチェックするための業務用のやつ。でもどこに仕掛けるか、それが問題。恋人さんって車持ってる？」

「持ってないはず」

「となると身の回りの品に仕掛けるしかない。バッグとか服のポケットとか。たとえばバッグに仕掛けたとしても、彼がそのバッグを家に置いていってしまったら意味がない。発信器は現実的じゃないかもね」

やはり尾行するしかないのだろうか。彼を尾行し、その行動を監視するのだ。幸い時間はあるし、変装して彼にバレないようにすればいい。

「やっぱり恋人さんの真意を知りたいね。本当に復讐を考えているのか。どこまで情報をつかんでいるのか。具体的な計画を立てているのか。今の段階じゃ想像に過ぎないわけだし」

それはそうだ。だがあの写真を目《ま》の当たりにして、和沙は身が震えるような恐怖を感じた。尋常ではない殺意があの写真に込められていたような気がする。

「もう一度彼の部屋に侵入できないかしら？　昨日中に入ったときにノートパソコンが置いてあったのよ。あのパソコンの中身を見れば、何かわかるかもしれない」

「それ、いいね」潤が指をパチンと鳴らして反応する。「検索履歴を見れば何かわかるかも。できればネット通販の購入履歴もね。どうやって部屋の中に入るの？　とっておきの方法は昨日姉ちゃんが使っちゃったじゃん。犬に会いたい一心で」

「それはそうだけど……」

反論できなかった。昨日はソラにどうしても会いたくて仕方がなかったのだ。二日続けてガス洩れ騒ぎを起こせば、あの不動産屋の主人も不審に思うことだろう。

「ほかに方法はないかしら。どうにかして彼の復讐を止めたいの」

心が昂《たか》ぶるのを感じた。この体に入ってから初めてのことだ。ようやくなすべき目標が見つかった気がした。私は慎介の復讐を何としても止めなければならない。それができるのは私だけだ。

「わかったよ。別の方法を考えるとするか」

潤が両手を頭の後ろで組んで、背中を反らした。パソコンのマウスの横に腕時計が置いてあるのが見えた。森千鶴のＧ－ＳＨＯＣＫだ。潤がそれに気づいたのか、腕時計を見て言った。

「姉ちゃん、忘れていったろ。でもその時計、壊れてるみたいだね。一度修理に出した方がいいんじゃない」

腕時計をとり、左の手首に巻く。時刻は午後二時をさしており、正確な時間だった。しかし日付を示す機能は壊れたままで、今日は『7』の数字が示されている。昨日は『8』で、その前の日はたしか――。

「どうした？　姉ちゃん」

潤の声で我に返る。時計を外して潤に手渡しながら、日付のことを説明した。それを聞いた潤があごに手を当てて言う。

「タイムリミット、かもしれないね」

「どういうこと？」

「日付が減っていくんだろ。つまりそれが姉ちゃんに残された時間ってこと。確証はないよ。でも姉ちゃんの体に起きてることは常識じゃ説明できない。何が起きても不思議じゃないよ」

「もしこの数字が『1』を過ぎたら、どうなるんだろ」

「数字は逆回転してるわけだから、普通なら『31』になる。でもそれだけじゃないような気がする。もしかしたら姉ちゃんが戻ってくるのかも。本物の姉ちゃんが」

愕然とした。言葉を発することができなかった。つまり私の魂が消滅してしまうということか。

「姉ちゃんと早田慎介は知り合いだった。その姉ちゃんの体にあんたが乗り移ったことは偶然とは思えない。意味があると思うんだ。あんたは恋人さんの復讐を止めるために、姉ちゃんの体に乗り移ったのかもしれないね」

私に残された時間はあと七日間。それまでに私は彼の復讐を阻止することができるだろうか。

※

「……でね、その患者さん、いきなり泣き出してしまったんだ。いい年した大人だよ。年齢は多分五十代くらい。あとで聞いたら一流企業の部長だった」

「へえ、そんなこともあるんですね」

「まあいろいろな患者がいるから」

ＪＲ池袋駅の東口で待ち合わせたあと、梶山美咲の案内で居酒屋に来ていた。かなりお洒落《しゃれ》な内装で、客は若い男女が多かった。テーブル席に対面で座っている。慎介は生ビールを飲み干した。もう三杯目だ。

「早田さん、次は何を飲まれます？」

美咲がそう訊いてきたので、慎介はメニューを広げた。

「赤ワインでもどうかな？」

「いいですね。私もそうしようと思ってたところ」

通りかかった店員を呼び止め、赤ワインをボトルで注文した。一番高価なワインを選んだ。

ワインが運ばれてきた。男性の店員がワインの栓《せん》を抜き、一杯目は注いでくれた。ワインは驚くほど旨かった。

「梶山さん、歯科助手になれるといいね」

「ええ。面接で緊張したらどうしよう」

「大丈夫だよ。君は受かるような気がする」

「なぜですか？」

「美人だから。俺が面接を担当するなら、絶対に君を採用するけどね」

「酔ってらっしゃいますね、早田さん」

嘘ではなかった。和沙のようにパッと花が開いたような美しさではないが、妖艶《ようえん》なものが美咲から滲《にじ》み出ていた。昼間とはメイクも微妙に変えているようで、物流センターで見かける彼女とは別人のようだ。

「面接の練習をしないとね」慎介はワインを一口飲んで言った。「そのために来たんだから」咳払《せきばら》いをして、慎介は続けた。「梶山さん。あなたはなぜ当院で働きたいと思ったのですか？」

「ええと……はい、こちらが新規で開業するクリニックであることは知ってます。いえ、知っております。私も歯科助手の経験がないので、このクリニックと一緒に成長していきたいと思い、希望いたしました」

「うん、悪くないね。中には意地悪な担当者もいるかもしれない。たとえばこういうのはどうかな。梶山さん、あなたは未婚のようですけど、結婚してもこの仕事を続けるつもりですか？」

「はい、続けるつもりです。でも当分の間、結婚するつもりはありませんのでご心配なく。男は懲《こ》り懲《ご》りなんです」

慎介は思わず噴き出していた。彼女が真顔で答えるのが面白かったからだ。彼女も笑い、グラスに手を伸ばした。

楽しい時間が流れていく。いつの間にかボトルのワインがなくなっていた。空になったワインボトルを眺め、慎介は和沙のことを思い出した。

和沙もワインが好きだったが、二杯程度飲むだけで、ほとんどは慎介が飲んだ。レストランでボトルが空になると、彼女はそれを必ずスマートフォンで撮影した。何か一本飲み切った達成感があるじゃない。そういうのを記録しておきたいの。

「たまにとても悲しそうな目をしますよね、早田さんって」

「そうかな」

「だから興味を惹かれたんです。普通知らない人とご飯なんて一緒に行きませんから。何かあったんですか？」

「付き合っていた恋人が死んだんだ。一年前にね」

そう言いつつ、慎介も内心驚いていた。和沙の死を他人に打ち明けるのは初めてだったからだ。ワインを飲んだのは久し振りなので、思っている以上にアルコールが回っているようだ。

「事故か何かで？」

「うん、そう。ごめん、暗い話になっちゃったね」

「実は私も一年くらい前に彼氏と別れました。私の場合、彼氏が仕事の関係でアメリカに行くことになって、別れたんです。日本に帰国するのは早くても十年後らしくて、悩んだ末に別れることに決めたんです」

「それはつらかったね」

「でも私の場合、彼氏はアメリカで生きてるし……。すみません、変な質問しちゃって。どうします？　ワイン頼みましょうか」

「やめておこう。これ以上飲んだら酔い潰《つぶ》れてしまいそうだ」

支払いを済ませて店から出た。彼女も払うと強く言ったが、それは断った。午後九時になろうとしていた。金曜日の夜ということもあり、池袋の町は活気に満ちている。

「駅はどっちだろう」

「こっちです」

彼女に導かれる形で歩き始める。池袋の地理はあまり知らない。和沙は池袋の歯科医院で働いていたこともあり、この近辺には詳しかった。旨いラーメン屋を訪ねて何度も足を運んだことがあるが、いつも和沙が先導役だった。

少し暗い路地に入った。「ここを通ると西武線の乗り場が近いんです」と美咲が説明した。彼女は東久留米《ひがしくるめ》に住んでいるらしい。

前方で男たちの歌声が聞こえてきた。男たちが輪になって校歌らしき歌を熱唱している。かなり酔っているようで、しかも全員が大きな体格をしていて威圧感があった。どこかの大学の運動部だろうか。

不意に手を握られるのを感じた。美咲が慎介の左手を握っていた。彼女が酔った男の集団に恐怖していることが伝わってきた。手を握ったまま、男たちの脇を通り過ぎた。歌声が後ろに遠ざかっていくが、彼女は手を離そうとしなかった。

けばけばしい看板が見えた。ラブホテルの看板らしく、男が女の肩を抱いてホテルの中に入っていくのが見えた。意識したわけではないが、足がホテルの方に向かい、道路を斜めに横切る形となった。彼女もそれに従う。

美咲の手を握ったまま、慎介は歩き続けた。

※

「姉ちゃん、まだかな。俺、腹減ったよ」

スマートフォンの向こうで潤がぼやくように言ったので、和沙は答えた。

「待ってて。もうすぐ帰ってくると思うから」

桜台のあおい荘に来ていた。嫌がる潤を引っ張るように連れてきた。タイムリミットがわかった以上、のんびりしている場合ではなかった。一刻も早く慎介に復讐をやめさせる手立てを考える必要があった。

夜の十時を過ぎているが、まだ慎介は帰宅していない。今日は金曜日なので、職場の同僚と飲みに行ったのかもしれない。そうであるなら少し嬉しかった。いつまでも悲しんでいる慎介の姿など見たくなかった。

「あっ、来たよ。姉ちゃん」

潤の声が聞こえたので、和沙は通話を切った。玄関のドアに身を寄せて耳を澄ます。階段を上ってくる音が聞こえた。足音は隣の部屋の前で止まり、鍵を回す音がした。慎介が部屋の中に入っていく気配がしたので、和沙は靴を履いて外に出た。慎介の部屋のインターフォンを押す。

「どちら様ですか？」

ドアの向こうで慎介の声が聞こえたので、和沙はやや声を小さくして答えた。「夜分すみません。隣の森です」

鍵を解除する音がしてからドアが開く。慎介が立っていた。酔っているのか、目の周りが赤い。

「明日のことですね。わかってますから」

面倒臭そうに慎介が言う。酔ってんだから勘弁してくれよ。そんなことを言いたげな顔つきだ。

「水道が壊れたみたいなんです。不動産屋さんに電話をしても誰も出ないし……。ご迷惑なのは重々承知しているんですが、ちょっと見ていただけますか？」

「水道か。水が出ないってこと？」

「そうです」

慎介がサンダルを履いて外に出てきた。ブルーのサンダルで、以前一緒に量販店で買ったものだ。和沙はオレンジ色のお揃いを持っていた。

「どうぞお入りください」

和沙は自分の部屋のドアを開け、慎介を先に部屋の中に入れる。ちらりと廊下を見ると、階段の手摺《てす》りの後ろに潤のボサボサの頭が見えた。「お邪魔します」と慎介が中に入っていくので、和沙もあとに続いた。あとは潤に任せるだけだ。

部屋の東側にある台所の下には濡れた新聞紙が敷き詰められている。潤と一緒に施《ほどこ》した細工だ。水道管の接合部分を緩《ゆる》め、そこから水が洩れるようにしてあるのだ。そこを締めれば元通りになってしまうが、あまり難しい壊し方をしてしまうわけにはいかない。直せなくなったら大変だ。

「本当だ。水が洩れてるみたいだね」

慎介が水道下のドアを開け、膝をついて中を覗き込んだ。和沙は腕時計に目を落とす。まだ慎介がこの部屋に入って一分しかたっていない。最低でも五分欲しいと潤は話していた。

「どうですか。直りますかね？」

「うん、多分。水道管が緩んでいるだけだと思う。懐中電灯ある？」

「ありません。これでよければ」

スマートフォンをとり出し、ライト機能をオンにしてから水道管に向けてライトを照射した。慎介が体を屈《かが》め、水道管に手を伸ばす。和沙は心の中で慎介に詫《わ》びた。ごめん、慎ちゃん。でもこうするよりほかに方法がないの。

「ここだな。ここが緩んでるんだ。レンチかペンチがあれば締められそうだ。うちにあったはずだ。とってくるから待ってて」

慎介が立ち上がろうとした。ここで帰られると潤と鉢合わせしてしまう。和沙は台所の棚に置いてあったレンチをとり、それを慎介に見せた。ホームセンターで買ってきたもので、実は潤がこのレンチを使って水道管を緩めたのだ。

「これ使えますかね。さっき買ってきました」

「十分だ」

慎介にレンチを手渡したとき、隣の部屋からソラの鳴き声が聞こえてきた。潤を見つけて吠《ほ》えているのだろう。慎介が首を傾げて言った。

「おかしいな。こんな時間に吠えることはないんだけど」

「私、連れてきます」

和沙は部屋から出て、慎介の部屋の玄関ドアを開けて、「ソラ」と呼んだ。潤がこちらに背中を向けてノートパソコンを見ているのがわかった。その足元でソラが吠えている。

「ソラ」ともう一度呼ぶと、ソラが和沙に気がついた。吠えるのをやめ、こちらに走ってくる。朝の散歩のお陰でだいぶ懐いたようだ。ソラを抱き上げ、再び自分の部屋に戻った。慎介は立ち上がり、水道の蛇口を捻《ひね》っていた。

「大丈夫そうだ。直ったよ」

早い。まだ三分もたっていないのではないか。和沙は「ありがとうございます」と頭を下げてから、ソラを慎介に渡した。

「よかったらお茶でもどうですか？」

「ありがとう。でもお気遣いなく」

慎介がサンダルを履き、部屋から出て行こうとした。その背中に和沙は声をかける。

「明日、よろしくお願いします。十一時に予約をとってあるので」

「わかってる。ソラのシャンプーだろ。おやすみ」

「おやすみなさい。バイバイ、ソラ」

慎介を見送ったが、和沙は口が渇くほど緊張していた。息を詰めて隣の部屋の物音に耳を澄ませる。特に声などは聞こえてこなかったので安心し、そっとドアを開けて外に出る。

階段を降りてあたりを見回していると、「姉ちゃん」と呼ぶ声が聞こえた。ゴミ集積小屋の陰に潤は身を忍ばせている。

「どうだった？」

駆け寄って小声で訊くと、潤が不満げに唇を尖《とが》らせた。

「危ないところだったぜ、姉ちゃん。もう少し時間稼いでくれないと」

「何もわからなかった？」

「検索履歴を見ただけ。できれば通販の購入記録も見たかったけど、そこまで時間がなかった」

たしかに時間的に短かった。ノートパソコンの起動に三十秒かかるとして、二分程度しか時間がなかったはずだ。

「ごめん。あれ以上は無理だった」

和沙が謝ると、潤がやや真剣な顔をして言った。

「でも一つだけ、気になる履歴があった。グランヴィレッジ西池袋。もしかしたら谷田部がいるマンションかもしれないぜ」

六日前

台の上に乗ったソラは大人しくトリマーにブラッシングされていた。すでにシャンプーとリンスは終わっており、ブラッシングのあとはカットが待っているようだ。土曜日ということもあってか店内は盛況で、四つの台はすべて埋まっている。

店はJR新宿駅西口を出てすぐのところにあるビルの一階だった。奥の台では男性トリマーがチワワをブラッシングしていた。飼い主は派手な黄色のコートを着た、裕福そうな中年女性だった。その男性トリマーが店の経営者であり、どこかのコンテストで優勝歴もあるようだった。

NYトリミングサロンというのが店舗の名前で、経営者の名前は布井《ぬのい》というらしい。都内に三店舗を経営していて、獣医とも提携して犬の健康管理も手掛けているとのこと。暇潰しのために受付に置いてあったパンフレットを流し読みして、慎介はそれらのことを知った。

「いい子だね、ソラちゃん。すっきりしたでしょ」

ソラを担当する若い女性のトリマーが、そう声をかけながらソラをブラッシングしている。ソラは以前にこの店に通っていたらしく、女性トリマーはソラのことを憶えていた。和沙が連れてきていたのだ。たしかに東中野からは近いが、偶然とは恐ろしいものだ。森千鶴がこの店を選んだのは、インターネットで口コミの高い店をチョイスした結果だという。

「早田さん、カットはスタンダードでいいですね」

隣にいる千鶴に訊かれ、慎介は答えた。

「任せるよ」

どうやらカットにも種類があり、仕上がりがまったく異なるらしい。さきほどサンプル写真を見て驚いたのだが、アフロヘアーのような奇抜なカットスタイルもあるようだ。こんな頭にされてしまっては恥ずかしくて散歩にも行けないと思い、オーソドックスなスタイルを選んだのだ。

不思議なものだな。そう思いながら慎介は店内を改めて見回した。この店に和沙が頻繁に訪れていたのだ。彼女がソラをトリミングに連れて行くことは知っていたが、同行したことはなかった。和沙がソラを抱き、トリマーと談笑している様子が目に浮かぶようだった。

「昔、犬を飼ってたことがある」慎介はカットされているソラを見ながら言った。「小学生の頃だ。捨て犬を拾って飼ってたんだ。オスの雑種だったけど、カットをしたこともなかったし、シャンプーをしたこともなかった」

「屋外犬ですよね」

「うん。外で飼ってた」

「室内犬は違います。トイプードルは毛が伸びるのも早いんですよ。脚の毛が絡《から》むと転び易《やす》くなるし、お尻の毛が伸びるとウンチがついて不衛生です。二ヵ月に一度くらいはカットしてあげるといいですよ」

慎介は納得した。小学生の頃に飼っていた犬は毛が短かった。毛が長いと長いなりに苦労もあるということだろう。

慎介は隣にいる森千鶴の横顔を見た。カットされているソラの様子を熱心に眺めている。変わった子だ。隣に住む犬の散歩を志願したと思ったら、トリミングサロンにまで一緒についてきたのだ。警戒心が欠如しているのではと思うことがあるが、話してみると見かけ以上にしっかりしている部分も感じられる。以前カルテを見たはずだが年齢は憶えていない。おそらく二十代半ばだと思うが、その割に言葉遣いもしっかりしていた。

「可愛くなりましたよ、ソラちゃん」

女性トリマーに抱かれ、ソラが戻ってきた。渡されたソラを抱き、頭のあたりに顔を近づけて千鶴が言う。

「ほら。匂いが全然違います」

ソラの匂いを嗅いでみると、仄《ほの》かにシャンプーの香りがした。さきほどまでの獣のような臭いが消えている。ソラも幾分元気になったように見える。

料金を払うことになり、受付に移動した。提示された金額は一万円近くで驚いた。千鶴も財布を出したが、慎介が全額支払った。それにしても犬のシャンプーとカットで一万円は高い。歯の治療なら虫歯一本治せてしまう金額だ。

店を出ると正午を過ぎていた。やはり昼飯くらいご馳走するのが筋というものだろう。千鶴がいなければ、ソラはずっと獣の臭いを放ったままだったのだ。しかしソラがいる。ペット同伴の飲食店を探さなくてはならない。

「昼飯をご馳走させてくれ。ソラを綺麗にしてくれたお礼がしたいんだ。いったん桜台に戻ってソラを置いてからになるけど、それでもいいかい？」

「ありがとうございます。もしソラのことでしたら、さっきの店に預かってもらうことも可能ですよ。ペットホテルの施設も兼ねているんです」

「そうなの？」

「ええ。別途料金はかかりますけど」

そっちの方が都合がいい。だがトリミングサロンというのは儲《もう》かる商売のようだ。歯科医よりよほど儲かるのではないか。そんなことを考えながら、慎介は千鶴と並んで通路を引き返した。

二人で近くにあるデパートの食堂フロアに足を運んだ。土曜日の昼飯どきのためかどの店も混んでいて、行列ができている店もあった。その中でも比較的空いていたのがカレー屋だった。通路の椅子に座って待っていると、五分もしないうちに席に案内された。

二人とも普通のカレーライスを注文した。すぐにカレーライスは運ばれてきた。ミニサラダもついている。見た目は普通のカレーだったが、食べてみると意外に辛く、香辛料のパンチも効いていた。あとを引く旨さだ。

千鶴はと見ると、彼女は食べる前に添えられている福神漬けを皿の脇にどかしていた。それを見て慎介は奇妙に思った。

「福神漬け、嫌いなの？」

「はい……。あ、でも食べられますよ、全然」

和沙も福神漬けがあまり好きではなかった。カレーの純粋な味が損なわれるというのが和沙の主張だった。だから和沙が作るカレーには福神漬けがなく、少し物足りなく思ったものだ。

「ところで早田さん、昨日飲み会だったんですね」

「ま、まあね」

昨夜のことを思い出し、胸がざわついた。結局、梶山美咲とホテルに行くことはなかった。前を素通りして、大通りに出たところで繋いでいた手を離した。それから二人の間に会話はなくなり、西武池袋線が混んでいたということもあり、去り際に「お疲れ様」と挨拶《あいさつ》を交わしただけだった。

「職場の方と飲んだんですか？」

「そうだね」

不思議なものだな。慎介は心の中で笑った。明日、谷田部のマンションに乗り込もうとしているのに、こうして隣人と一緒にカレーを食べているのだ。俺は明日、谷田部と対面できるのだろうか。

慎介はスプーンを置いた。まだ器には半分ほどカレーが残っている。谷田部のことを考えた途端、急に食欲が消え失せた。

「どうしたんですか？　もう食べないんですか？」

千鶴が訊いてきたので、慎介は作り笑いを浮かべて答えた。

「腹が一杯だ。年だな、きっと」

「そうですか。若く見えるのに」

この一年間、心の底から笑ったことはない。作り笑いを浮かべるのがやっとだ。昨日の夜、梶山美咲と話していてもそうだった。表情では笑顔を作ることはできたが、心は笑っていなかった。

「早田さん、休みの日は何をしてるんですか？」

「家で寝てるだけだよ」

千鶴は質問を重ねてきたが、早田は簡素な受け答えをするだけだった。彼女が食べ終わるのを見計らい、伝票を持って立ち上がった。支払いを済ませて店を出て、エスカレーターに向かって歩き始めた。

土曜日のデパートは混んでおり、家族連れやカップルの姿が目立った。そういう買い物客たちを見ていると、否が応でも和沙のことを思い出してしまう。絶対にないとわかってはいるものの、前を歩く女性の髪形が和沙に似ているだけで、追い越して顔を確認したいという気にもなってくる。

いつだろうか。いつになったら俺は和沙のことを思い出さなくなるのだろうか。

※

タクシーの隣の席に座る慎介は無言だった。頬に手を置き、窓の外の風景に目をやっている。足元に置かれたケージにはソラがおり、こちらも大人しい。眠っているようだ。

和沙は腕時計をちらりと見た。日付の文字盤は昨日から一つ減り、『6』の数字が示されていた。これからどうなってしまうのか何もわからないが、言えることが一つある。慎介に復讐などさせてはならない。絶対にだ。

時刻は午後二時を過ぎたところだった。今日、四時間ほど慎介と一緒に行動していたのだが、彼が計画しているであろう、谷田部への復讐に関するヒントは何も聞き出すことができなかった。

現時点での最大のヒントは、潤が慎介のパソコンから得た、グランヴィレッジ西池袋というマンション名だけだ。そのマンションに谷田部彰が住んでいる可能性が高いというが、確証はない。何かしらの興味があって、そのマンション名を検索したことは間違いなかった。

「運転手さん、このあたりで」

慎介がそう言うとタクシーが減速した。あおい荘の前だった。慎介が金を払い、ケージを持ってタクシーから降りた。和沙もあとに続く。

「今日はありがとね。付き合ってもらっちゃって」

階段を上りながら慎介がそう言ったので、和沙はその背中に声をかけた。

「いえ、全然。こちらこそご馳走になってしまってありがとうございました。楽しかったです」

不意に淋しさを覚えた。同じアパートに暮らしながら、なぜ別々の部屋に入らなければいけないのか。今の私は慎介にとってただの隣人。自分の置かれた状況は理解しているものの、もどかしい思いが胸に込み上げる。

二階の外廊下を歩き、慎介が立ち止まった。慎介の部屋のドアに一枚の紙が挟まっているのが見えた。宅配便の不在票だろうか。慎介は伝票をとってポケットにしまった。見るとドアの表札には『早田』と書かれた紙が貼られている。通販を注文したときだけ、表札に名前を出すことにしているようだ。

鍵穴にキーを差し込んだところで、慎介が振り返って言う。

「あの、森さん」

「何でしょうか」

「いやね、あまり真《ま》に受けてほしくないんだけど」慎介はそう前置きしてから続けた。「もし俺の身に何かあったら、ソラの面倒をお願いできるかな。ソラも君には懐いているようだし」

「えっ？」

言葉が続かなかった。もし俺の身に何かあったら。それはつまり、慎介が復讐を実行する時期が近いことを意味しているのではないか。そうとしか考えられない。

「ごめん、変な意味じゃないんだよ。ほら、人間何が起こるかわからないだろ。明日交通事故に遭うかもしれないしね。戸惑わせてしまって申し訳ない。忘れてくれ」

取り繕うように慎介は言ったが、その目は笑っていない。口だけで笑っている。こういう慎介の顔はこれまでに見たことがなく、不安が募るだけだった。

※

届けられた段ボール箱を開けると、ビニールで包装された商品が入っていた。慎介はビニールを引きちぎり、中から商品を出した。

その場で服を脱ぎ、届いた商品を身につける。ネット通販で購入した紺色の作業着一式だ。Lサイズを買ったのだが、ここ一年で体重が減少したせいか、腰のあたりが緩い気がした。ベルトを締めれば問題ないだろう。

最後に帽子を被った。今は靴を履いていないが、明日はブーツを履くつもりだ。大きな鏡が部屋にはないので全身を確認することはできない。カーテンを開けると外は暗かった。ガラスに映った自分の姿を見て、慎介はカーテンを閉ざした。

宅配便の配達人を装うつもりだった。できれば大手宅配便のユニフォームを購入できないかとネットで検索したのだが、そういった商品はなかなか見つからなかった。しかしこれで十分だ。うまく町の風景に溶け込めるはずだ。

マンションに侵入するのは簡単だと思っている。オートロックになっているはずなので、適当に部屋番号を押して宅配便だと告げればいい。問題はその先だ。どうやって谷田部が住む部屋を探り当てるのか、それがネックだ。

中に入れば郵便ポストがあるだろうから、そこに記された名前を調べるのが最初の方法だが、昨今ではポストに名前を書かない人間も多いと聞く。もしポストを調べて駄目だった場合、次の手段に移らなければならない。

持ちものは四つ。まず一つめはこの段ボールだ。宅配便を装うためには段ボール箱を持っていた方が無難だろう。当然、中は空だ。

あとの三つはテーブルの上に置いてある。武器として使うスタンガンとサバイバルナイフ。どちらも先日ネット通販で買ったものだ。スタンガンを試しに使ってみることができないのが不安だが、すでに操作説明書は何度も読んだ。ドアを開けたら最初にスタンガンを谷田部に押しつけ、奴の自由を奪う作戦だ。

そして最後の持ち物が小型のＩＣレコーダーだ。スタンガンで自由を奪ったあと、拘束してから奴の口を割らせるつもりだ。その声を録音するのがこのＩＣレコーダーだ。かなりのデータ容量があるので、谷田部の部屋に入る前から録音を開始しても問題はない。

サバイバルナイフはレザーのケースに入っている。尻のポケットに忍ばせて持っていくつもりだった。

奴を拘束したのち、サバイバルナイフで脅しながら、真相を語らせる。その内容をICレコーダーで録音し、その記憶媒体を警察に届ける。それが慎介の目論見《もくろみ》だった。

スタンガンなどをテーブルの隅に押しやってから、床の上にあったコンビニの袋を置いた。中からウィスキーの小瓶と弁当を出す。キャップを開けてウィスキーを飲むと、腹の底がカッと熱くなった。今夜は酒の力でも借りなければ眠れないだろう。いや、酒を飲んでも眠れないかもしれない。

慎介は弁当の包装フィルムを剝がして、割り箸を割った。カツ丼はもう冷め切っていて、味がほとんどしなかった。ウィスキーをちびちび飲みながら、カツ丼を食べ切った。袋の中にはゼリー状栄養補給飲料が二つ入っている。こちらは明日の朝食用だ。どうせ食欲もないはずだから、これを流し込めばいいと考えていた。

「ソラ」

小声で呼ぶと、部屋の隅で丸まって眠っていたソラが目を覚ました。慎介の方を見てから、また顔を前脚の上に落とす。今日は疲れているようだ。

「よかったな、綺麗にしてもらって」

実はソラのことは前々から心配していた。ずっと飼っているわけにもいかないし、自分がいなくなってしまえば面倒をみる人間がいなくなると思っていたのだ。でもその心配も消えた。あの森千鶴という隣人だ。

少し変わっているが、芯《しん》はしっかりした子だろう。ソラも彼女に懐いていることだし、俺がいなくなってしまってもソラを可愛がってくれるはずだ。最初は奇妙な隣人だと訝《いぶか》しんだが、ソラの新たな飼い主として天が遣わしたようにも思える。それほど彼女の出現は大きなものだった。

ウィスキーを飲み干した。酔いで顔が火照《ほて》っているのがわかる。不思議と緊張はなかった。明日になればどういう心境になっているか見当もつかないが、今は夜の湖のように心は落ち着いている。

慎介は布団の上に横になった。

五日前

物音で目が覚めた。時計を見ると、午前九時を過ぎたところだった。和沙は体を起こして耳を澄ます。やはり慎介の部屋から音が聞こえてくる。窓を閉める音だ。

昨夜はずっと慎介の部屋に意識を集中していた。いつ慎介が部屋から出ていくのかと不安だったからだ。慎介の部屋は一晩中しんと静まり返っていた。午前三時くらいまでは記憶があったが、その先は眠ってしまったようだ。

和沙は立ち上がり、水道でコップ一杯の水を飲んだ。上着を着て、財布とスマートフォンを持ったところで、やはり隣から物音が聞こえた。ドアを開ける音だ。和沙は玄関のドアに向かい、薄くドアを開けた。覗き見ると階段に向かって歩いていく慎介の背中が見えた。

中腰の姿勢のまま靴を履いた。慎介が階段を降りていったのを見届けてから、和沙は部屋を出た。手摺《てす》りから顔を出して通りを見ると、慎介が歩いている姿が見える。桜台駅方面に向かっていくようだ。

尾行を開始する。二十メートルほどの距離を保つことを心がけた。慎介は真っ直ぐ前を見て歩いていて、まさか尾行されているなど思ってもいない様子だった。彼は昨日と同じジーンズにジャンパーという姿だが、ボストンバッグと段ボールを持っている。ボストンバッグはいいとして、段ボールを持つ意味がわからない。しかも持ちにくそうだ。何が入っているのだろうか。

桜台駅に辿り着いた。携帯電話を改札機の読み取り部分に当て、慎介は中に入っていく。和沙はあとを追い、改札口を通った。ホームに降りると慎介の姿はすぐに見つかった。段ボールを持っているので、彼の姿はよく目立つ。これならば見失うことはない。

アナウンスが聞こえ、ホームに池袋方面行きの電車が入ってきた。慎介が乗り込むのが見えたので、一両隣の車両に乗る。吊り革に摑まり、慎介の様子を観察した。慎介はドアの近くに立っていた。電車の中はさほど混雑していない。スマートフォンが震えたので画面を見ると、潤からのメールを受信していた。『動きはあった？』と書かれていたので、『今、西武池袋線の中』と短い文面で返信した。

不安は募る一方だった。慎介は今日、谷田部への復讐を考えているのだろうと、和沙は半ば確信していた。もし俺の身に何かあったら。昨日慎介はそう言った。あの言葉が意味するところは、決行日が目前に迫っていることにほかならない。

十分ほどで池袋駅に到着した。ドアが開き、和沙はホームに降り立つ。慎介の姿を捜した。段ボールを持っているのでよく目立つが、混雑した駅の構内ではうっかりすると慎介の姿を見失ってしまいそうだ。慎介は改札を出て、駅の構内を進んでいく。それにしても人が多い。もっと近くに行きたいが、あまり接近すると尾行が露見してしまう。

不意に慎介の動きが変わった。ずっと真っ直ぐ歩いていたのだが、斜めに進んで男性用トイレに入っていった。柱があったので、その陰に身を寄せてトイレの出入り口を見張る。

トイレはひっきりなしに出入りがあるので、注意深く出入り口を見張った。学生風の男の子、競馬新聞を持ったおじさん、宅配業者らしき男などが出たり入ったりしていた。

五分ほど待っても慎介はトイレから出てこなかった。徐々に不安になってきて、和沙は腕時計とトイレの出入り口を交互に見続けた。

八分が過ぎた頃、スマートフォンに潤からの着信があった。和沙はすぐに電話に出て、今の状況を伝えた。潤は呑気《のんき》な口調で言う。

「ボストンバッグを持ってたんだろ。中に着替えが入っていたってことだよ。トイレの個室で着替えたってわけ。もしかしたら外に出ちゃったかもね」

「そんな……」

「恋人さん、段ボールを持ってたんだろ。うーん、宅配業者かなあ。宅配業者っぽい人、トイレから出てこなかった？」

「出てきたと思う」

メガネをかけ、段ボール箱も持っていたはずだ。まったく何てミスだ。電車を使う宅配業者などいるはずがない。

「でも姉ちゃん、焦ることはないって。行き先は多分例のマンションだよ。急いでタクシーに乗って、先回りするんだ」

「わかった」

スマートフォンを片手に走り出す。通行人が邪魔で仕方がなかったが、何とか西口から外に出た。ちょうど信号待ちで停まっている空車のタクシーが見つかったので、後部座席に乗り込んだ。「どちらまで」と運転手に訊かれたので、和沙はスマートフォンの検索アプリに『グランヴィレッジ西池袋』と打ち込み、地図を表示させてから運転手に見せた。

「ああ、そこね」

運転手はうなずき、タクシーを発進させた。間に合うといいのだが。しかし慎介を発見できたとして、どのようにして彼の復讐を止めればいいのか、その方法は思いつかない。

和沙は座席のシートにもたれ、深い息を吐いた。

※

心臓が音を立てている。慎介はグランヴィレッジ西池袋の前にいた。池袋の繁華街からやや離れているため、通行人の数は少ない。段ボール箱を持つ手はすでに汗ばんでいる。

オートロックのマンションには外にポストがあるタイプと、内側にあるタイプがある。グランヴィレッジ西池袋は後者だった。中に入らないとポストに投函《とうかん》することができないようだ。業者用のドアが裏手にあり、そこから中に入って投函できるようだが、業者用のドアから入るためには管理人の許可をとる必要があるので、それは無理だった。

ここにずっと佇《たたず》んでいても怪しまれるだけだ。慎介は意を決してパネルのボタンを7、0、1と押した。しばらく待ったが反応はなかった。続いて7、0、2と押したがこちらも反応がなく、七〇三号室の番号でようやく反応があった。

『どちら様でしょうか？』

そう呼びかける男の声が聞こえたので、慎介は答える。「宅配便をお届けに参りました」

声が上擦《うわず》っているのが自分でもわかった。慎介は伊達《だて》メガネをかけている。カメラの映像で相手に顔を見られているはずだ。カチャリという音が聞こえ、ロックが解除された。慎介は段ボール箱を手にしたまま、自動ドアからエントランスの中に入った。

広いエントランスホールだった。幸いなことに人は誰もいない。正面の壁に集合ポストがあった。部屋番号の下にネームプレートがあるが、名前が書かれているのは半数程度だ。慎介は一番隅から順にネームプレートを確認していく。すべてのポストを見たが、谷田部の名前はなかった。念のためにもう一度見たが、やはり谷田部の名前は見つからない。

多少の落胆はあったが、想定していたことだった。一年前とはいえ、谷田部は殺人事件の容疑者として世間を騒がした。ポストに名前を書くような真似は控《ひか》えるはずだ。

エレベーターのドアが開き、マンションの住人らしき若い男が出てきた。慎介は段ボール箱を手に、ポストの名前を確認する振りをした。若い男は慎介には目もくれずに自動ドアから外に出ていった。

変装したのは正解だったようだ。この格好をしていれば、マンションの住人に怪しまれる心配はない。しかし油断は禁物だ。さきほど宅配便だと嘘をついた七〇三号室の住人の動きが気になった。中に招き入れたはずなのに、宅配業者が部屋を訪れないのだから。わざわざ管理人に連絡するとは思えないが、何かアクションを起こされたら厄介だ。

慎介は携帯電話を出し、壁際に移動した。電話帳を開いて及川の連絡先を呼び出した。今日は日曜日なので物流センターの勤務はない。

及川に電話をかけたが、十コールほど待っても通話は繋がらない。いきなり計画がつまずき、慎介は不安に駆られる。やはり谷田部の部屋番号を事前に入手できなかったのは痛い。

竹内にかけてみようか。そう思って竹内の連絡先を探していると、携帯電話が震え始めた。及川からだった。慎介は大きく息を吐いてから、携帯電話に耳を当てる。

「もしもし」

「あ、早田さん？　俺だけど」電話の向こうは騒々しい。パチンコ店にいるようだ。

「さっき電話くれたでしょ」

「ああ、ちょっと教えてほしいことがあるんだよ」

「ああ、ちょっと教えてほしいことがあるんだよ」

この計画の肝は及川が一人でいることだ。たとえば隣に竹内がいたら、その時点で計画は破綻《はたん》する。慎介は携帯電話を握り直して言った。

「さっき竹内君に呼ばれたんだ。西池袋のマンションにね。部屋番号を教えてもらったんだけど、忘れちゃったんだよ」

電話の向こうで及川は沈黙した。騒々しい音が聞こえてくる。及川は怪しんでいるのだろうか。慎介はごくりと唾を飲み込み、彼の言葉を待った。

「よし、大当たり」ようやく及川の声が聞こえた。パチンコに夢中になっていただけのようだ。「ええと、竹内に呼ばれたって？　何の用で？」

「金を貸してほしいって言われたんだ。ちょうど俺も池袋に来てたから、まあいいかなと思ってね」

「今日はマージャンやるとは聞いてなかったけどな。部屋は八〇三号室。頑張れって竹内に伝えといてよ。でも早田さん、竹内に金貸したら返ってこないかもよ」

「たいした額を貸すわけじゃない。給料日には返してもらうよ」

通話を終了させた。再び集合ポストの前に移動して、八〇三号室のポストに目を向けた。ネームプレートに名前は書かれていない。ここに谷田部が住んでいるのか。

慎介はエレベーターに足を向けた。エレベーターは一基だけで、ちょうど下降してくるところだった。背後から足音が聞こえ、ちらりと見ると縦縞《たてじま》の作業着を着た宅配便の男が歩いてきた。町でよく見かける大手宅配業者のユニフォームだ。

一階に到着したエレベーターに乗り込んだ。宅配便の男も慎介に続いて乗ってきた。慎介が八階のボタンを押すと、宅配業者の男はそれをちらりと見るだけだった。この男も八階で降りるのか。

エレベーターが上昇を始めた。すると宅配業者の男が手を伸ばして十階のボタンを押したので、慎介は心の中で安堵した。

「最近寒くなってきましたね」

いきなり宅配業者の男が話しかけてきた。無視して怪しまれたくない。慎介は返事をした。

「そうですね」

「個人ですか？」

最初何を問われているのかわからなかったが、質問の意図に気づいて慎介は答えた。

「それに近いです。零細ですよ」

エレベーターが八階に到着し、ドアが開いた。「お疲れ様です」と宅配業者の男に声をかけられたので、慎介も「お疲れ様です」と返してエレベーターから降りた。ドアが閉まるのを待ち、慎介は帽子を脱いだ。

髪を撫でる。汗のせいで髪は湿っていて、外気に当たって冷たく感じた。再び帽子を被って廊下を歩く。緑色のカーペットが敷かれており、高級感を感じさせる廊下だった。

八〇三号室の前に立つ。表札は出ていなかった。インターフォンを押す前に、最後に持ち物の確認をした。ナイフは上着のポケットに入っている。スタンガンはズボンの右側のポケット、ICレコーダーは胸のポケットだ。慎介はICレコーダーをとり出して、録音開始のボタンを押した。赤いランプが点灯する。

いよいよだ。果たして谷田部はこの部屋にいるのだろうか。ようやく最大の容疑者の懐に飛び込めるのだ。喜びはないが、わずかながらの達成感を覚えた。

慎介は大きく深呼吸をしてから、八〇三号室のインターフォンを押した。

※

タクシーが停車し、和沙は料金を支払って後部座席のドアから降り立った。高層マンションの前だった。エントランスのドアの上に『グランヴィレッジ西池袋』と書かれている。

和沙はスマートフォンをとり出し、潤に電話をかけた。すぐに潤は出た。

「今、マンションの前に着いたわ。これからどうしたらいいと思う？」

「知らないよ。そんなの自分で考えなよ」

「時間がないの。一刻を争うのよ。彼を人殺しにしたくないの」

「その気持ちはわかるけど。姉ちゃん、ちょっと離れた方がいいよ」

「なぜ？」

「だって姉ちゃん、マンションの前にぼうっと立ってるんでしょ。谷田部は今でも警察にマークされてるはずだ。もし警察が張り込みしてたら見つかっちゃうよ」

そういうことか。マンションの二十メートルほど向こうにコンビニエンスストアの看板が見えたので、和沙はそこに向かって移動した。店の前に立ち、もう一度スマートフォンを耳に当てた。

「マンションはオートロックだったわ。あれじゃ中には入れない。どうしたらい？」

「だから知らないって」

「冷たい弟ね」

「俺は森千鶴の弟だけど、涌井和沙の弟じゃないから」

まったく使えない弟だ。和沙は通話を切った。すでに慎介はマンション内に入っているかもしれない。そう考えると居ても立ってもいられない。

コンビニの窓ガラスに指名手配犯の手配写真が貼ってあるのが見えた。一一〇番通報という手もある。マンション名を言い、そこで谷田部が襲われることを警察に通報するのだ。慎介の凶行は阻止できるかもしれないが、それでは彼が犯罪者として警察に検挙されてしまう。

マンションから宅配業者の制服を着た男が出てくるのが見えた。男は路上に停めてある小型のワゴン車に乗り込んだ。ワゴン車が走り去るのを見送りつつ、和沙は思いを巡らせた。

やはりマンション内に入らなければならない。入ってどうすると決めたわけではないが、ここで待っていても無駄な時間が過ぎていくだけだ。

マンションから人が出てくるのが見えた。パーカーを着た若い女性だった。女性はこちらに向かって歩いてくる。その姿を見て和沙は一計を思いついた。コンビニの店内に入り、雑誌コーナーで女性誌を手にとった。

しばらくしてパーカーの女性が店に入ってきた。昼食でも買いに来たのだろう。女性は和沙の隣に立ち、女性誌を手にとって眺め始める。立ち読みなんてしてないで早く買い物しなさいよ。内心そう呟きながら、和沙も女性誌を読む振りをする。

着信音が聞こえ、女性がスマートフォンをとり出した。雑誌を見ながら話し始める。「今コンビニ。……マジ最悪。あいつ、しつこいんだもん。……指名だから仕方ないけどね。ねえ、今晩ご飯でもいかない？」

この近くで働く水商売の女性だろうか。そんな想像をしていると、女性が通話を終えて女性誌を棚に戻した。やっと買い物をする気になったようだ。背中でその気配を感じながら、和沙は女性誌に目を落とす。内容はまったく頭に入ってこない。女性がレジで精算を終え、店から出ていくのが見えたので、和沙も女性誌を棚に戻して店から出た。

女性がマンションに戻っていく。エントランスのパネルの前に女性が立ち止まった。女性が和沙に気づいたので、笑みを浮かべて言った。

「どうぞ、お先に」

女性がうなずき、パネルを操作した。すると自動ドアが音もなく開いた。女性に続いて和沙も慌てて中に滑り込む。スマートフォンに熱中しているせいか、女性は和沙の行動に気づかない様子だった。

マンション内に入ることには成功した。が、ここから何をすればいいのか思い浮かばない。慎介がどこにいるか捜すことが先決だと思うが、その方法がなかった。壁一面のポストの数からして、世帯の数は百近いのではなかろうか。あおい荘とは訳が違う。

しかし何もしないわけにはいかなかった。今、このマンションのどこかに慎介がいる。私は絶対に慎介の復讐を止めなければならない。

※

部屋の中から応答はなかった。留守なのだろうか。もう一度インターフォンを押してみたが結果は同じだった。

慎介はわずかに落胆した。ようやく谷田部の部屋を突き止めたというのに、留守にしているとは。

試しにドアノブを摑んで回してみると、ロックはかかっていなかった。五センチほどドアを開けてみる。中から物音は聞こえない。静まり返っていた。

ここまで来たら引き返すわけにはいかない。慎介は意を決し、スタンガンをとり出して右手に握る。すでに手は汗ばんでいる。足音を立てぬよう、細心の注意を払って部屋の中に入った。

ドアをゆっくりと閉めて耳を澄ます。物音は聞こえず、人のいる気配は感じられなかった。谷田部が眠っている可能性もあった。もしそうなら好都合だ。

部屋の奥を覗き込むと、短い廊下の向こうはリビングのようだった。靴を脱ごうかどうか迷ったが、土足のまま上がることにした。靴下で滑ることを危惧したからだ。

リビングに入る。中央にはマージャンの全自動卓が置いてある。いつもここで竹内らとマージャンに興じているのであろうと思われた。

一枚のドアが見えた。ドアの前に立ち、その向こうの様子を窺うが、特に物音は聞こえない。ドアを開けると、そこは寝室のようだった。

壁際にベッドが置かれている。その隣に置かれた椅子の背もたれから人の頭が覗いている。慎介は鼓動が高まるのを感じた。スタンガンを握り締め、その頭を見つめる。微動だにしない。眠っているのだろうか。

ゆっくりと前に進み、椅子の前に回り込んだ。思わず「ひっ」と悲鳴を上げ、危うくスタンガンを落とすところだった。

椅子に座っているのは間違いなく谷田部彰だった。が、目を見開いたまま硬直している。口は半開きで、赤い舌が見えた。死んでいるのは明らかだった。

ど、どうして――。

フローリングの上にペットボトルが転がっている。ミネラルウォーターのようだ。

慎介は頭を振り払った。

死んだ？　谷田部が死んだ？

慎介は呆然とした足どりで寝室から出た。膝に力が入らず、その場に座り込んだ。しばらくその姿勢のまま動けなかったが、自分が置かれた状況に気づき、慎介は立ち上がった。

遺体を発見したのだ。警察に通報するべきだ。しかし無断で部屋に侵入した事実をどう説明する？　ここは立ち去るのが賢明かもしれない。

スタンガンをポケットにしまう。そのときインターフォンが鳴った。

※

和沙は四階にいた。下から一戸ずつ表札を確認しながら上がっていた。まだ『谷田部』と書かれた表札は発見できていない。名前の書かれていない表札もいくつかあり、そういう場合はインターフォンを押して中の住人を確かめることにしていた。ちょうど次の四〇五号室には表札は出ていなかった。インターフォンを押すと、スピーカーから声が聞こえてくる。

『どちら様ですか』

その声に混じり、子供の声が聞こえた。家族で住んでいるということは、おそらく谷田部ではない。和沙はインターフォンのマイクに向かって言った。

「すみません。間違えました」

マンションの内部は豪華な造りになっていて、まるでホテルを思わせるものだった。エレベーターを降りると奥に廊下が続いており、その両脇に部屋が並んでいる。廊下には緑色の絨毯《じゅうたん》が敷かれていて、壁には複製画が飾られている。

本当に慎介はこのマンションにいるのだろうか。そんな疑問を感じるが、今は立ち止まっている場合ではない。一刻も早く谷田部の部屋を見つけなければならないのだ。

四階の部屋をすべて見終わったが、谷田部の表札は見つからなかった。廊下の一番奥に非常階段があり、和沙は非常階段のドアを開けようとした。そのときスマートフォンが震えたので画面を見ると、潤からの着信だった。すぐに和沙は電話に出る。

「もしもし？」

「姉ちゃん、着いたよ」

「潤君、来てくれたの？」

「まあね。タクシー飛ばしてきた」

「さすが弟」

「だから俺は姉ちゃんの弟じゃないし」

一人では心細くて仕方がなかった。たとえ引き籠もりとはいえ、味方がいてくれるのは頼もしい。和沙は早口で言う。

「すぐに中に入ってきて。部屋数が多くて大変なの。手分けした方が早く見つかるわ」

「悪いけどそれは無理。ヤバいんだよ。入り口に怖そうなおじさんが立って見張ってる。俺は刑事ですって雰囲気を全身から醸《かも》し出してるんだ」

やはり谷田部のマンションは見張られていたのだろう。慎介がマンション内に侵入したので、急遽《きゅうきょ》警察が出動したのだ。

「さっき四人の男が中に入っていった。姉ちゃん、気をつけて。俺は下で待ってるから、何かあったら連絡して」

通話は一方的に切れた。警察が来たとなると、もうどうしようもないのかもしれない。しかし逃げ出すという選択肢は和沙にはなかった。絶対に谷田部の部屋を見つけ、慎介の復讐を阻止する。それしか考えられなかった。

非常階段のドアを開ける。五階に向かって階段を上り始めると、下から足音が聞こえた。和沙は慌てて引き返し、四階の廊下に戻った。ドアを薄く開けて様子を見る。

階段を駆け上がってきたのは二人の男だった。おそらく刑事だろう。男たちが目の前を駆け上がっていくのを見送ってから、和沙はドアを開けて階段に足をかけた。頭上で男たちの声が聞こえた。

「まったく息が切れるぜ」

「ああ。でも仕方ないだろ」

男たちの足音が階段室に響き渡っている。和沙は二人を追いかけるようにして階段を上った。二人が駆け上がっていくスピードに追いつくことができず、和沙は足を止めて手摺《てす》りから身を乗り出す。しばらく待っていると足音が消え、ドアが開閉する音が聞こえてきた。

二つの影が消えるのが見えた。八階らしい。和沙は手摺りを摑み、再び階段を上り始めた。

※

再びインターフォンが鳴る。どうすればいいかわからず、慎介はその場に硬直していた。

ドアがゆっくりと開いた。その向こうに立っていたのはスーツ姿の二人の男だった。二人は慎介の顔を見て、険しい目つきになった。片方の男が言う。

「早田慎介さんですね。我々は池袋署の者です。本庁の要請でやって参りました。ここで何をなさっているんですか？」

「お、俺は……やってません。俺じゃないんだ」

「何を言ってるんです？」

「だから俺じゃないんです。俺が来たときは、もう……」

二人の刑事が顔を見合わせた。一人の刑事が靴を脱ぎ、部屋の奥に入っていった。残った刑事が言う。

「早田さん、事情はわかっていますが、こういったことをされると困ります。捜査は警察にお任せください」

自分の行動が裏目に出てしまったのを感じ、慎介は唇を噛んだ。戻ってきた刑事が慌てた口調で言った。

「奥で谷田部が死んでます。死因は不明。争った形跡はありません」

「信じてください」慎介は刑事たちに向かって言う。「俺が来たとき、すでに彼は死んでたんです。俺は殺してない。俺じゃありません」

慎介の言葉を無視して、一人の刑事が携帯電話をとり出して、それを耳に当てて話し始める。

「谷田部の遺体を発見。早田慎介は確保。繰り返します。谷田部の遺体を発見。早田は確保。これより署に連行しますので、至急鑑識班の手配をお願いします」

ドアが開き、さらに二人の刑事が現れた。やはりこのマンションは見張られていて、変装を見破られたということだろう。そうでなければこうも早く警察がここにやってくるわけがない。

不意に手首を掴まれ、後ろに回された。肩の関節に痛みが走る。

「待ってくれ。さっきから何度も言ってるじゃないですか。俺が来たとき……」

「詳しい話は署で聞かせてもらおう」

刑事たちは部屋のあちらこちらを確認していた。トイレやバスルームやベランダなど、あらゆる場所に目を走らせている。

「俺じゃない。違うんだ」

「大人しくしろ」

強引に部屋の外に連れ出された。二人の刑事に両脇を挟まれる。

騒ぎを聞きつけたのか、廊下にはマンションの住人がちらほらと集まっていた。廊下を歩き、エレベーターの前に立たされる。上昇してくるエレベーターを待っていると、慎介の視界にその姿が映った。

なぜ彼女がここに……。

あおい荘の隣人、森千鶴だった。壁に身を寄せるようにして慎介の方を見ていた。顔色が蒼白で、目を見開いている。何か言いたげに口をパクパクと動かしているが、何を言いたいのか伝わってこない。いったいなぜ彼女はここに……。

背中を押されるのを感じた。いつの間にかエレベーターが到着していた。二人の刑事に両脇をガードされながら、中に乗り込んだ。振り返ると森千鶴はまだ壁の前に立ち尽くしている。

エレベーターのドアがゆっくりと閉じた。

※

「姉ちゃん、こっちだ」

呆然としながらマンションのエントランスから外に出ると、自分を呼ぶ声が聞こえた。マンション前の植栽《しょくさい》の陰から潤が手招きしていた。和沙は覚束《おぼつか》ない足どりで潤のもとに向かった。

「何があったんだよ、姉ちゃん」

すでにマンション前は野次馬たちが集まっており、数台のパトカーが停まっていた。すでに慎介を乗せたパトカーは走り去ったあとらしい。

「とにかくこの場を離れた方がいい。行こう」

潤に手を引かれ、和沙は歩き始めた。何があったのか、まったくわからなかった。刑事らしき二人組を追いかけ、八階に辿り着いたまではよかったが、そこからどうしていいのか途方に暮れてしまった。そうこうしているうちに一枚のドアが開き、そこから慎介が出てきたのだ。まるで犯罪者のように二人の刑事が慎介の両脇を固めていた。

「ここに入ろう」

しばらく歩いたところの雑居ビルの二階にファミリーレストランがあったので、潤に背中を押されるように店内に足を踏み入れた。窓際の席に座り、潤がメニューを広げた。

「何か飲む？」

「要らない」

和沙がそう答えると、潤が通路を歩いていた店員を呼び止め、ホットコーヒーを二杯注文した。日曜日のランチタイムのせいか、店内には家族連れの姿が多く目立つ。サラダバーの前で数人の子供が親と一緒にサラダをとっていた。

悔しくてたまらない。気を抜くと涙が出そうだった。結局私は何もできなかった。おそらく慎介は谷田部への復讐を果たしたのだろう。その直後、見張っていた刑事たちに捕まったのだ。

潤が忙しげに店内を見回している。瞬《まばた》きをする回数が多く、落ち着かない様子だった。

「どうしたの？」

和沙が訊くと、潤がコップの水を半分飲んで答えた。

「うん。ファミレス入るの久し振りだからさ。どうも人の視線が気になって」

潤は引き籠もりだ。急に学校に行くのが嫌になり、それ以来ずっと部屋に籠もって暮らしていると言っていた。こうしてタクシーに乗り、わざわざ池袋まで来てくれたのは、彼にとってかなりの冒険だったはずだ。思えば今の私に味方と言えるのは彼だけだ。

和沙はメニューをとり、テーブルの上で開いて言った。

「好きなものを食べていいわよ。私が奢るから」

「姉ちゃんの金じゃないだろ。正確に言えば森千鶴の金だ」

「細かいことは気にしないで」

「結構大雑把な性格だよな。涌井和沙ってO型だろ」

「正解」

店員がコーヒーを運んできた。潤がメニューを見て、ハンバーグのセットを注文した。コーヒーを一口飲んで潤が訊いてきた。

「で、何があったの？　大変なことになってるみたいだけど」

窓際の席に座っているので、ちょうど例のマンションがよく見えた。まだマンション前にはパトカーが停まっていて、野次馬も集まっている。

「中に入ったまではよかったの。でも彼がどの部屋にいるのかわからなくて、下の階から回ってたのよ」

マンション内で起こったことを潤に話した。階段で刑事に遭遇して、八階に辿り着いたこと。しばらくして部屋のドアが開き、慎介が刑事に連行されていったこと。

「なるほどね。でもまだ彼が谷田部を殺したと決まったわけじゃないだろ」

「でも刑事に連れていかれたのよ。何かあったに決まってるわ」

「ニュースになるのは早くて夕方くらいか」潤がスマートフォンを見ながら言った。

「それまで待つしかないかもしれないね。何かしらの犯罪が起きたなら、ネットニュースで流れるはずだから」

それまで待つしかないのだろうか。潤が頼んだハンバーグのセットが運ばれてきて、いい匂いが漂《ただよ》ったが食欲はまったく刺激されなかった。潤はナイフとフォークでハンバーグを食べ始めた。

慎介の顔が頭から離れなかった。戸惑いやら不安といった感情が入り混じった表情だった。もし私だったらどうだろうかと自分の身に置き換えて考えてみる。憎き相手に復讐を果たしたら、もっと晴れ晴れとした顔をするのではないか。

もし慎介が復讐を果たしていなかったとしたら。途中で刑事たちに邪魔をされただけなのかもしれない。それだったら救いはある。せいぜい住居侵入と暴行の罪だ。

考えたことを潤に話すと、彼はハンバーグを食べながら答えた。

「かなり姉ちゃんの願望が含まれた想像だけど、その線も考えられるよね。姉ちゃんが出てくる前に救急車が到着したけど、そのまま動かなかったんだ。つまり谷田部は運び出す必要がないってことだよ。死んでいるか、もしくは無傷でピンピンしてるかのどちらかだ」

潤の口の端《はし》にデミグラスソースが付着していた。和沙は紙ナプキンをとり、それを拭いてあげる。一人っ子なのでわからないが、本当の弟を持ったような気分だった。潤は小さく「サンキュ」と言い、やや照れたように顔を赤らめ、ライスをかき込むようにして食べ始めた。

「姉ちゃんの彼ってどんな人だったの？」

「どんな人って言われてもねえ」

慎介のどこが好きかと問われても、和沙はうまく答えることができなかった。顔は決してイケメンではない。腕はいいが、仕事をバリバリこなすタイプでもない。

まだ慎介と付き合う前のことだった。慎介が担当している高齢の女性患者が、日頃の感謝の意味合いから彼に手作りの弁当を差し入れしたことがあった。煮物やら焼き魚といった田舎《いなか》風の料理が入った弁当で、それを見た同僚の医師たちが笑った。早田先生、無理して食べなくてもいいんじゃないかな。

その日の夜のことだった。交代で与えられた休憩時間に慎介はそのお弁当を食べていた。美味しそうに食べている彼の姿を見て、なぜか和沙はほっとしていた。もし彼があのときお弁当を捨てたりしていたら、彼と付き合うことはなかっただろう。

今頃慎介はどうしていることだろう。このまま待っていると気が狂いそうだった。動いている方が気分的に楽だ。和沙は立ち上がって伝票を摑んだ。

「私、戻るから」

「待ってよ、姉ちゃん。まだハンバーグが残って……」

潤の言葉に耳を貸さず、和沙は入り口の会計カウンターに向かった。

殺風景な部屋だった。慎介は池袋警察署の取調室にいた。中に入って一時間ほど経過したと思われたが、時計もないし携帯電話もとり上げられていたので正確な時間はわからなかった。午後三時か四時といった時間だろう。

※

「あなたが部屋に入ったとき、すでに谷田部は死んでいた。そういうことですね」

「ええ。何度も言ってるじゃないですか」

取調室には三人の刑事がいた。一人は慎介の前に座った四十代と思《おぼ》しき刑事で、その隣に立つのが慎介と同じ年くらいの刑事だった。もう一人の若い刑事は壁際に置かれたテーブルの上でパソコンを打っている。記録係のようなものか。三人とも慎介をここまで連行してきた刑事ではなく、別の刑事だった。

「谷田部はあなたの婚約者を殺害した事件の容疑者だった。なぜあなたは谷田部のマンションを訪ねたのですか？」

目の前に座る刑事が訊いてきた。喋《しゃべ》るのはこの男だけで、あとの二人は黙ってやりとりに耳を傾《かたむ》けている。

「真相を知りたかったからです。彼が和沙を殺した犯人なのか。それを知りたかったんです」

「知ってどうするつもりだったんですか？」

「警察に通報するつもりでした。僕一人ではどうにもなりませんからね」

「本当にそうでしょうか。彼に復讐するつもりだった。違いますか？」

慎介は答えなかった。立っていた刑事が覗き込むように慎介の目を見てきたので視線を逸《そ》らした。

「あなたの所持品を確認しました。スタンガンとサバイバルナイフ。どのように使うつもりだったんですか？」

「護身用です。相手は殺人犯かもしれないので」

「まあ、いいでしょう。現在、谷田部の遺体は司法解剖《かいぼう》に回されています。解剖の結果が出るのは今夜遅くになるでしょう。我々の見立てだと争った形跡もありませんでしたし、自殺と考えていいかと思います。ただね、早田さん。あなたの存在がネックなんですよ。谷田部に対する強い憎しみを持ったあなたが、よりによって現場に居合わせた。これは偶然では片づけられない問題です」

「困っているのは僕の方です。死体を発見しただけですから」

「たしかあんた、歯医者でしたよね」

ずっと黙っていたもう一人の刑事が口を開いた。慎介はうなずいた。

「ええ。一年前まで歯科医師をしてました」

「歯医者って人間の口を扱う職業じゃないですか。嫌がる谷田部の口を開けて、強引に薬を飲ませる。そういう技術もあるんじゃないですかね」

「無理ですよ。そんなことはできません」

「だって子供とか診察台の上で泣き喚《わめ》くでしょ。そういう嫌がる患者の口を開いて治療するのと一緒ですよ。薬を飲ませることくらいできるんじゃないかな」

「自発的に口を開いてくれるまで治療はしない方針でしたし、したこともありません」

「本当ですか？　歯医者なら薬とかにも詳しいでしょうし」

強引に薬を飲ませることは難しい。液体タイプの薬物なら喉の奥に垂らすだけで事足りるが、錠剤《じょうざい》だとなかなか嚥下《えんげ》させることができず、誤って気管に入ってしまうこともあるだろう。子供の患者に鎮痛剤などの薬を処方する場合、大抵は液体タイプの薬を出すのが常だった。それでも飲まない子供もいるようで、そういうときはシロップなどでさらに薄めて飲ませるようにと指導してきた。谷田部はどのようにして薬を飲まされたのか。成人男性の——しかも抵抗する男に薬を飲ませるのは難しいはずだ。やはり自殺だろうか。

「いずれにしても」正面に座る刑事が再び口を開いた。「司法解剖の結果が出るまで、谷田部が自殺したのか、そうではないのか、判断がつきません。これから早田さんには別室に移ってもらい、あのマンションの防犯カメラの映像を見ていただきます。一階のエントランスに備え付けられたカメラの映像です。見知った顔がいないか、それを確認していただきますので」

刑事が立ち上がったので、慎介もそれにならう。森千鶴の顔が脳裏に浮かんだ。おそらく彼女の姿も防犯カメラに映っていることだろう。

彼女の表情を思い出す。驚いたように目を見開いていた。あの場でたまたま遭遇したとは思えなかったが、彼女に悪意があるようにも見えなかった。いったい彼女は何者なのか。彼女が隣の部屋に引っ越してきたのは偶然ではないと慎介は確信していた。だが——。

たとえ防犯カメラの映像に森千鶴の姿が映っていても、彼女のことは話さないことにしよう。そう思いながら慎介は取調室から出た。

※

桜台のあおい荘に辿《たど》り着いたのは午後四時を過ぎた頃だった。谷田部のマンションの前では情報を得ることができず、あまりうろついていては怪しまれるだけだと潤に忠告され、二人で撤退した。潤は大塚にある自宅マンションに戻っていった。

部屋に入る前、慎介の部屋のドアを見た。今日彼は帰ってくるだろうか。中にいるはずのソラのことが心配だった。もし今夜帰宅してこないようだったら、ドアを破ってでも中に入ってソラを救い出すつもりだった。

コップの水を飲んだとき、テーブルの上のスマートフォンが震えた。潤からのメールだった。短く『ネットを見て』と書かれていたので、和沙はすぐにネットに接続した。大手ネットサービスのトップページにその記事は見つかった。『池袋で変死事件。自殺か』という見出しがついていた。記事を開いて詳細を読む。

『今日午前十一時頃、池袋の高層マンションにおいて男性の遺体が発見された。警察は自殺の可能性が高いとしながら、捜査を始めた模様。なお警察関係者の証言によると、亡くなったのは三十代のフリーライターで、一年前に都内で発生した殺人事件で一時容疑者と目されていた男性だった。警視庁は今日中に記者会見を開く予定』

個人を特定する名前は出ていないが、亡くなったのは谷田部彰で決まりだろう。どうか自殺であってほしい。慎介を殺人犯になどしたくはない。

潤にお礼のメールを打って送信したところで、外の階段を駆け上がってくる足音が聞こえた。まさか慎介が帰ってきたのか。そう期待して待っていると、足音は和沙の部屋の外で止まり、ドアがノックされた。

「森さん、郵便局です。書留をお持ちしました」

「お待ちください」

ドアを開けると男性の郵便局員が立っていた。印鑑は持っていないので書類にサインをする。思わず涌井と書きそうになったが、森と記入した。

「ご苦労様でした」

郵便局員を見送ってから、受けとった封筒に目を向ける。長形三号の定形封筒で、裏面を見て和沙は驚いた。差し出し人の名前が早田慎介になっていたからだ。封筒の中には一枚の便箋《びんせん》が入っていた。

森さん、こんにちは。君がこの手紙を読む頃、もしかすると僕はあおい荘には戻れない状況になっているかもしれない。まだ会って間もない君にこんなことを頼むのは非常に心苦しいのだけど、しばらくソラの世話をお願いできるでしょうか。

階段下のポストの中を見てください。封筒があると思います。その中に僕の部屋の鍵と、それから餌代《えさだい》が入っているので使ってください。

急にこんなことを頼んでしまって申し訳ないけど、君以外に思い浮かぶ人がいなかったのです。

どうかよろしくお願いします。

和沙は便箋に書かれた文面を読んだ。やや右上がりの字は、慎介が書いたもので間違いない。

復讐に臨むに当たり、慎介はいろいろと考えたことだろう。そして最後に慎介の頭を悩ませたのがソラだったのだ。森千鶴がソラを託すに値する人間である。彼がそう思ってくれたことが何よりも嬉しかった。同時に彼の悲壮な決意が手紙から伝わってくるようで、胸が押し潰される思いもした。

和沙は便箋を再び封筒の中にしまってから部屋を出た。階段を降りて慎介のポストを開ける。ポストの上側に一枚の封筒がテープで貼りつけられていたので、それを剝がして開けてみる。中には鍵と一万円札が五枚入っていた。

「多いよ。慎ちゃん」

和沙は声に出してそうつぶやいてから、階段を上って慎介の部屋に向かう。ドアを開けて中に入ると、部屋の奥からソラが走り寄ってくる。

「ソラ、おいで」

駆け寄ってきたソラを抱き上げて、和沙は立ち上がった。部屋は綺麗に片づけられていた。家具や家電製品はそのままだが、衣類や食器などの私物はどこにも見えない。部屋の隅に段ボール箱が三つほど置かれていて、おそらくその中に入っているのだろうと思われた。

この部屋に帰ってくることはない。慎介はそう考えていたに違いなかった。壁に貼られていた谷田部の写真も消えていた。

床の上にプラスチックの容器が置かれていて、その中にドッグフードが山盛りになっていた。それを見て和沙は苦笑する。慎ちゃん、これだと食べ放題じゃない。ソラが太ったらどうするのよ。

まずはソラを自分の部屋に連れていこう。先のことはまた考えればいい。慎介が今、どうしているか。帰ってくる見込みはあるのか。自分に何ができるのか。考えなければならないことは数多くある。

和沙が玄関で靴を履こうとしていると、階段を上ってくる足音が聞こえた。足音は徐々にこちらに近づいてきて、ドアの向こうで止まった。和沙は息を殺してドアの向こうの気配を窺う。今度は誰だろうか。

「ごめんください」

男性の声と同時にドアをノックする音が聞こえた。その声を聞いたとき、和沙は瞬時に硬直していた。懐かしい声だった。なぜなの。なぜここに――。

「ごめんください」

またドアの向こうから声が聞こえる。和沙はノブに手を伸ばす。開けてはいけないという気持ちもあったが、手が勝手に動いていた。震える手でドアを開けると、一人の男性が立っていた。

男性は困惑したような視線を向けてきた。

お父さん――。

和沙は心の中でそう呼びかけていた。

「そうでしたか。お隣さんでしたか。いやね、私は慎介君の新しい恋人かと思ってびつくりしてしまいましたよ」

父、涌井雅之がそう言って笑った。最後に見たのは去年のお盆なので、顔を合わせるのは一年振りだった。父は急激に老け込んだように見えた。髪などほとんど白髪になってしまっている。頬のあたりが紅潮しているのは酒を飲んでいるせいかもしれなかった。

「慎介君はどちらに？」

父に訊かれ、和沙は答えた。

「今日は出かけて遅くなると言ってました。この子の散歩を頼まれていたんです」

「そういうことでしたか。ソラちゃん、久し振りだね」

父が目を細めてソラを見ていた。目尻に皺が寄っている。雅之の顔を見ているだけで、涙が流れてきそうだった。ソラを床に置いて鼻から大きく息を吸い、和沙は必死に演技をする。

「ど、どちら様でしょうか？」

「ああ、これは失敬。私は慎介の義理の父親に当たる者です。いや、そうなる予定だったと言った方が正確ですね。娘を不慮の事故で失ったもので」

「そうなんですか」何と返したらいいかわからず、和沙は頭を下げた。「お、お悔やみ申し上げます」

「お気遣いありがとう。今日は大学の同窓会でこっちに来たので、ついでに寄ってみたんですよ。まあ電話で今日は都合が悪いと聞いていたんだが、せっかくだから顔だけでもと思いましてね」

父はあまり饒舌《じょうぜつ》な方ではないが、酔っているせいかよく喋った。これほど話す父を普段は見たことがない。それに実際には酒も弱く、ビールを一缶飲んだだけで鼾《いびき》をかいて寝てしまうような人なのだ。

初めて慎介を横浜の実家に連れていったときのことだ。慎介が自己紹介しても、父は腕を組んで黙ったまま何も言わず、気まずい沈黙が流れるだけだった。母や和沙が話を振っても、父は決してみずから話そうとしなかった。慎介が来て一時間が経過した頃、父はテーブルの上に置いてあった缶ビールを開け、何を思ったか一気に飲み干した。そして真っ赤な顔をして慎介に向かって「娘をよろしくお願いします」と丁寧に頭を下げ、そのまま突っ伏して眠ってしまったのだ。

「これ、慎介君に渡してもらえますか」

父がそう言って手にしていた紙袋を差し出してきた。横浜駅近くにある百貨店の紙袋だった。父が続けて言う。

「シューマイです。慎介君の好物だったはずなので」

「お預りします」

手土産を持参するとき、父は必ずこのシューマイを選ぶ。美味しいことは間違いないのだが、たまに違うものを選んだらいいのにと思うことも以前はあった。今は父の習慣が変わっていないことを懐かしく感じる。父は父のままだ。年をとったように見えるが、中身は変わっていない。

「どうかされましたか？」

父が怪訝そうな表情で和沙の顔を見ていた。和沙は右目に指をやり、流れていた涙をぬぐう。

「目にゴミが入ったみたいで」

「そうですか。では私はこれで失礼させていただきます。慎介君によろしくお伝えください」

父は小さく頭を下げてから、廊下を歩き始めた。もう二度と父に会うことはないだろう。そう思うと胸が引き裂かれるような気がして、和沙は思わず父の背中を追っていた。

「すみません、あの……」

「何でしょうか？」

父が振り返った。お父さん、元気でね。お父さん、お母さんと仲よくね。お父さん、長生きしてね。お父さん、今までありがとう。

言いたいことは山ほどあったが、どれも言葉にすることができなかった。今、私は涌井和沙ではない。森千鶴なのだから。

「握手してもらえますか？」

迷った末、和沙はそう言って手を差し出した。父はうろたえたように言う。

「握手、ですか？」

「ええ。私、さよならをするときは握手することにしてるんです」

変わった女だと思われても構わない。和沙の右手を見たあと、父はズボンの上で手の平を拭いてから、和沙の手を握ってくる。

温かい手だった。父と握手をするのは何年振りだろう。記憶にも残っていないが、どこか父の手は懐かしい。駄目だ、これ以上手を握っていたら本当に泣いてしまう。

和沙は手を離して、父に向かって言う。

「ありがとうございました。お元気で。シューマイ、早田さん、喜ぶと思います」

「お嬢さんこそお元気で。慎介君によろしく」

父が立ち去っていく。和沙は手摺りに掴まって父の姿を見送った。階段を降りたところで父は振り返り、和沙を見上げて手を振ってきた。和沙も手を振り返す。帰りの電車の中で眠っちゃ駄目よ、お父さん。寝過ごしたらお母さんに叱《しか》られるわよ。

和沙は小さくなっていく父の背中をその場でずっと見送った。

※

男が店の中に入ると、いつものようにカウンターの中で髭面のマスターが出迎えてくれた。「いらっしゃい」

店は空いていた。夜の九時を過ぎ、夕食のピーク時を越したからだろう。男は窓際の席に座った。座る場所はいつも決まっている。

「いらっしゃいませ。お決まりでしょうか」

若い男の店員が水をテーブルの上に置きながら訊いてきた。男はメニューも見ずに答えた。

「ハンバーグステーキを三百グラム、それから生ビール」

「かしこまりました」

店員が立ち去っていく。男は水を一口飲んで、窓から外を見やった。

新宿駅前の雑踏が見える。ここは新宿駅西口近くにあるハンバーグ店だ。雑居ビルの三階にあり、老舗の洋食店といった店構えだ。名物のハンバーグ目当てにランチは混雑しているようだが、男が来るのは大抵この時間だ。

「生ビールです」

「ありがとう」

運ばれてきた生ビールを手にとり、男はグラスに口をつける。冷たい炭酸が喉を滑り落ちていく感覚が心地いい。

カウンター内の厨房でマスターが調理を開始していた。フライパンから上がる煙が換気扇の中に吸い込まれていく。今、マスターは自分のためだけにハンバーグを焼いている。それが嬉しかった。以前、ランチタイムに訪れたことがあるのだが、マスターはかなり忙しい様子で大量のハンバーグを焼き続けていて、自分のハンバーグが焼かれている実感が湧かなかった。

やがて香ばしい匂いがこちらまで漂ってきた。食欲が刺激され、男はさらに生ビールを飲む。

「お待たせいたしました」

しばらくしてハンバーグが運ばれてきた。楕円形の鉄板ステーキ皿に三百グラムのハンバーグが載っていて、その上にデミグラスソースがかかっている。つけ合わせはボイルしたジャガイモと人参、それからインゲンだ。

「グラスの赤ワインを」

店員に注文しながら、男はナイフとフォークを手にとった。ハンバーグをナイフで切ると、透明な肉汁が溢れ出した。一口大に切り分け、フォークで口に運ぶ。旨い。焼き加減が絶妙だ。中はほんのりと赤いが、火が通っていないわけではない。

人を殺した日は必ずここでハンバーグを食べる。それが男の習慣だった。そしてその日の犯行を振り返るのだ。運ばれてきた赤ワインを一口飲み、さらにハンバーグを食べながら男は考える。

谷田部は厄介な存在だった。このタイミングで消えてもらうしかなかった。本来であれば女性しか殺害しないのだが、そんな悠長なことを言っている場合ではなかった。谷田部を野放しにしておけば、奴がこちらの存在に辿り着く可能性があったからだ。

可能性といってもせいぜい五パーセントほどだと思うが、その低い確率でさえ放置しておくことができなかった。自分に繋がるあらゆる痕跡を排除してこその完全犯罪なのだから。

いったんナイフとフォークを置き、口元をナプキンで拭いてからスマートフォンを手にとった。まだ友人Aからのメールはない。友人Aというのは男の協力者で、顔も名前も知らない相手だ。こちらに都合のいい情報を流してくれるので重宝している。

再びハンバーグを食べ始める。早田慎介が遺体の第一発見者になったことは想定外だった。しかし早田と谷田部の接触を防ぐことができたのは幸いだった。

今日のところは谷田部を退場させられたことでよしとしよう。男は赤ワインを飲み、最後の一切れになったハンバーグを口に運ぶ。

一つだけ、気になることがあった。早田を見張っていて気づいたのだが、奴の隣の部屋に住んでいる女だ。今日も谷田部のマンションで見かけた。あの女は何者だろうか。

ただの隣人だと思うが、どこか気になる存在だ。喉に小骨が引っかかったような違和感を覚えた。いずれにしてもしばらく大人しくしておくのが賢明だろう。

男はグラスの赤ワインを飲み干して、紙ナプキンで口を拭いた。

四日前

ドアが開く音で目が覚めた。完全に熟睡していたわけではなく、うつらうつらと浅い眠りの中にいただけだ。慎介が体を起こすと、ドアから入ってきたのは警視庁の室伏だった。

「お目覚めですか、早田さん」

「ええ」

「寝苦しかったでしょう。責任者には話をつけました」

慎介は立ち上がり、かけていた布団を畳んで収納棚にしまった。慎介は容疑者ではないが、かといって帰宅させるのも都合が悪い。警察側の提案で、池袋署の仮眠室で一夜を過ごすことになったのだ。靴を履いてから廊下に出て、室伏に先導されて廊下を歩く。エレベーターに乗ると室伏が話し始めた。

「遅くなって申し訳ありません。実は昨日は出張で奈良に行っておりましてね。早田さんの件を聞いて、慌てて夜行バスで帰ってきたんです。夜行バスに乗ったのは学生のとき以来ですよ」

「そうですか」

「谷田部は自殺ということで処理されそうです。現場に居た早田さんを疑っている捜査員もいるようですが、争った形跡もないことですし、とりあえず解放することで納得してもらいました。今後もお話を聞かせてもらうこともあると思うので、そのときはよろしくお願いします」

エレベーターが一階に到着した。腕時計を見ると午前七時過ぎだった。池袋署から出て、室伏と並んで歩き始める。しばらく歩いていると室伏が足を止めて言った。

「よかったらコーヒーでもどうですか。ご馳走《ちそう》しますよ」

大手チェーンのカフェの前だった。コーヒーを飲みたいと思っていたところだったので、慎介はうなずいた。

「いいですよ」

店内に入る。室伏がホットコーヒーを買った。席は半分ほど埋まっており、客の大半は出勤前のサラリーマンだった。朝食を食べながらタブレット端末を眺めたり新聞を読んだりしている。室伏とともに空いている壁際の席に座った。

「いただきます」

手渡されたコーヒーを飲むと、驚くほど旨かった。チェーン店のコーヒーをこれほど美味しく感じるのは初めてだった。室伏が紙コップを置いて話し始める。

「谷田部が悔やんで自殺した。上層部はそういう方向で動いているようです」

「やはりそうですか」

「実は今、別の殺人事件の捜査をしています。五日前に亀戸で発生した女子大生が殺害された事件です。ご存じですか？」

「ええ。それほど詳しくは知りませんが」

四日ほど前、竹内たちを尾行して谷田部のマンションを突き止めた日のことだ。レンタカーのラジオで耳にした気がする。犯人は逮捕されたはずだ。

「被害者は二十歳の女子大生。容疑者は十八歳のフリーターで、コンビニの店員でした。被害者は客としてそのコンビニを頻繁に訪れていたようです。被害者は下着泥棒の被害に遭っていたらしく、被害届も出されています」

「容疑者の自宅で盗まれた下着が発見されたとか。ラジオで聞きました」

「その通りです。容疑者の自宅近くの側溝から凶器であるナイフも発見されました。しかし指紋は検出されず、決定的な証拠とは言えません。容疑者は頑なに犯行を否認しています」

「奈良に行かれたのは、その事件の関係で？」

「ええ。容疑者は今年の春、奈良から上京してます。彼の素行などを調べるために出張しました。成果はほとんどありませんでしたよ。『まさか彼が人を殺すなんて有り得ない』と家族も友人も口を揃えていました」

事件が発生したのは五日前の夜。死亡推定時刻は午後八時前後だった。容疑者はバイトが休みで、一人で自宅にいたと供述しているらしい。しかしその供述を裏づけるものがなく、警察は逮捕に踏み切ったようだ。

「逮捕は早計だったのではないか。あまりに容疑者が否認するので、捜査員の間からもそんな声が出始めました」

慎介は紙コップを手にとり、コーヒーを飲んだ。徐々に店内が賑やかになってきた。出勤途中のサラリーマンたちがレジの前に並んでいる。慎介は紙コップを置いて訊いた。

「なぜその話を俺に？」

「似ていると思いませんか？」

室伏が訊き返してくる。その真意に思い至り、慎介は言った。

「和沙が殺された事件に似ている。そういうことですか」

「ええ。どちらもストーカーによる殺人事件。短絡的な犯行ですが、容疑者は犯行を否認。決定的な証拠も見つからないまま、時間だけが過ぎ去っていく。二つの事件は似ています」

室伏の真意がわからなかった。黙っていると室伏が続けて言った。

「私たちは完全に思い違いをしていた。いや、そうなるように仕向けられていたのかもしれません。こんなことを考えているのは私だけですが。ところで早田さん、五日前の夜ですが、どちらにいましたか？」

「俺まで疑われてるんですか？」

「念のためです」

「刑事っていうのは因果な商売ですね」そう言いながら慎介は思い出していた。「五日前ってことは水曜日ですね。その日は職場の同僚と江古田の居酒屋で飲んでました。あ、たしか店を出たあとに室伏さんに会った日じゃなかったかな」

それを聞いた室伏が笑みを浮かべた。

「そうでした。完全に失念しておりました。申し訳ございません」

空席だった隣のテーブルに人が来る気配があった。スーツ姿のサラリーマンがテーブルの上にトレイを置いた。椅子に座って男はスポーツ新聞を読み始める。

「出ましょうか」

室伏がそう言ったので、慎介も紙コップを持って立ち上がる。紙コップをゴミ箱に捨て店から出た。

「亀戸の事件もそうですが、涌井さんの事件も洗い直してみようかと思ってます。視点を変えれば、違う何かが発見できるかもしれません。またいずれご報告に伺いますので」

「よろしくお願いします」

店の前で室伏と別れた。まだ室伏が事件にこだわっているのは明らかだった。できれば谷田部が真犯人で事件が終わってほしい。それが慎介の願望だった。これ以上、悶々と苦しみ続ける日々を過ごしたくないからだ。重い荷物を肩から下ろし、楽になりたいというのが偽らざる心境だった。

慎介は池袋駅に向かって歩き始めた。

あおい荘の二百メートルほど手前で慎介は足を止めた。周囲の様子を観察する。特に不審な車輛《しゃりょう》も停まっていないし、人影もない。

和沙の事件でマスコミにはうんざりさせられた。昼夜問わずインターフォンが鳴らされたし、部屋の固定電話も鳴り続けた。職場まで記者に押しかけられたこともある。患者の振りをして院内に入ってきた者もいた。

まだマスコミにここの住所は発覚していないようだ。慎介は安心してあおい荘に向かって足を進め、外階段を上った。

鍵を開けて部屋の中に入る。ここに戻ってくることはないだろうと思っていたので荷物も一ヵ所にまとめてあるし、きちんと掃除もしてきた。

やはりソラはいない。森千鶴があの手紙を読んでくれたということだ。しかし今、慎介の中には疑惑が芽生えていた。あの女性がただの隣人とは思えなかった。

再び廊下に出て、隣の部屋のドアをノックしたが、応答はなかった。仕方ないので自分の部屋に戻り、床の上に座った。

本来であれば練馬の物流センターに出勤しなければならないのだが、休みをとる連絡さえ入れていない。電話一本入れて退職する旨を伝えようかと思ったが、やはり直接出向いて頭を下げるのが筋だろう。わずか二ヵ月間という短い期間ではあったが、自分を雇ってくれた職場なのだ。もし和沙が生きていたら、きっとこう言うだろう。電話一本で済ませようなんて思ったら駄目。きちんと会って話さないとね。

外の廊下を歩く足音が聞こえた。足音は通り過ぎ、隣の部屋の前で止まる。慎介は立ち上がり、サンダルを履いてドアを開けた。森千鶴が立っている。足元にはソラもいた。

「早田さん」

千鶴がこちらを見て、ぱっと笑みを浮かべた。

「よかった。お戻りになったんですね」

「ああ。ソラの面倒をみてくれてありがとう」

「ほら、ソラちゃん。飼い主さんが帰ってきたよ」

千鶴がそう言ってソラに声をかけたが、ソラは千鶴の足元から動こうとしない。すっかりこの子に懐いてしまったようだ。千鶴がソラを抱き上げて、慎介の胸に押しつけた。

「いい子にしてましたよ、ソラちゃん。褒めてあげてくださいね」

千鶴が自分の部屋に入っていこうとしたので、慎介は彼女を呼び止めた。

「森さん、少し話があるんだけど」

千鶴はこちらを見ずに答えた。

「どんなお話ですか？」

「立ち話もあれだから、中に入ってよ」

慎介はそう言って自分の部屋の中に戻った。しばらく待っていると千鶴がドアから中に入ってくる。靴を脱ごうとしない。玄関口で立ち止まったまま彼女は言った。

「引っ越すつもりなんですか？」

「まあね。この部屋には帰ってこないつもりだった。実は一年前、俺は婚約者を殺されたんだ」

彼女の表情を窺ったが、あまり変化が見られなかった。やや俯き加減で慎介の話を聞いている。

「俺は彼女を殺した犯人を憎んだ。憎くて仕方がなかった。でも警察は証拠不十分で犯人を起訴できなかった。危険かもしれないけど、警察がやらないなら俺がやるしかないと思ったんだよ。犯人はそいつ以外に考えられないからね」

彼女は口を挟んでこない。慎介は続けた。

「それで昨日、そいつに直接問い質《ただ》そうと思って池袋に行った。俺は奴を脅し、何としても自供させるつもりだった。でも遅かった。奴は俺と会う前に、勝手に死んじまったんだよ」

千鶴が顔を上げた。その視線は怯えているようにも見えたし、悲しんでいるかのようでもあった。慎介は続けて言った。

「場所は池袋のマンションだ。君もいたよね。俺が刑事に連行されていくとき、君の姿を見た」

慎介は大きく呼吸をしてから、彼女に向かって問いかける。

「教えてくれ。君はいったい何者なんだ？　何の目的があって俺に接近したんだ？　頼むから教えてほしい」

※

和沙はその場で硬直した。声を発することができなかった。池袋のマンションで慎介と視線が合った。こうなることは予想できたはずなのに、言い訳を考えていなかったのは痛恨のミスだ。

「君は誰なんだよ。なぜ俺に付きまとう？　どうして昨日あの場に居合わせたんだ？」

慎介の目には疑惑の色が浮かんでいた。そんな目で私を見ないで。和沙は内心叫んだ。私だってつらいの。本当のことを言えたらどんなに楽か……。

「答えられないのか？」

慎介が詰め寄ってくる。その視線は冷たかった。五日前、アパートの外階段ですれ違ったときの目によく似ている。

「わ、私……涌井和沙さんの後輩なんです」

咄嗟《とっさ》に出た嘘に和沙は自分でも驚いていた。後輩？　高校の後輩か。年齢的に離れていないだろうか。

「後輩だって？　嘘じゃないだろうな」

「本当です。高校の後輩なんです。涌井先輩にはお世話になりました」

「どこの高校？」

「横浜聖花女子です」

横浜聖花女子高は和沙が卒業した女子高だ。自宅から自転車で通える距離だったし、母の出身校でもあったことが選んだ理由だった。割とスポーツが盛んな校風で、ラクロスやバスケットボールは神奈川県内でも強豪校として知られている。

「ふーん、後輩ね」慎介はまだ完全には信じていないようだ。値踏みするような目つきで慎介は言った。「随分若く見えるけど。本当に後輩なのかな。森さん、何歳？」

「若く見られるんです、昔から。こう見えても三十過ぎてるんで」

それにしても最近の私は嘘をついてばかりだ。でも仕方ないじゃないか。本当のことを言って信じてくれるわけがない。

「部活の後輩ってことかな。ていうことは森さんも陸上やってたってこと？」

まだ信じてくれないのか。引っかけ問題を出してくるなんて。小さく溜め息をついてから和沙は答える。

「陸上部じゃありません。バドミントン部です。ちなみに顧問は山崎《やまざき》先生で、みんなからヤマちゃんって呼ばれてました。涌井先輩は二年のときから同級生の吉村綾《よしむらあや》先輩とペアを組んでて、三年生の夏の大会で県大会の準々決勝まで進みました。涌井先輩は三年生のときに副キャプテンでした。涌井先輩は美味しいものには目がありませんでした。涌井先輩は近くの男子校の生徒から三人同時に告白されたことがありました。それから……」

「わかったよ、森さん。もういいよ」慎介がやや困惑した表情で言う。「君が和沙の後輩だったことは信じるよ。吉村さんには俺も何度か会ったことがあるしね。あ、ちょっと待って。てことは俺が君の歯の治療をしたのも……」

「涌井先輩があの新宿の歯医者さんで働いてることは友達から聞いてました。まさか辞めてるとは知りませんでしたけど」

「違うクリニックに移っただけだ。君が和沙の後輩なら最初からそう言ってくれればよかったのに」

「すみません。何度も言おうと思ったんですけど、早田さんの印象が涌井先輩から聞いてたものと違うっていうか……。どこか近寄り難い感じがしたんです」

慎介は何も言わなかった。彼自身も思い当たることがあるのだろう。それほどまでに最近の慎介は思い詰めている様子だった。

「私、早田さんを見てて気づいたんです。この人、怖いことを考えてるなって。きっと涌井先輩のことを今でも忘れられなくて、何かいけないことを計画してるんだなって。だから早田さんを尾行したんです。そしたらあのマンションに入っていって……。谷田部って人が自殺したらしいってことはニュースで見ました」

昨日の夜から谷田部の死亡はニュースでもとり上げられていた。谷田部が一年前の殺人事件の容疑者だったことも同時に報じられていて、良心の呵責《かしゃく》に耐えられずに死を選んだと推測する記事も多数見られた。

「さっきも言った通りだ。復讐なんて大袈裟《おおげさ》なことを考えてたわけじゃない」慎介が低い声で言う。「俺は谷田部の罪を明らかにしたかっただけだ」

慎介は顔色が悪かった。現場に居合わせたため、警察からしつこく事情を訊かれたのだろう。それでも和沙は安堵した。私は何もできなかったが、慎介が無事でよかった。それが何より嬉しい。

「でもなぜ森さんは俺に会いに来たんだい？　君が和沙の後輩ってことはわかったけど」

慎介に訊かれ、和沙はうろたえる。

「えっと、それは……。私、涌井先輩にお世話になってたんですけど、一年前に事故に遭って、意識をとり戻したのが最近なんです。そして涌井先輩が亡くなったことを知って、どうしていいかわからなくて……」

「よく俺がここに住んでるってわかったね」

「涌井先輩の職場の人が教えてくれました」

「そういうことか」慎介が納得したようにうなずく。「上杉先生だね。数日前に彼から電話があった。俺の従妹を名乗る女性にここの住所を教えたらしい。君だね」

「すみません、私です。部活の後輩よりも親戚と言った方が教えてくれそうな気がしたので」

「事情はわかった。でも素性を隠して俺に近づいたのは気分がいいもんじゃない」

「ごめんなさい」

「いいんだよ、森さん。和沙の後輩ってことなら俺もすっきりした。君が何者なのかって気になってたんだ。もしかして、俺に接近するためにわざわざ引っ越しを？」

「え、ええ。すみません」

「謝ることないけど。変わった子だね、君は」

返す言葉が見つからない。慎介が足元にいたソラを抱き上げ、玄関口に立つ和沙の前まで歩み寄ってくる。

「昨日あまり寝てなくてね。少し横になろうと思ってる。昼くらいまでソラを預かってくれると助かる」

「ええ。お安いご用です」

実は和沙も昨夜はほとんど眠っていない。慎介のことが心配で、一晩中ネットで情報を拾おうと躍起《やっき》になっていた。明け方になって二時間ほど眠っただけだ。

「じゃあ頼んだよ」

慎介がそう言ってドアを閉めたので、和沙はソラを抱いて隣の自室に引き返した。

夢を見ていた。慎介が前を歩いていて、ひたすら和沙が追いかけるという夢だった。何度呼びかけても慎介は振り向いてくれず、どんどん先へ行ってしまうのだ。

目が覚めたのは午後一時過ぎだった。ほんの仮眠のつもりで眠ったのだが、三時間くらいは眠ってしまったようだ。和沙は起き上がり、部屋の隅に置いてあった紙袋を持ち、ソラと一緒に部屋から出た。

隣の部屋のドアをノックすると、ほどなくしてドアが開いて慎介が顔を出した。彼もまた眠っていたようで、目をしきりに擦《こす》っている。

「早田さん、忘れてました。昨日、涌井先輩のお父さんがいらしたんです」

「お義父さんが？」

「ええ。これを置いていかれました。お土産です」

和沙が手渡した紙袋を受けとり、慎介は中身を見る。顔を上げて慎介は言った。

「森さん、お腹空いてない？」

「え、まあ」

見計らったようなタイミングで腹が鳴る。朝から何も食べていない。昨夜遅くコンビニで買ったパンを食べて以来だ。

「よかったら一緒に食べよう。電子レンジで温めるだけだから」

慎介がそう言って部屋の奥に入っていく。彼は森千鶴＝涌井和沙の後輩説をすっかり信じ込んでいるらしく、安心する一方で申し訳ない気持ちも感じた。それでも和沙は「お邪魔します」と言ってサンダルを脱いだ。

慎介は紙袋から箱を出して、包装紙を剝がしながら言った。

「これ、よくお義父さんが買ってきてくれたんだ。横浜の名店の商品で、俺も大好きなんだ。おっ、いいね。シューマイだけじゃなくて肉まんも入ってる」

慎介の部屋は綺麗に片づいていて、家電製品以外は段ボール箱に入れられているようだった。慎介はそのうちの一箱を持ち、中からラップを出した。商品の説明チラシを読みながら電子レンジの前に立った。

「何かお手伝いしましょうか」

「助かる。そうだな、皿と醬油《しょうゆ》を出してくれるかな。あとコップも。一番上の段ボールに入っているから」

言われた通りに段ボール箱を開けると、台所用品や調味料などが入っていた。皿とコップ、それから醬油の瓶を出してテーブルの上に置く。低い振動音とともに電子レンジが回っている。

コップにペットボトルの緑茶を注ぎ、皿を並べた。慎介が温め終えたシューマイを運んでくる。湯気が上がっていて熱そうだ。

「すぐに肉まんもできるから、先に食べ始めて」

「すみません。ありがとうございます」

二枚の小皿に醬油を垂らした。テーブルの上の空き箱を覗いてみると割り箸とカラシの小袋が入っていたので、それを出して皿の脇に置く。

チンという音が鳴り、慎介が肉まんを運んでくる。大きめの肉まんが全部で四つもある。どれもラップにくるまれている。

「さあ食べよう。森さんも遠慮しないで」

「いただきます」

シューマイから食べる。懐かしい味だった。肉まんを頰張りながら慎介が訊いてきた。

「和沙はどんな先輩だった？」

「いい先輩でしたよ」そう答えながら自分でも恥ずかしくなってくる。「責任感が強くて、練習にも真面目にとり組む先輩でした。下級生のいいお手本でした」

「ふーん、そう。あいつ、しっかり者だったからな」

何気なく慎介が口にした言葉に和沙は傷ついた。しっかり者だった。完全に過去形になっている。慎介にとって私は過去の人になってしまったのか。

「ほら、肉まんも食べて。俺一人じゃ食べ切れないから」

「ありがとうございます」

肉まんをとってラップを剥がした。持っているだけで熱かった。一口食べて、息を吹きかけて肉まんを冷ます。

一年前、私は死んだ。それは事実なのだから仕方がないことだ。でもこうして森千鶴の体を借り、慎介と対面できることに感謝しなければならない。そう気をとり直して、和沙は肉まんを食べた。具の味が濃くて美味しかった。

「昔、中華街に行ったことがあるんだよ、和沙と二人で」慎介が肉まん片手に話し出す。「あいつ、一応地元だから得意げに俺を案内するんだよ。でもあいつが行こうとしてた店、潰れててね。かなりショックを受けてた。結局グルメサイトの口コミで人気が高かった店に入って食べたんだよ」

それは和沙も憶えている。どうしても慎介に食べさせたかった海鮮あんかけチャーハンがあったのだが、その店は閉店してしまっていた。だが急遽入った店で食べたフカヒレラーメンが美味しく、二人で満足して帰ったものだった。

「森さん、さっき言ったよね。和沙が高校生のとき三人同時に告白されたって話。あれってどうなったの？」

「気になるんですか」

「一応ね」

「三人とも振りましたよ。涌井先輩のタイプじゃなかったみたいです」

「そうか。それは痛快だね」

男って単純だなと和沙は内心笑う。実際はそのうちの一人、男子校のサッカー部員と付き合ったが、ものの三ヵ月で別れた。会えば自慢話ばかりの面白みのない男だったからだ。

「早田さん、今でも涌井先輩のことを忘れられないんですか？」

和沙が訊くと、慎介が二個目の肉まんを手にとりながら答えた。

「まあね」

慎介が今でも私のことを想ってくれていることは嬉しい。しかしそれでは彼の人生は止まったままだ。何としてでも彼には前を向いてもらいたい。

「私が言うのもあれですけど、新しい恋をした方がショックから立ち直れるかもしれませんよ」

「うん、俺もわかってはいるんだけど、なかなかね」

慎介はそう言ったきり黙り込み、肉まんを食べ始めた。その沈黙が気まずく、和沙は話題を変えた。

「仕事はどうされたんですか？　今日は平日だからお仕事があるんですよね」

「辞めようと思ってる。これを食べ終わったら退職することを伝えようと思ってるんだ。あと一、二時間だけソラを預かってくれないかな」

「私も出かける予定が入ってて」

「それじゃ仕方ない。ソラは留守番だな」

「私の部屋で預かりますよ。あ、早田さん。携帯番号教えてもらっていいですか？」

「いいよ」

慎介が言った番号をスマートフォンに入力した。慎介の携帯番号は憶えているが、知らない番号からだと通話に応じない可能性もあった。

「今、着信を入れておきました。それが私の番号です」

「了解。そのカラシ、もらっていいかな」

「どうぞどうぞ」

慎介が手を伸ばし、和沙の皿の近くにあったカラシの小袋に手を伸ばした。その拍子に自分のコップに肘が当たり、コップが倒れて緑茶がこぼれてしまう。

「ごめん」

「タオルとかないんですか？」

「段ボールに入ってる。一番窓際にあるやつ」

和沙は立ち上がって窓際にある段ボール箱を開けた。衣類が入っているようだがタオルは見当たらない。奥を探していると、薄い冊子が見えた。旅行会社のパンフレットで、オーストラリアのツアーガイドだった。

「森さん、大丈夫だよ。ハンカチで拭いたから」

慎介の言葉は耳をすり抜けていった。パンフレットの表紙を見ただけで、一年半前の記憶が甦《よみがえ》った。

「ていうかどういうこと？　オーストリアって言ったよね、私。どこをどう間違えればオーストラリアになるわけ？」

和沙がそう言うと、慎介がネクタイを外しながら言い訳した。

「仕方ないだろ。誰にも聞き間違えはあるんだから」

「でも一生に一度の新婚旅行なのよ。まさか慎ちゃん、もう予約したんじゃないでしょうね」

慎介は答えなかった。外したネクタイをテーブルの上に置き、冷蔵庫から缶ビールをとり出した。プルタブを開けてそれを飲み始める彼を見て、和沙は頭を振った。

プロポーズされてから一ヵ月がたち、あれやこれやと準備は始まっている。結婚式は年が明けてからおこなうことが決まり、式場もすでに確保した。この年末年始の長期休暇を利用して、新婚旅行に行こうと決まったのは一週間前のことだ。彼は特に海外旅行に興味はなく、伊豆あたりでいいんじゃないかとロマンの欠片《かけら》もないことを言い出したので、和沙がオーストリアに行きたいと提案したわけだ。

「ねえ慎ちゃん、答えてよ。もう予約しちゃったの？」

慎介はビジネスバッグを開け、そこからパンフレットを出した。それを手渡すときも慎介は無言だった。

オーストラリアのツアーが載っているパンフレットだ。一枚めくったところに蛍光ペンでチェックされているツアーがあった。今年の十二月二十九日に成田発の五泊六日の日程だった。

「予約しちゃったんだ」

和沙がそう言うと、慎介は観念したように話し出した。

「仕方ないだろ。旅行会社の担当者が言うんだよ。年末年始はツアーが混み合うから早めに押さえた方がいいって」

「代金も振り込んだの？」

「ああ、半分だけど」

「呆《あき》れた。一言くらい相談してくれてもよかったのに」

「怒るなよ、和沙。仕方ないだろ」

「怒ってない。私は冷静沈着。いい、慎ちゃん。私はオーストリアに行きたいの。ウィーン国立歌劇場やシュテファン寺院、ザルツブルクの旧市街にも行ってみたいし、モーツァルトの生家にも行きたい。それに仔牛肉を叩いて薄くして揚げたウィーン風のカツレツをどうしても食べたいのよ」

「それは旨そうだな」

「でしょ？　でもなぜオーストリアじゃなくてオーストラリアなのよ」

海外旅行は好きで、今まで通算して十ヵ国ほど訪れたことがある。友人からウィーンがよかったと聞いていたので、新婚旅行はオーストリアに行くと決めていたのだ。

それなのに――。

「旅行会社の担当者も言ってたけど」慎介が缶ビールを飲みながら言う。「オーストラリアも捨てたもんじゃないぜ。コアラやカンガルーを見たくないか？　それにスキューバダイビングもできるみたいだ。俺たち初心者でもガイドがついて珊瑚礁《さんごしょう》を見られるってさ」

「コアラなんて動物園行けば見れるじゃない。ダイビングって慎ちゃん泳げないんじゃなかったっけ」

「泳げるよ、二十五メートルくらいは」

「よくそれでダイビングやろうと思ったわね」

「わかったよ、和沙。明日キャンセルしてくるから機嫌直してくれよ。そうだ、今日の晩飯は俺が作るから。特製焼きそば食いたいだろ」

「別に要らない。焼きそばって感じじゃないから」

「じゃあピザでもとろうか」

そう言って慎介は冷蔵庫に貼ってある宅配ピザのチラシを手にとった。こういう言い争いはたまにあるが、折れるのは必ず慎介の方だ。

「キャンセル料っていくらくらいかな」

和沙が訊くと、ピザのチラシを眺めながら慎介が答える。

「さあ。でも直前じゃないし、それほどかからないと思うけどね」

オーストリアとオーストラリアを間違えた慎介に非があるのは事実だが、彼にしてみればよかれと思って早めに予約を入れてくれたのだ。これ以上彼を責めても仕方がないような気がしてきた。

「私、オーストラリアでいいよ」

「本当か？」慎介が半信半疑といった顔つきで訊いてくる。「別にキャンセル料は気にしなくてもいいぜ。和沙がオーストリアに行きたいなら、俺はそれでいいよ。一生に一度の新婚旅行だしな」

「慎ちゃんがせっかく予約したんだし、オーストラリアに行こうよ。その代わり……」

「やっぱりね。交換条件があるってことか」

「正解。今回はオーストラリアで、近いうちにオーストリアに行くっていうのはどうかしら？」

「そう来たか。了解、それで行こう。早ければ来年の夏あたりにオーストリアに行こう」

「やった。言ってみるもんだね」

「そうと決まったら早く飯にしようぜ。おっとその前に一件電話をかけさせてくれ」

慎介がそう言って携帯電話片手にリビングから出ていった。和沙はオーストラリアのパンフレットを手にとり、それを眺め始める。行くからには観光地や現地の店を事前に予習しなくてはならない。急遽決まったオーストラリア行きだが、何だか楽しくなってきた。和沙は鼻唄《はなうた》を歌いながらパンフレットを眺めていた。

「本当にご馳走さまでした。美味しかったです」

「もらいもので悪かったね」

「とんでもないです。ありがとうございました」

ソラを連れて和沙は自分の部屋に戻った。ドアを後ろ手で閉めてから、和沙は自分が笑みを浮かべていることに気がついた。

楽しい時間だった。慎介はこちらの言葉を疑っている様子はなく、森千鶴が私の後輩であることを信じているようだ。嘘をついたことに多少の罪悪感を覚えたが、今は慎介とより接近出来たことの方が嬉しかった。

かなり距離が縮まったように思う。あのパンフレットを見つけたときは驚いたが、すぐに気をとり直して慎介と話すことができた。慎介の顔も終始穏やかなものだった。

時計を見ると、午後二時になろうとしていた。文字盤に表示された『4』の数字に目が吸い寄せられる。私に残された時間は今日を入れてあと四日だ。

慎介の復讐を止める。その一心でこれまで動いてきた。その目標が果たされた今――厳密には彼は復讐など大袈裟なことを考えていなかったようだが、残りの時間をどう過ごしていけばいいのか、和沙はわからなかった。せっかくこうして他人の体を借りることができたのだから、何かするべきことがあると思うのだが、それが何か見当もつかないのだ。

和沙はサンダルを脱ぎ、部屋の中に上がった。床に座ったところで隣のドアが開く音が聞こえた。慎介は物流センターを退職すると言っていた。これから物流センターに向かうのだろう。

私に何かできることはないのだろうか。和沙は頭を巡らせた。慎介が今でも私を──涌井和沙のことを忘れられないことには否が応でも気づかされた。しかし私が死んだことなどさっぱり忘れて、すでに新しい彼女とうまくやっていたら、それはそれで淋しい気がする。

では自分はどうなのだ。和沙はそう自問する。私は今でも慎介のことが好きだ。何もできないことがわかっているのに、こうして慎介の隣に引っ越してきてしまったのが、何よりの証拠だ。私は心の底から慎介を愛している。

だが私はあと四日で消える存在だ。それを考えると何をしていいのかわからなくなってくる。いずれにせよ、慎介から離れることなど到底考えられない。

もう一度腕時計に目を落とす。『4』という数字が重くのしかかってきたが、和沙は頭を振って立ち上がる。そろそろ出なければ夜までに戻ってくることができない。

和沙は身支度を整え始めた。

※

慎介の予想通り、退職したい旨を告げると班長は露骨に嫌な顔をした。それは当然だ。お歳暮シーズンに突入しつつあり、どのラインも忙しいのだから。

「早田さん、困るよ。この前も言ったけど、急に抜けられるこっちの身にもなってもらわないと」

「すみません」

返す言葉がなく、頭を下げることしかできなかった。しばらく班長の嫌みは続いたが、こちらの意思が固いことに気づいたようで、最終的には彼も納得してくれた。

「一応みんなに挨拶しておこうか」

班長がそう言い、班員たちが働くラインに向かって歩いていく。挨拶など想定していなかったため、何を話そうかと考えながら班長のあとに従う。

「みんな手を止めて聞いてくれ」班長が声を張り上げた。「早田さんが退職することになった。彼からお別れの挨拶があるようだから、聞いてあげてほしい。早田さん、どうぞ」

班員たちが手を止め、慎介に注目した。ベルトコンベアが回る音がうるさい。竹内の姿も見え、いつもと同じく作業着をだらしなく着てガムを嚙んでいる。竹内は谷田部が死んだことを知っているのだろうか。

「一身上の都合により退職することになりました。短い期間でしたが、皆さんには大変お世話になりました。誠にありがとうございました」

慎介が頭を下げるとまばらな拍手が起こった。「さあ仕事に戻って」と班長が声をかけると、再び班員たちが作業に戻っていく。班長が今後の手続きなどを説明してくれたので、慎介はその言葉に耳を傾ける。隣のラインに梶山美咲の姿が見えたが、彼女は作業に集中しているようで視線が合うこともなかった。

班長の説明を聞き終え、慎介は一階にある総務部に向かった。ものの五分で退職の手続きは終わった。あとはこのまま立ち去るだけだ。

通用口から外に出た。ほんの二ヵ月程度働いただけだが、いい経験をさせてもらったと慎介は思っていた。物流センターの建物に向かって一礼し、歩き出したところで背後から足音が聞こえた。振り返ると竹内と及川の二人だった。

「早田さん、いきなり辞めるなんて水臭いじゃん」

竹内がにやついて言う。隣に立つ及川は無表情だった。

「ちょっと話があんだよ。いいだろ」

肩を抱かれ、強引に社員専用駐車場の方に連れていかれる。駐車場に入ったところで建物の壁に背中を押しつけられた。

「昨日、及川に電話したらしい。谷田部の住所を聞いたんだって」

もう隠しておく必要はない。開き直って慎介は答えた。

「ああ、したよ。谷田部の住んでる部屋番号を知りたかったからな。一年前、俺の婚約者は谷田部に殺された。どうしても谷田部の居場所を知りたかったんだ」

「つまり俺たちに接近したのもそのためだったのか」

「当たり前だ。好きでお前たちに酒を奢るわけがないだろ」

不意に火花のようなものが目の前で爆《は》ぜ、気がつくと倒れていた。顔を殴られたのだと気がついた。頬のあたりが痛い。

「谷田部は死んだ。あんたが殺したのか」

頭上で声が聞こえたが、どちらが話しているのかわからなかった。どちらであっても同じことだ。慎介は路面に手を置き、四《よ》つん這《ば》いの姿勢のまま言った。

「俺は殺してない。警察にも散々事情を訊かれたけどな。奴は自殺したんだよ」

「うるせえ」

今度は腹を蹴り上げられ、慎介は悶絶《もんぜつ》した。その場にうつ伏せに倒れる。口の中に血の味が広がっていた。

「あの男が自殺するわけがねえ。何かの間違いだ。お前が殺したんじゃないのか。え？」

背中を蹴られたが、もはや抵抗する気も消え失せていた。さらに数発背中を蹴られる。声が聞こえたが、それははるか遠くから聞こえてくるようだった。

「これで終わりだと思うなよ。俺たちはお前を許したわけじゃねえからな」

二つの足音が遠ざかっていく。しばらくその場から動くことができなかった。まずは体を捻って仰向けの姿勢になる。それからゆっくりと体を起こす。背中と腹が痛むが、整形外科に行くほどではないだろう。

ズボンのポケットの中で携帯電話が震えていた。痛みをこらえて携帯電話を出すと、一件のメールを受信していた。梶山美咲からだった。

※

和沙が横浜市青葉区にある実家に到着したのは午後四時半のことだった。去年のお盆に帰省して以来だが、やけに懐かしく感じられた。住宅地の中にある一軒家で、家の前の駐車場には母の軽自動車が停まっている。父の乗るBMWは見当たらないので、おそらく仕事に行っているのだろう。父の経営する歯科医院はここから車で二十分ほどの県道沿いにあり、休みは土曜日の午後と日曜日だけだ。もう一軒の歯科医院は横浜駅近くのビルの中にテナントとして入っており、そちらは別のドクターに任せている状態だ。

母は自宅にいるはずだ。ずっと父の歯科医院の事務をしていたが、ここ数年は週に一、二度顔を出す程度だと和沙は知っていた。

昨日父の顔を見てから、どうしても母に会いたい気持ちが強まり、こうして足を運んでしまったのだ。高校時代の後輩を名乗り、母と接触するしかないだろう。

インターフォンを押すと、しばらくしてドアが開いた。母がやや警戒した目を和沙に向けてきた。少し痩せたようだが、血色は悪くない。お母さん——。込み上げる感慨を必死に押さえて、和沙はお辞儀をして言った。

「突然すみません。私、森千鶴といいます。和沙さんの高校時代の後輩です。同じバドミントン部でした。昨年のお葬式に参列できなかったものですから、よろしければお参りさせてください」

「そう。それは嬉しいわ。是非お上がりになって。散らかってるけど」

母はそう言ってスリッパを出してくれた。「お邪魔します」と言ってから和沙は靴を脱いだ。

母に先導されてリビングに向かう。和沙が知っているリビングとほとんど変わりがなかったが、一つだけ決定的に違っている点があった。リビングの奥には和室があるのだが、そこに茶色い仏壇が置かれていた。

「和沙、森さんが来てくださったわよ」

母がそう言って和室に入り、蠟燭《ろうそく》に火を灯した。和沙は座布団の上に正座をして、正面の仏壇を見る。自分の遺影を眺めるのは不思議な気持ちだった。飾られた写真には笑顔を浮かべた自分が写っている。去年のお盆に慎介とここに来たとき、全員で撮った写真から切り抜いたものだろう。

線香に火をつけ、線香立てに立てる。手を合わせて目を閉じたのだが、何とお祈りしていいのかわからない。自分の遺影に対してご冥福をお祈りするのも変だし、安らかにお眠りくださいと願うのもおかしい。しばらくして目を開けて、もう一度写真を見た。本当に私は死んでしまったんだなと改めて実感する。

「森さん、お茶を淹《い》れたから一緒にどうかしら」

「ありがとうございます」

和沙は立ち上がってリビングに戻る。テーブルの上に湯呑みが置かれていて、その脇に和菓子が出されていた。近所の和菓子屋の饅頭《まんじゅう》だった。

「今日はわざわざ来ていただいてありがとう。和沙もきっと喜んでると思うわ」

「こちらこそ。お参りが遅くなって申し訳ありません」

和沙は手ぶらで来てしまったことに気がついた。普通であれば香典《こうでん》や供え物などを持参するのがマナーだと思うが、和沙にとってここは実家になるので、すっかり頭から抜け落ちていた。しかし母はそんなことを気にする素振りも見せずに訊いてくる。

「森さんはどこにいるのかしら？」

母の目は棚に飾られた写真に向けられていた。合計して三枚の写真が飾ってある。一番右は和沙と慎介のツーショット写真で、鎌倉に行ったときに記念に撮ったものだ。真ん中が去年の夏にこの家の前で撮った家族写真、そして一番左には高校生の夏の大会のあと、バドミントン部の仲間たちと撮った写真が飾られていた。母の視線はその写真に向けられている。

「えっと、私はこの日体調が悪くて休んだので」

「そうなの。早いもので和沙が亡くなって一年になるわ。森さん、お仕事は？」

「パン屋で働いてます」

「素敵ね、パン屋さん」

母の足元に毛糸の入った籠が置いてあり、その上に編みかけのマフラーが置いてあった。毛糸は紺色だった。母はよく編み物をしており、和沙も学生時代は母の手編みのマフラーを巻いていた。父のために編んでいるのだろうか。

「これね」和沙の視線に気づき、母は編みかけのマフラーを見て言う。「和沙の婚約者のために編んでるのよ。彼はだいぶショックを受けてるみたいで、私にできることは何もないし、せめてマフラーくらいプレゼントしたいと思ったの」

慎介のために編んでいるのだ。母の気遣いに触れたような気がして、和沙は胸が熱くなった。慎介もきっと喜ぶはずだ。

「森さんは編み物をやったことがおありになるの？」

「ええ、昔ですけど」

母から教わって編み物をしたことはある。手先は器用なのでうまく編めるのだが、その単調な作業で眠くなってしまうのだ。

「よかったら編んでみない？」

「私が、ですか？」

「そうよ。私も年をとったようで、前みたいに進められないの。そろそろ寒くなってきたし、慎介さんにも早く差し上げたいし。あ、慎介さんというのが和沙の婚約者よ。ご存じ？」

「ええ、一応は」

「私はちょっと電話をかけたいから、少しの間だけよろしくね」

母はそう言って立ち上がり、電話機のある玄関の方に歩いていってしまう。こういう警戒心のなさというか、来客に編み物を頼むあたりが母らしくて懐かしい。少し天然が入っており、こういう人がオレオレ詐欺の被害に遭うのではないかと心配したこともある。

和沙は仕方なく編みかけのマフラーを手にとった。左手に糸をかけ、右手にかぎ針を持って編み始める。最初のうちは苦戦したが、慣れてくると要領を思い出してきた。

やっぱり実家っていいな。和沙は心の底から実感する。十八年間も過ごしてきた家なので、ただ座っているだけで落ち着くのだ。和沙はかぎ針を動かし、せっせとマフラーを編んだ。

目が覚めると外は薄暗かった。やってしまったと和沙は内心舌を出す。編み物をしながら眠ってしまったらしい。肩には毛布がかけられており、リビングに人の気配はなかった。

「お母さ……」と言いかけ、和沙は慌てて口をつぐむ。玄関のドアが開く音が聞こえ、母がリビングに入ってきた。和沙の姿を見て母が笑う。

「起きたのね、森さん。随分気持ちよさそうに寝てたから、起こすには忍びなくて」

「すみません。勝手に人の家で眠ってしまうなんて」

「いいのよ。それにね、和沙もそうして編み物しながら眠ったものだわ。丸まって眠ってる姿が和沙にそっくりだった」

母が目尻に皺を寄せて笑った。本当に嬉しそうな笑顔で、見ているだけで涙が出そうになってくる。

「森さん、お腹空いてない？　夕飯を食べていかない？」

「そんなお構いなく。私はそろそろ……」

「今日は主人が会合で遅いの。出前でもとろうと思っていたのよ」

壁の時計を見ると、午後六時になろうとしていた。一時間近く眠っていたということか。

「遠慮しないでいいわよ。何を食べたい？」

母がチラシを手渡してきた。近所にあるお蕎麦《そば》屋さんの出前チラシだった。この家に住んでいた頃、土曜日の昼はここの出前をよく頼んだ。受けとったチラシを見ると、メニューは昔と何ら変わっていない。

頼むものは決まっている。カレーライスだ。和沙はこの蕎麦屋でカレーライス以外のものを注文した記憶がない。和風の出汁《だし》が効いていて美味しいのだ。

「じゃあ……カレーライスをお願いします」

「だと思った。森さん、私たち気が合いそうね。実はもうカレーライスを注文してあるの」

母がそう言って笑った。まったくお母さんったら。和沙は内心苦笑する。この蕎麦屋は老夫婦が二人で営業しており、運んでくるのは奥さんだった。頼んでから一時間以上待たされることも多いので、余裕を持って注文するのが涌井家の習わしだった。

毛布を畳み、それから編みかけのマフラーを籠の上に置く。ほとんど進まなかったが、和沙の手が入っていることは事実だった。母と私の共同制作のマフラーを慎介が使う。そう考えるだけで嬉しかった。

インターフォンが鳴った。母が財布を手に玄関に向かい、しばらくして二つの器をお盆にのせて戻ってくる。母はテーブルの上にカレーライスを置いた。

「森さん、食べましょう」

「本当にすみません。何から何まで」

「遠慮することないわよ。和沙の後輩は大事なお客様なの。失礼があったら和沙に怒られちゃうわ」

「ではお言葉に甘えて。いただきます」

ラップを剝がしてからスプーンをとり、カレーライスを食べる。味は変わっていなく、昔ながらのカレーといった感じだった。福神漬けが入っていないのも一緒だった。涌井家で注文するカレーライスには福神漬けを添えない決まりになっているのだった。

「どう？　美味しいでしょ？」

「ええ。とっても」

「森さんは和沙の一つ下？」

「そうです。一学年下でした」

「和沙の後輩は大変だったでしょう。あの子、結構性格がきついし、物事もはっきり言うし」

「そんなことはありませんよ。私はとても可愛がってもらいました。冬休みの合宿のときも涌井先輩……」

話すことは山ほどある。自分のことを話せばいいだけだ。部活での失敗談などを話すと、母はとても楽しそうに聞き入っていた。

カレーを食べ終えてから食器を二人で洗い、それからお茶を一杯ご馳走になった。時刻は午後七時を過ぎていて、そろそろ帰らなければいけない時間だ。ここからだと二時間以上はかかる。

「私、そろそろ失礼しないと」

「あら、残念。こちらこそお喋りに付き合わせてしまってごめんなさいね」

和沙は立ち上がり、玄関に向かって歩き始める。背後に母の気配を感じ、和沙はずっとこらえていたものが徐々に決壊していくのを感じていた。

お母さん、本当にごめんなさい。先に死んじゃうなんて親不孝な私をどうか許してください。

　和沙は一人っ子だ。これから先、母は父と二人きりで暮らしていく。父と母を二人きりにしてしまったことが心底悔やまれてならなかった。

　靴を履いていると、涙がこぼれて玄関タイルに落ちた。泣けて泣けて仕方がない。和沙はその場で嗚咽《おえつ》した。肩に手を置かれるのを感じ、振り返ると母も泣いていた。

「ありがとう。本当にありがとね」

　涙を流しながら母が言う。母が何に対して礼を述べているのか、和沙はわからなかった。普通に考えれば、娘の霊を弔《とむら》いにきた後輩に対する感謝の念だ。しかしそれだけに思えなかった。母は薄々何かを感じとっているのではないか。目の前にいる森千鶴という女性の中に、死んだ娘の存在をうっすらと感じているのではないか。そんな気がしてならなかった。

　涙を拭き、和沙は立ち上がる。そして母に向かって言った。

「お母さん、お元気で。お体に気をつけてください」

「ありがとう。森さんもお元気で」

　住み慣れた我が家をあとにする。父にも会えたし、母にも会えた。それだけで自分が森千鶴の体を借りたことに大きな意味があるような気がした。

振り返ると母が玄関の前で手を振っている。和沙も大きく手を振って、再び前を向いて歩き出した。

※

前と同じく池袋で待ち合わせたあと、美咲と二人で居酒屋に入った。割とモダンな造りの居酒屋で、個室に案内された。美咲が予約したらしい。美咲は膝までの黒いスカートと薄いピンクのブラウスを着ていた。

「急にお誘いして申し訳ありませんでした」

店員に注文を済ませてから美咲が小さく頭を下げた。慎介は答える。

「いや、俺も暇だったしね。ちょうどよかった」

今晩飲みにいきませんか。美咲からメールで誘われ、ほかに用事もなかったので慎介は了承する旨をメールで伝えたのだ。

「その傷、どうしたんですか？」

「ちょっとね」

慎介は曖昧に返事をした。来る前に鏡を見たところ、竹内に殴られた左の頬に痣《あざ》ができていた。口の中の出血は今は治まっている。

「もしかしてあの二人ですか？」

美咲が訊いてくる。竹内と及川のことを言っているのだろう。慎介が答えずにいると、美咲が続けて言った。

「なぜ早田さんがあの二人と仲よくされているのか、ずっと不思議でした」

「別に仲よくしてたわけじゃないよ。何度か飲みに行っただけだ。それに今日であの物流センターは退職したから、もう関係ないしね」

ビールが運ばれてきたので、慎介はグラスを美咲に渡した。

「さあ飲もう。俺の退職記念に」

グラスを合わせてからビールを飲んだ。口の中が沁みる。美咲が一口ビールを飲んでから訊いてきた。

「退職されてどうなさるおつもりですか？」

「まだ何も考えてない」

「やはり早田さんは歯科医の仕事を続けるべきだと思います。せっかく免許を持ってるんですから」

「そうなるのかな、多分」

どこか他人事のように慎介は言った。今は何かをやる意欲が全然湧いてこない。ずっと追いかけていた谷田部が自殺してしまった。これで事件の幕が下りてほしいという願望があるが、本当にこれで終わったのかという、あっけなさも感じている。

「面接はいつだっけ？　ほら、新しくオープンするクリニックの面接を受けるって言ってただろ」

「来週です。これで受かるとは思ってませんけど」

「随分弱気じゃないか。前にも言ったけど、俺が面接を担当するなら必ず君を採用するね。面接するのが男であることを祈るとしよう」

「何ですか、それ」

料理が運ばれてきたので、それを食べながら美咲と話す。練馬の物流センターで働いたのは谷田部の情報を得るためだけだったが、こうして梶山美咲という女性と知り合いになれたのは予期せぬ収穫だった。

「私もそろそろ今の仕事を辞めようと思ってるんです」

「そうなんだ」

「やっぱりパートのままだと不安だし、正社員になれる仕事に就けたらいいなと思います」

「その気持ちはわかる。だとしたら来週の面接を頑張らないと」

「そうですね。早田さん、趣味は何ですか？」

「趣味を訊かれるのが一番困る。強いていえば食べ歩きかな」

「いいじゃないですか。私も好きですよ、食べ歩き。この近くに塩ラーメンが美味しい店があるんですけど、行ったことありますか？」

「あるよ。店の名前はたしか……」

ビールがワインに変わり、話は盛り上がった。ほとんどが食べ物の話題で、どこのラーメンが美味しいとか、あの喫茶店のナポリタンは絶品だとか、そんな話ばかりだった。和沙が死んで以来、外食するのは早くて安いチェーン店ばかりだった。

「へえ、美味しそうですね。女同士だとあまり焼き鳥は行かないから」

「焼き鳥も旨いけど、締めで食べる雑炊《ぞうすい》が絶品なんだ。親子丼も捨て難いけどね」

「どっちも美味しそう」

ちょうどワインを一本飲んだところだった。美咲もアルコールに強いらしく、半分ほど飲んだかもしれない。二本目のワインを頼もうか迷っていると店員が姿を現した。

「お客様、そろそろお時間ですので、よろしいでしょうか」

「わかりました。すみません、早田さん。このお店の個室は二時間の予約制だったんです」

「いいよ。これ以上飲むと二日酔いになってしまうから」

「早田さん、明日から無職なのに」

「それはそうだね」

立ち上がろうとして慎介はバランスを崩した。思った以上に酔っているのかもしれない。会計を済ませて店を出て、池袋駅に向かって歩き始める。先日も通ったルートに足が自然と向かっていく。

先週美咲と会ったのは金曜日だった。今日は月曜日なので、酔って騒いでいる連中に出くわすことはなかった。

ホテルの看板が見えてくる。先週素通りした同じホテルだった。いつしか美咲と手を繋いでいた。どちらが先に握ったのか慎介はわからなかった。

繋いでいた手を離し、彼女の肩に手を回す。美咲は抵抗することなく、慎介の歩調に従った。

※

桜台のあおい荘に辿り着いたのは午後九時半を過ぎた頃だった。慎介の部屋には明かりが灯っていなかった。まだ帰っていないようだ。

ソラの散歩をしなければならない。それから銭湯に行こう。横浜まで電車で往復するのは久し振りだったので、少し疲れていた。

できれば慎介と話したい。今夜が無理なら明日の朝でもいい。たとえばソラの朝の散歩のあとで朝食に誘うというのは強引過ぎるだろうか。

そんなことを考えながら外階段を上り、廊下を歩いて自分の部屋のドアの前に立つ。階段を上ってくる複数の足音が聞こえ、和沙はその場に立ち止まって警戒する。上ってきたのは二人で、シルエットからして男性のようだ。一人がビデオカメラのようなものを構えているのが見えた。男の一人がつぶやくように言う。

「あっ、違った」

するともう一人の男が言った。

「ええと、夜分すみません。我々はテレビ局の者です。早田慎介さんのお隣に住まれている方ですよね。少し話を聞かせてもらってよろしいですか」

話などない。鍵穴にキーを差し込もうとすると、白い光が浴びせられた。ビデオカメラを起動させたようだ。

「早田さんと話したことはありますか？　普段の彼はどんな人なんでしょうか。彼は婚約者を殺された過去があります。やはり亡くなった婚約者のことを今でも想っていたんでしょうか」

「知りません、そんなこと」

和沙はドアを開け、部屋の中に入る。閉めたドアに背中をつけて大きく息を吐く。

マスコミだ。慎介の居場所が割れてしまったのだろう。谷田部は自殺だったと慎介は語っていたが、その現場に慎介が居合わせたのは事実だった。自殺した容疑者と被害者の婚約者が同じ場所にいた。マスコミにとってはセンセーショナルなネタだ。

慎介が帰宅してきたら格好の的だ。和沙はスマートフォンを出して、潤に電話をかけた。しばらくして潤の声が聞こえてくる。

「姉ちゃん、どうした？」

「マスコミよ。このアパートの場所がバレたみたい。どうしたらいいと思う？」

「時間の問題だと思ってたよ。恋人さんはどこにいるの？」

「まだ帰ってきてない」

「そこから出るのが得策じゃないかな。マスコミはどんどん増えてくるよ。テレビや週刊誌がわんさかとね。今のうちに行方《ゆくえ》をくらませるべきだ」

そんなこと言われてもどうしたらいいかわからない。しかしこのまま部屋にいても事態は好転しないだろう。電話の向こうで潤が言った。

「俺に考えがある。とにかく恋人さんが帰ってきたら、そこから脱出するんだよ。そしたら俺に連絡して」

「わかった。ここから出て、慎介さんに電話してみる」

通話を切った。電気をつけると床の隅で丸くなって寝ていたソラが顔を上げ、こちらに向かって走ってくる。ソラを抱き上げながら部屋の中を見回した。持っていくものはほとんどないが、着替えくらいは持って行った方がいいだろうと思い、バッグに着替えを詰め込んだ。

「ごめん、ソラ。しばらくの我慢よ」

ソラをケージの中に入れた。左の肩にバッグを背負い、右手でソラの入ったケージを持った。そのまま靴を履いて外に出る。

例の二人組の姿は見えなかった。どこかでアパートの様子を窺っているのだろう。

外階段を下りていくと、案の定二人が姿を現した。一人はビデオカメラを和沙に向け、もう一人はマイクを手に訊いてくる。

「早田慎介さんは普段どのような人でしたか？」

質問を無視して、和沙は階段を下りて歩き始めた。マイクの男があとを追ってきた。

「早田さんと話をしたことがありますか？　あるんでしたら、どんな話をしたか教えてください」

腸《はらわた》が煮え繰り返る思いだった。この人たちも仕事でやっているということは理解できる。しかしまったく関係のない隣人に向かってマイクとカメラを向けるのはどういう神経をしているのか。

「お願いです。少しでいいから話を聞かせてくださいよ」

さらに無視して歩いていくと、追ってくる足音が途絶えた。それでも念のためにしばらく歩き、あおい荘から二百メートルほど離れた道路脇で足を止めた。あまり遠くに行ってしまうと、慎介が帰ってきたことに気づけなくなってしまう。このあたりから見張っているしか方法はなさそうだ。

前方から一台の車が走ってきたので、和沙はヘッドライトの眩《まぶ》しさに顔を背けた。

和沙の横を通り過ぎた車はあおい荘の手前で停車した。中から数人の男が降り立つのが遠目にも見えた。

あれもマスコミか。潤の言った通りだ。和沙はケージを路面に置き、電柱の陰に身を隠した。

慎介はどこにいるのだろうか。和沙はバッグの中からスマートフォンをとり出した。

※

美咲の唇は柔らかかった。ホテルの部屋に入るなり、彼女が抱きついて唇を重ねてきたのだ。

和沙のことが脳裏をよぎる。俺は不貞を働こうとしているのか。いや違う。和沙はもうこの世にいない。やましいことをするわけじゃない。

彼女の細い指が慎介のシャツのボタンを上から順に外していく。慎介が彼女の背中に手を這《は》わせると、彼女が舌を入れてきた。

頭の芯が熱くなる。もう何も考えられなかった。美咲の舌を強く吸うと、彼女の口から吐息が洩れた。

ズボンのポケットの中で携帯電話が震えていた。振動パターンからして電話だと理解し、出ようかどうか迷う。無視すればいいと思ったが、もし重要な電話だったらどうしようかとも考えた。たとえば谷田部の件で何か進展があり、室伏あたりがかけてきたのかもしれない。

もう振動音は止まっている。慎介は美咲の両肩を摑み、その身を押しやってから言う。

「待ってくれ。電話だ」

慎介はポケットの中から携帯電話をとり出して着信履歴を見た。森千鶴からの着信だった。和沙の後輩であり、あおい荘の隣人でもある。彼女の無邪気な笑顔を思い出し、頭の芯の熱が冷めていくのを感じた。

和沙以外の女性を抱こうとしている。もし千鶴がそれを知ったらどう思うだろう。なぜ和沙の後輩にそこまで気を遣う必要があるのか慎介自身もわからなかったが、やはり美咲と一晩を過ごすわけにはいかないと思った。

「すまない。今日は……」

携帯電話をしまいながら顔を上げ、慎介はその場で固まった。彼女がブラウスを脱いだところだった。さらにスカートを下ろし、穿《は》いていたストッキングを脱いだ。美咲の細い体が露《あら》わになり、その肢体《したい》に目を奪われる。

潤んだ目をしたまま、彼女が抱きついてきた。それを受け止めながら、慎介はソファの上に倒れ込んだ。再び彼女が唇を重ねてくる。

変じゃないか。頭のどこかでそんな声が聞こえた。美咲ほどの美女がこうして積極的に誘ってくること自体、胡散臭《うさんくさ》く思えてきた。今の自分は今日仕事を辞めたばかりの無職の男で、さほど魅力がないことは自覚している。なぜ彼女はこうまでして――。

「やめてくれ」

慎介は彼女の体を押しやった。慎介に馬乗りになったまま、美咲は妖艶な笑みを浮かべた。やはりおかしい。

「何が目的なんだ？」

慎介がそう訊くと、美咲がこちらを見下ろして答えた。

「目的って、そんなの決まってるじゃないですか」

「どういう意味だ？」

彼女の表情にわずかな変化があった。口元には笑みをたたえたままだが、目だけは真剣なものに変わった。

「早田さん、意外に冷静なんですね。もっと簡単にいくかと思ったのに」

「何を言いたい？」

「昨日、この池袋のマンションで谷田部彰が死亡しました。早田さん、その場に居合わせたんですよね。何が起きたのか、谷田部と何を話したのか、包み隠さず私に教えてくれませんか？」

「君、まさか……」

美咲が慎介の体から下りた。そのままベッドに向かい、そこに座りながら言う。

「私、半年前まで記者をしてました。フリーでしたけど、ある写真週刊誌の専属でした。でも契約を打ち切りになって、食べるために練馬の物流センターで働いていたんです。あなたを一目見て、私はすぐにわかりました。早田さんは憶えていらっしゃらないと思いますけど、一度取材をしたことがあります。多くの記者と一緒にあなたを取り囲んだんですよ」

何度かそういうことはあった。和沙が死んで間もない頃、当時住んでいた代々木のマンションに記者が押しかけ、自宅前で捕まって難儀したことを憶えている。あの中に彼女もいたということか。

「私も一年前の事件について取材してたので、一通りのことは知ってます。犯人は谷田部で決まりだと記者たちも話してました。捕まるのも時間の問題だろうと。その谷田部が自殺したらしい。記者時代のコネを使い、あなたが現場に居合わせたことを知りました。何があったか教えてください。お礼はきちんとお支払いします」

「話すことなんてない」

慎介は床に落ちていた美咲の衣服を拾い上げ、彼女の方に投げた。

「早田さん、お願いします。もし早田さんの話を記事にできれば、私はもう一度返り咲けるんです」

やはり彼女には魂胆があったのだ。それを見抜けなかった自分の脇の甘さを慎介は痛感した。

「梶山さん、悪いけど君の要望に応えることはできない」

慎介はシャツのボタンを留め、床に落ちていたジャケットを拾う。部屋から出ようとすると、背後から彼女の声が聞こえた。

「早田さん、帰らない方がいいですよ」

振り返らずに慎介は訊く。

「どういうことだ？」

「今日、帰りがけに班長から早田さんの住所を聞き出しました。私に気があったのか、簡単に教えてくれました。その住所を知り合いの……」

これ以上聞いている気になれず、慎介はドアから外に出た。

待ち合わせの場所はJR大塚駅の北口だった。ホテルを出て千鶴に連絡すると、午後十時三十分にそこで待っているとの話だった。あおい荘の前にはマスコミが集まっているようだった。梶山美咲が洩らした情報がマスコミ各社に伝わったに違いなかった。

ほかに帰る場所などないし、部屋に籠もっていればいいと思ったが、千鶴がどうしてもと懇願するので、彼女の言う通りにすることを決めた。そろそろ十時三十分になろうとしている。

「早田さん」

声がした方に顔を向けると、階段を下りてくる千鶴の姿が見えた。ソラのケージを重そうに持っている。慎介は千鶴からケージを受けとった。

「こっちです」

そう言って千鶴が歩き始めたので、慎介もその隣を歩いた。千鶴が言った。

「飲みに行ってたんですね」

「わかる？」

「ええ。頬が赤いし、少しお酒の匂いがしますから」

「職場の同僚が送別会を開いてくれたんだよ。俺は断ったんだけどね。どうしてもって言うから仕方なくて」

「別に私は気にしてませんよ。何か言い訳してるみたいですね」

まったくだ。慎介は小さく笑い、それから千鶴に向かって言う。

「送別会は嘘なんだ。実は職場で仲のいい女性がいてね。その子と飲んでたんだよ」

「どんな子ですか？」

「すらりとした美人だ。和沙に似てるかな」

不意に隣を歩いていた千鶴の気配が消えた。振り返ると彼女は立ち止まっている。

「森さん、どうかした？」

「電話してすみませんでした。早田さんにそういう人がいるとは知りませんでした。タクシー代払いますから、今からその女性のところに行ってあげてください」

彼女が路上に出てタクシーを止めようとしたので、慎介は慌てて彼女の右手を押さえた。

「いいんだよ、その子のことは」

「今でも待ってると思います。私のことなんていいから、早く戻ってください」

「森さん、怒ってるよね？」

「いいえ、怒ってませんよ。私は冷静沈着です」

どう見ても怒っている。やはり和沙の後輩なので、俺が和沙以外の女性と仲よくなることを生理的に受けつけないのだろうか。

「誤解だよ。実はその子、記者だったんだよ。正確に言えば元記者かな」

慎介は説明した。ホテルに入ったことだけは伏せることにした。説明を聞き終えた千鶴は納得したようにうなずいた。

「だからあおい荘の前にマスコミが集まったってことか」

「俺は彼女のところには戻ったりしない。何か女性不信に陥りそうな気がするよ」

ここまであっさりと騙されたのは初めてだ。千鶴が感心したように言う。

「その人の執着心っていうか、記者魂っていうんですか。凄いですね」

再び並んで歩き出した。しばらく歩いたところで彼女が足を止める。四階建てのマンションの前だった。入り口の脇にジャージを着た長髪の男が立っていた。男は千鶴のもとに駆け寄って、何かを手渡した。慎介には目もくれずに男は階段を上っていく。

「今の人、誰？」

慎介が訊くと、千鶴がマンションの入り口に向かいながら答えた。

「弟です。さあ行きましょう」

千鶴とともにエレベーターに乗り、四階で降りた。廊下を歩いて一番奥のドアに向かい、千鶴がドアを開ける。

「早田さん、ちょっと待っててもらっていいですか？」

「その前に説明してほしい」慎介はインターフォンの隣にかかっている表札を見た。そこには『森』と書かれている。「ここは君の部屋ってことかな。弟と住んでるってこと？」

「弟は三階に住んでます。ここは私の部屋です。しばらく中に入ってないから、少し掃除をさせてください。終わったら呼びますので」

そう言って千鶴がドアの向こうに消えた。閉ざされたドアを見て、慎介は溜め息をつく。たしかにマスコミに囲まれた安普請《やすぶしん》のアパートで眠るのは気が滅入るだろうが、和沙の後輩の部屋で眠るのは違う意味で気が重い。やはり今夜はビジネスホテルにでも泊まるべきだろうか。

「ソラ、どうしようか」

身を屈めてケージの中を覗き込むと、ソラはすやすやと眠っていた。

三日前

朝の八時、和沙がインターフォンを押しても中から応答はなかった。どこかに行ってしまったのだろうか。昨夜、部屋の中を手早く掃除したあと、慎介を押し込めるようにして立ち去った。慎介が酔って疲れているように見えたからだ。和沙自身は三階の潤の部屋で眠った。

「森さん」

慎介が廊下の向こうから歩いてきた。右手にはコーヒーの紙コップ、左手には白い袋を持っている。コンビニに行ってきたのだろう。

「朝飯買ってきた。菓子パンだけどね」

そう言いながら慎介がドアの鍵を開けた。ドアを開けたままにしてくれているので、和沙は「お邪魔します」と言って中に入る。

「変な子だな。君の部屋じゃないか」

　慎介がそう言いながらあとから部屋に入ってきた。和沙は部屋の中を見回した。

　間取りは1LDKだった。森千鶴はあまり部屋に物を置かない性格らしく、質素でシンプルな内装は和沙も好感を抱くものだった。一年以上放置されていたため、フローリングは薄く埃がかかっていたが、掃除機をかけるだけでかなり綺麗になった。

　腕時計を見ると、日付を示す文字盤には『3』の数字が見える。あと三日だ。私に与えられた時間はあと三日。その短い時間で何ができるのだろうかと考えていると、ダイニングの椅子に座った慎介が言った。

「お茶でも淹れようか。といってもここは君の部屋だけどね」

「いいです。それよりソラちゃんのことなんですけど」

　昨夜、潤とソラについて話し、このマンションがペット禁止であることを知った。登記上は森千鶴の名義になっているが、実質的なマンション経営は不動産会社に全面委託しているようで、所有者だからといって勝手にペットを飼うのは難しいという話になった。不動産会社にソラのことがバレたら厄介だ。

「ペットホテルにしばらく預けてはどうでしょうか。飼い主の早田さんがよければの話ですけど」

「賛成だよ。だってペット禁止なんだろ。預けるって、この前行った新宿のトリミングサロン？」

「ええ。それでいいですか？」

「異論はない。そうか」慎介があごに手をやった。「新宿だよね。俺も一緒に行こうかな。西新宿のクリニックに久し振りに顔を出してみてもいいかもしれない」

谷田部が遺体で見つかったニュースは今も報道番組で取り上げられている。自殺の線が濃厚らしいが、一年前の事件との関連も含めて、様々な憶測が流れているようだ。その大半は谷田部が犯人で、精神的に追い詰められてみずから命を絶ったというものだ。中には一年前に谷田部を容疑者とした警察の捜査方法に疑問を呈する論調もあったが、それに対する警察側の見解は今も示されていないようだった。

谷田部の自殺で事件は幕を下ろされつつある。一週間ほど前、最初に慎介を見たときに感じた不穏な雰囲気はもう微塵《みじん》も感じられない。それでも時折ふと考え込むような顔つきを見せることもある。

あと三日、とにかく穏やかに過ごしたい。それが和沙の切なる願いだった。とにかく慎介には未来に目を向けてほしい。和沙はそう思っていた。

「また歯科医として働くんですか？」

「どうだろうね。もう別のドクターを雇ってるはずだし、俺の出る幕はないんじゃないかな」
「そうですかね。行ってみなければわかりませんよ」
慎介が上杉スマイル歯科クリニックを訪ねようと思い立ったことが、彼にとってい
い兆候のように思えた。上杉やほかのスタッフと会えば、また気持ちも変わってくる
に違いない。
「……森さん？」
慎介の声で我に返る。「すみません。ぼうっとしてしまって」
「ソラの散歩に行くっていうのはどうかな。しばらく散歩にも行けないだろうし」
「いいですね。行きましょう」
和沙は立ち上がり、玄関に置いてあるソラのケージに向かった。
とにかくあと三日。できるだけ慎介のそばにいて、彼の力になってあげよう。
そう決意したのはいいものの、和沙の中では別の声があった。本当にあと三日で私
は消えてしまうのか。どんな方法でもいい。慎介と一緒に居続けることはできないだ
ろうか。

※

「あっ、早田さん、お久し振りです」

西新宿の上杉スマイル歯科クリニックに足を踏み入れると、受付にいた女性が早田を見て言った。佐伯美津子というベテランの受付だ。

「佐伯さん、お久し振りです。元気にしてましたか？」

「ええ。早田さんこそお元気でしたか？　少し痩せたように見えますけど、ちゃんとご飯食べてますか？」

「食べてますよ。上杉先生はいらっしゃいますか？」

「今は治療中です。もうすぐ終わると思いますけど。早田さん、今は何をしてらっしゃるんですか？」

「それがプータローなんです。恥ずかしい話ですが」

しばらく佐伯美津子と話していると、奥の診察室からサラリーマン風の患者とともに上杉直也が顔を出した。慎介の顔を見て上杉は驚いたような顔をしたが、すぐに真顔に戻って患者に言った。

「麻酔が切れると痛むかもしれません。今日は痛み止めを処方しておきます。アルコールは控えてください。お風呂も短めに」

抜歯でもしたのだろう。男の患者が右頬を気にしながら待合室のソファに腰を下ろした。

「早田、ちょっと話そう」上杉がそう言ってから受付にいる佐伯美津子に声をかけた。「五分出てくる。次の患者さんは定期診察だったはずだ。進めてくれて構わないから」

「わかりました」

上杉と一緒に外に出た。クリニックの隣は美容室になっていた。全面ガラス張りで、中ではスタイリストたちが客の髪をカットしている。美容室を通り過ぎたところで上杉は立ち止まった。

「元気そうだな。少し痩せたみたいだが」

「お陰様で。上杉さんもお元気そうで」

「忙しくてたまらんよ。右腕が抜けちまったからな」

皮肉混じりに上杉が言う。彼とはもう十年以上の付き合いだ。慎介が最初に勤めた歯科医院の先輩ドクターだった。歯科医としての腕もよく、何より向上心があった。

一国一城の主になりたいというのは歯科医なら誰でも持っている野心だが、それを実現させてしまった上杉の実行力には目を見張るものがある。

「実は先週から新人のドクターを入れたんだが、どうも使えないんだ。やはり履歴書だけだと駄目だな。実際に働いてる現場を見ないとその能力はわからん」

「そんなに使えないんですか？」

「まだ一週間もしないのにクレームが二件入ってる。二件だぞ。どちらも家に帰ってから痛みが増したとか、そういうクレームだ。それとなく注意してみたが、プライドだけは高いんだ。僕の治療は間違ってませんの一点張りだ。弱ったよ」

「それは大変ですね」

ドクターもそれぞれだ。雇う側にしてみれば、できるだけ優秀で、しかも人当たりのいいドクターを雇いたい。しかし実際に使ってみなければ、その者の仕事振りは見えてこないのだ。

「ところで早田、俺に話でもあるのか？」

「いえ、近くに来る用事があったんで足を伸ばしただけです」

「そうか。できればお前に戻ってきてほしいんだが、先週新人を入れた関係で、今すぐってわけにはいかない」

「俺のことは気にしないでください。適当にやっていきますんで」

できれば復帰できないかとひそかに考えていたのだが、その目論見は呆気なく外れた。まあ仕方がない。勝手に辞めた自分に非があるのだ。

谷田部はほぼ自殺と断定されそうだ。あとは警察に任せておけばいい。谷田部の身の回りから和沙を殺した証拠が見つかることを祈るのみだ。

やはり自分は歯科医だ。歯の治療を生業とするのが一番なのだ。古巣に復帰するのが無理なら、別の病院を探すことにしよう。

「仕事中に申し訳ありませんでした。俺はこれで失礼します」

「久し振りに顔が見れてよかった。今度飯でも行こう」

上杉と別れて、慎介はエレベーターに向かって歩いた。時刻は午前十一時になろうとしている。今、森千鶴はペットホテルにソラを預けに行っているはずだ。正午に新宿駅近くの喫茶店で待ち合わせをしている。

到着したエレベーターに乗り込む。慎介以外は全員がスーツを着ていた。上の階のビジネスマンたちだろう。いつまでもこのままではいけない。俺も仕事をしないといけないな。慎介はそう心を新たにした。

待ち合わせをした喫茶店はＪＲ新宿駅西口近くの雑居ビルの一階にあった。昔ながらの喫茶店といった風情で、和沙と何度か訪れたことがあり、彼女はこの店のナポリタンを気に入っていた。新宿高速バスターミナルが近くにあるせいか、大きなバッグを持った客が多い。

慎介はコーヒーを飲みながらコンビニで買ったばかりの医療系の求人誌に目を通していた。歯科医だけでも多くの求人情報が掲載されている。給与や勤務形態が書かれており、大抵一枚の写真が載っていた。スタッフの集合写真や病院の外観・内装の写真が多かった。このうちどれを選べばいいか、まったくわからなかった。

慎介が初めて歯科医院に就職したのは二十五歳のときだ。千葉県内の公立大学の歯学部を卒業し、都内の大学病院で一年間の臨床研修を受け、そこで知り合った教授の紹介で渋谷にある歯科クリニックに就職した。そのクリニックで出会ったのが上杉だった。

渋谷のクリニックで三年間働いたあと、上杉とともに蒲田にあるクリニックに移籍した。スタッフが三十名を超える大所帯のクリニックで、院内セミナーや外部講師を招いての実務研修に興味があったからだ。そこで腕を磨き、三年前に上杉が開業した上杉スマイル歯科クリニックに移ったのだ。だから慎介には自分で働く環境を選ぶという経験がほとんどない。

「へえ、やっと仕事を探す気になったんですね」

顔を上げると千鶴が立っていた。手に紙袋を持っている。それを椅子に置きながら千鶴が言った。

「買い物してきました。いろいろ必要なものがあったので。それで前の職場はどうでした？」

「うん。新人が入ったみたいで、すぐに働くことはできないらしい」

「それは残念です」

店員が水を持ってきた。「どうせだから昼飯を食べようか」と慎介が提案すると、千鶴はメニューも見ずには「私、ナポリタンとホットコーヒー」と店員に告げた。

「じゃあ僕も同じもので」と言ったあと、慎介は彼女に訊く。

「この店、来たことあるの？」

「えっ？　初めてですけど」

「だって今、メニューも見ないで注文したでしょ。前にも来たことあるのかなって思って」

「ナポリタンって喫茶店には大体ありません？」

「そうかな」

「ちょっと見せてください」

千鶴はテーブルの上に置かれていた求人誌を手にとった。しばらく眺めたあと、顔を上げて彼女は言った。

「これなんてどうですか？　うちからも通える距離だし、給料もよさそうだし。アットホームな感じですよ」

その求人情報を見た。王子駅前にある個人医院らしく、写真には人のよさそうな老医師が二人の若い女性スタッフに挟まれて笑みを浮かべていた。

「君の方は仕事をしなくていいの？」

慎介が訊くと、千鶴がコップの水を一口飲んで答えた。

「私はリハビリが終わったら働こうと思ってます」

「歩道橋から落ちたって言ってたね。ちなみに事故か何かかな」

「わかりません」

「それは災難だったね。わからないってことは事故じゃなくて誰かに突き落とされた可能性もあるの？」

「弟はそう思ってるみたいですけど」

二人前のナポリタンが運ばれてきた。慎介はフォークをとり、千鶴に向かって言った。

「冷めないうちに食べよう」

「いただきます」

ナポリタンを一口食べ、千鶴は頬を緩ませて言った。

「美味しい、これ。選んで正解でした」

「君の直感は正しかったね。和沙もこのナポリタンが大好きだったんだよ」

スパゲティをフォークに絡ませ、慎介はそれを口に運んだ。やはり旨い。昔と変わらぬ味だった。

スパゲティはあっという間に完食した。ポケットの中から携帯電話を出すと、十分前に着信が入っていた。和沙の父親からだった。千鶴と話していたので着信があったことに気づかなかった。今、彼女はトイレに行っている。先に精算しておこうと慎介は席を立った。

精算を済ませてから、リダイヤルして和沙の父親に電話をかけた。店内に流れる音楽が耳に障《さわ》るので、慎介はいったん店から出ることにした。

「もしもし。涌井ですけど」

「早田です。お電話に出れなくて申し訳ありませんでした」

時刻は午後一時を過ぎたところだった。和沙の父、涌井雅之は横浜市内で二軒の歯科医院を経営している。大抵の個人医院は午後の診察は三時くらいから始まるのが一般的だ。昼食をとり、午後の診察前に電話をかけてきたのだろう。

「今、時間あるかね」

「大丈夫です。シューマイご馳走様でした」

「気にしないでくれ。それより昨日のことだが、私が仕事で留守をしてる間に森千鶴という女性がうちを訪れたらしい。知ってるかね」

昨日の午後、千鶴とは別行動だった。どこかに行く予定があると話していたことを憶えている。和沙の実家を訪れたということか。

「ええ、知ってます。和沙の後輩です。ちょっと事情があって俺とも面識があります。それが何か？」

「もしかして君の隣の部屋に住んでる子かい？」

「そうです」

雅之はシューマイを届けに来たとき、千鶴と会っているのだ。

「やっぱりあの子か」

「どうかされました？」

雅之の声の調子からして、あまりいい話題ではなさそうだと慎介は察した。慎介は携帯電話を耳に押し当てる。

「ちょっと気になったんだ。実は和沙の葬式のときに寄せ書きをもらったんだ。部員全員から和沙へのメッセージが記されたものだ。今手元にあるんだが、そこに森千鶴という名前がないんだよ」

それなら説明できる。千鶴は一年前に事故に遭い、和沙の葬儀には参列できなかった。つい最近になって意識が戻り、和沙の死を知ったという話だった。だから寄せ書きを書けるわけがない。

慎介がそれを説明すると、電話の向こうで雅之が言った。

「それだけじゃないんだ。気になったからバドミントン部の顧問だった山崎先生に電話をして確認してみたんだ。山崎先生はうちの患者でもあってね、たまにゴルフに行く間柄なんだ」

「それでどうでした？」

「彼の話だと森千鶴なる人物はバドミントン部には在籍していなかったっていうん

だ。念のために卒業生名簿を調べてもらったから間違いない。慎介君、彼女は何者なんだね」

彼女が和沙の後輩ではない。額に汗が滲んでいるのを感じた。いったい彼女は何者なのか。それはこっちが教えてほしいくらいだ。慎介は思わず喫茶店に背を向けて歩き出していた。

「家内には相談できなくて、君に電話をしたんだ。うちの家内、どうやら彼女のことをすっかり気に入ってしまったようでね。連絡先を交換しておけばよかったと言ってるくらいだ」

なぜ嘘をついたのだ。和沙の後輩を騙《かた》ってまで、俺に接近した理由とは何か。梶山美咲と同じくマスコミの人間だろうか。だとしたらそろそろ正体を現していい頃だろうと思うが、その兆候は見当たらない。

「悪い子には見えなかったがね。慎介君、どういうことだと思う？」

「さあ。俺も少し調べてみます。何かわかったら連絡しますので」

「そうしてくれると助かる」

通話を切った。彼女は何者なのか、いくら考えても答えは浮かんでこない。何か企んでいる様子もないし、邪念も感じられない。今の今まで彼女は和沙の後輩だと思い込んでいた。

　しかし和沙の所属していたバドミントン部出身の森千鶴なる卒業生はいないのだ。彼女が嘘をついていることだけは明らかだった。

　考えごとをしていたせいか、前から歩いてきた男と肩がぶつかり、慎介は「すみません」と謝ってから喫茶店の方へ目を向けた。もう五十メートルほど遠ざかっていた。

　ちょうど喫茶店から出てくる人影が見えた。千鶴だった。慎介は咄嗟にビルの柱に身を隠して、彼女の様子を窺った。千鶴は慎介の姿を探すように周囲を見回している。しばらくして彼女はその場でスマートフォンを出して操作した。

　手に持っていた慎介の携帯電話が震え始める。慎介は通話ボタンを押すことができず、振動が止まるのを待ち続けた。

　君はいったい何者なんだ。胸の中で疑念が膨らんでいた。

　慎介は桜台駅近くにいた。午後五時を過ぎ、周囲は暗くなり始めている。もうここに来てから三時間以上が経過していた。

　向こうから初老の男が歩いてくるのが見えた。ようやく帰ってきたらしい。男が店の中に入っていくのを見届けてから、慎介も歩き出した。引き戸を開けて中に入る。

「すみません。ちょっといいですか？」

不動産屋の主人はマフラーを外しているところだった。さきほど店を訪れた際、応対してくれたのは彼の妻で、主人は管理している物件を回っているとの話だった。慎介にあおい荘を斡旋してくれた不動産屋なので、慎介もこの主人とは面識がある。

「早田さんでしたか。どうかされました？」

「ちょっと話がありましてね」

いろいろ考えた結果、千鶴と接したことのある人物に話を聞いてみようと思ったのだ。あおい荘はこの不動産屋が一括して管理しているので、契約のときに彼女と話をしたはずだった。

「実は隣に住んでる森さんのことです」

「やはり何かありましたか？」

主人がそう訊いてきた。やはりということは、主人も何らかの違和感を抱いていたのだろうか。

「ちょっと怪しいんですよ、彼女」慎介は言葉を選びながら言う。「どこが怪しいかと言われると難しいんですが、勘ってやつですかね。何か気味が悪いんですよ」

「私も最初思ったんですよ。あおい荘に住もうなんて、おかしな子もいるもんだなって。あっ、実際に住んでる早田さんのことを言ってるわけじゃありませんよ」

「わかってますよ。契約のとき彼女何か言ってませんでしたか？」

「特には。今日中に入居したいって言って、慌てて契約したんだよね。そういえば入居した当日だったかな。早田さんの部屋からガスが洩れてるって彼女から電話があってね、私が出向いて早田さんの部屋の鍵を開けたんです。彼女が中に入ってガスの元栓を閉めてましたよ」

初耳だ。そんなことがあったのか。しかし慎介は自宅ではほとんど調理もしないので、ガスの元栓は常に閉めたままだ。ガスが洩れるなど有り得ない。

慎介がそれを説明すると、主人は険しい顔をして言った。

「つまりあの子の目的は早田さんの部屋に入ることだった。そういうことですか」

「おそらく」

「それは厄介ですね。いや困った。早田さん、何か盗まれたりしませんでしたか？」

「心当たりはありません。ですが無断で部屋に入られたのは気分が悪い。いったい彼女は何者なんでしょうね。ご主人、彼女が書いた契約書を見せていただけませんか。警察に被害届を出す前に彼女の素性を知っておきたいんです」

警察という言葉を耳にした途端、主人の顔色が変わった。主人が店の奥に向かい、キャビネットの前に立った。

彼女が俺の部屋に入った目的とは何か。盗聴器でも仕掛けられたのだろうか。考えられることはそのくらいだが、あの部屋に盗聴器など仕掛けても意味がない。部屋には常に一人きりで、誰とも話さないし、電話がかかってくるのも稀だ。

「ありました。でも名前と連絡先が書いてあるくらいで、あの子の素性なんてほとんどわかりませんよ」

渡された契約書を見る。主人の言う通り、名前と連絡先が書いてあるだけで、ほかの情報はほとんどない。しかし気になる点が一つあった。彼女が記した携帯番号だ。どこか見憶えのある番号のような気がして、慎介は携帯電話をとり出した。

電話帳を見る。今は絶対にかけなくなった番号だが、いまだに消去できずにいる、和沙の番号だ。契約書に書かれている携帯番号は和沙のものだった。なぜ彼女は和沙の番号を――。

森千鶴がどのようにして和沙の番号を知り得たのか。それは置いておくとして、問題はなぜ彼女が和沙の番号をここに記したのか、だ。何か意味があるのだろうか。

「早田さん、本当に被害届を出すんですか？」

心配そうな顔つきで主人が訊いてくる。鍵を開けたのは主人なので自分も責任の一端を問われないか不安なのだろう。

「いえ、やめておきます。もう少し調べてみようと思います」

もう一度契約に目を落とす。悪い想像が頭をかすめた。もしや彼女は何らかの目的を持ち、俺に接近してきたのだろうか。


しつこくインターフォンを鳴らしていると、ようやくドアの向こうで物音がした。ロックが解除される音が聞こえ、ボサボサ頭の男が顔を覗かせる。男は慎介の顔を見て一瞬驚いたような顔をしたが、すぐに気の抜けた顔になって言う。

「あんたか。来る頃だろうと思ってたよ」

「お姉さんは？」

「ここにはいないよ」

男はそう言って引き返していく。中に入っていいと言われたわけではないが、慎介は靴を脱いだ。

アニメのポスターが壁に貼られている。男は昨夜も会った、千鶴の弟だった。名前は知らないが、同じマンションの三階に住んでることは知っていたので表札を調べたのだ。弟は壁際の椅子に座り、パソコンの画面を見ている。ゲームでもやっているようだ。

「さっきのはどういう意味かな？　まるで俺がここに来ることを知ってたみたいだったから」

「ん？　別にそんな気がしただけ」

弟はパソコンの画面から目をそらさずに答えた。年齢は若そうだ。二十歳そこそこだろう。学生のようにも見えないが、かといって勤め人のようにも見えない。

「訊きたいことがある」慎介は単刀直入に切り出した。「君のお姉さんについてだ。君のお姉さんは嘘をついて俺に接近した。彼女はいったい何者なんだ？」

「姉ちゃんは姉ちゃんだよ」

「なぜ彼女が俺に付きまとうのか。その理由を知りたいんだ。彼女の目的は何か、君は知ってるんだろ」

「目的って言われてもね。姉ちゃんはあんたのことが好きなんじゃないかな」

「茶化さないでくれ。俺は真剣に訊いてるんだ」

慎介は説明した。涌井雅之からかかってきた電話の内容と、桜台の不動産屋で耳にした話。千鶴がガス洩れを装って慎介の部屋に侵入したこと。話を聞き終えた千鶴の弟が感心したように言う。

「へえ、ちゃんと調べたんだね」千鶴の弟はパソコンの画面を見たまま言った。「とにかく、頭を柔らかくして考えること。答えがあまりに普通過ぎると、その普通の答えに辿り着けないものなんだよ。なぜ姉ちゃんはあんたの部屋に入りたかったのか。なぜ姉ちゃんは契約書にあんたの婚約者の番号を書いたのか。普通に考えればわかることだよ」

言っている意味がわからなかった。この姉弟は何なのだ。背中に悪寒を覚え、慎介はその場に立ち尽くしていた。

「俺から言えるのはそのくらいかな。最後のヒント。俺の姉ちゃんは俺の姉ちゃんであって、俺の姉ちゃんではない。あ、ヤバい。これじゃヒント与え過ぎだ」

「どういう意味だ？　知ってるなら全部教えてくれたっていいだろ」

千鶴の弟は答えなかった。会話は終わりだというようにヘッドフォンを装着して、パソコンの画面に見入っている。慎介は半ば呆然としたまま、部屋から出た。

外に出る。廊下を歩きながら考える。全部普通に考えればわかること。千鶴の弟はそう言った。

ガス洩れ騒ぎを起こして、彼女は俺の部屋に侵入した。俺の部屋にある何かを盗もうとしたから。それが一番考えられる理由だが、あの部屋に盗まれて困るものなど置いていない。

いや待て。一つだけある。ソラだ。あの部屋にはソラがいた。彼女が俺の部屋に侵入したのは、ソラを一目見たかったからなのか――。

契約書に書かれた和沙の携帯番号。なぜ森千鶴は和沙の番号を記入したのか。普通に考えると導き出せる結論は一つだけ。それが自分の携帯番号だったから――。

馬鹿な。慎介は頭を振った。そんなことがあるわけないじゃないか。そう否定する気持ちがある一方で、そう仮定すればすべて辻褄《つじつま》が合うのも事実だった。でもまさか、そんなことって――。

気がつくと四階の千鶴の部屋の前に立っていた。すでにあたりは暗くなっていて、ドアの隙間から中の光が洩れている。慎介はインターフォンに手を伸ばす。人差し指が震えていた。

「どちら様でしょう？」

ドアの向こうから声が聞こえたが、慎介は言葉を発することができなかった。やがてドアが開き、森千鶴が――森千鶴だと名乗る女性が顔を覗かせ、「お帰りなさい」と言ってドアチェーンを外した。

「急にいなくなってびっくりしました。どこ行ってたんですか？」

答えることができず、慎介は目の前にいる女の顔をまじまじと見つめた。その視線の異様さに気づいたのか、彼女は後ずさりながら言った。

「どうしたんですか？　怖い顔して」

慎介は一歩前に出た。馬鹿な質問だと思っていたが、訊かないわけにはいかなかった。慎介は声を絞《しぼ》り出した。

「き、君は……君は涌井和沙なのか」

※

最初、慎介が何を言っているのか和沙には理解できなかった。

新宿駅近くの喫茶店で慎介を見失ってから、和沙は仕方なく大塚のマンションに帰宅した。携帯電話も繋がらず、彼の行方を案じた。もしかして桜台のあおい荘に戻ったのか。そう考えて桜台に行ってみようかと思った矢先、慎介が現れたのだ。

「君は涌井和沙なのか？」

慎介が再び訊いてきて、ようやく和沙は悟った。何があったのかわからない。しかし慎介は真相に辿り着いてしまったのだ。森千鶴の中に私――涌井和沙がいるという真実に。

「何言ってるんですか。どういうことですか」

頑張って笑みを浮かべてみるが、うまく笑えた気がしない。慎介はなおも真剣な目をこちらに向けている。

「お義父さんから電話があって教えられた。君が和沙の後輩なんて話は出鱈目《でたらめ》だ。森千鶴なんて子は和沙の高校の後輩にいないんだ」

嘘はいつか露見する。思えばここ最近は嘘で塗り固めて生きてきたようなものだ。

「今、弟さんとも会ってきた。君は彼のお姉さんであって、お姉さんではない。そんな謎かけのようなことを彼は言ってた。そうなんだよ。普通に考えればわかることなんだよ。君は森千鶴じゃない。君には別の人格が宿っている。違うか？」

和沙は何も答えられなかった。どう答えればいいというのだ。慎介がやや戸惑ったように話し続ける。

「馬鹿げてるよ。馬鹿げた話だと思うよ、俺だって。でもそうとしか考えられないんだ。そう考えればすべて説明がつくんだ。君は和沙の携帯番号を契約書に記した。何かを企んだわけじゃない。その番号しか知らなかった。咄嗟に浮かんだ番号はもっとも馴染みのある番号、自分の携帯のものだったんだ」

不動産屋で書いた契約書のことを言っているのだろう。たしかにあのとき連絡先に電話番号を記入しなくてはならず、やむを得ず自分の携帯番号を記した。ほかに思い浮かんだのは横浜の実家の固定電話の番号だけだった。

「答えてくれ。君は和沙なのか？」

笑い飛ばすことはできる。そんなＳＦ映画みたいなことあるわけないじゃないですか。私は森千鶴です。

しかしこれ以上嘘を重ねたくない。私は涌井和沙だ。今日を入れてあと三日間。すべて打ち明けて、慎介といろいろと話したい。

「慎ちゃん……」

その名前を呼んだだけで、言葉が続かなかった。和沙はその場でぺたんと崩れるように座り込んだ。涙が溢れてくる。

「ほ、本当に和沙なのか？」

うなずく。何度も何度もうなずく。すると頭上で声が聞こえた。

「嘘だろ、こんなことって……」

顔を上げると慎介が呆然と立ち尽くしている。そっちが言い出したことじゃないのよ。そう声を投げかけたかったが、言葉が出なかった。

「有り得ないだろ、絶対」

つぶやくように慎介は言い、ドアのノブを摑んだ。その手は震えており、まるで幽霊でも見るかのように和沙の顔を見下ろしている。やがてドアを開け、慎介は外に出ていってしまう。

和沙は泣き崩れた。気味が悪い女だと思われても仕方がない。慎介の目に見えているのは、全然別の女の顔なのだから。

なぜこうなってしまったのだ。和沙は自分の境遇を呪う。こんなことならいっそ消えてしまいたかった。他人の体に入ってまで、生き永らえたくなかった。

腕時計を見る。日付の文字盤は『3』のままだ。右側にある竜頭《りゅうず》に指をかけた。これをぎゅっと捻ったらどうなるだろう。私はいなくなり、森千鶴が戻ってくるのだろうか。

ドアが開く音が聞こえたので、和沙は腕時計から指を離した。慎介が困惑気味の表情で再び中に入ってきた。青白い顔をした慎介が訊いてくる。

「君の生年月日は？」

「しょ、昭和……」

正直に答えると、慎介は質問を重ねた。

「君のご両親の名前は？」

「涌井雅之と涌井佐和子《さわこ》。父が五十六歳で、母が五十四歳」

「俺と君が初めて出会った場所は？」

「エレベーターの中。上杉スマイル歯科クリニックの最初のスタッフミーティングの日」

エレベーターの中で一緒になり、自分を見つめている視線に気がついた。それが慎介だった。彼には言えないが、第一印象はさほどよくない。

「最初にデートした場所は？」

「有楽町。映画を見てからご飯を食べた」

「俺が君にプロポーズした場所は？」

「代々木の内科クリニック」

「君が隠してる最大の秘密は？」

そんなの言えるわけない。和沙が黙っていると、慎介が疑いの目つきでこちらを見ていた。和沙は溜め息をついて言う。

「専門学校に通っていた頃、先輩に誘われて一ヵ月だけキャバクラでバイトしたことがある」

「そうなのか」

「そっちが訊いたから答えただけ」

和沙が睨むと、慎介が肩をすくめた。ふう、と大きく息を吐き、それから屈んで和沙と視線を合わせて言った。

「本当に和沙なんだな」

「だからそうだって言ってるじゃないの」

※

そう簡単に信じられる話ではなかった。他人の体に死んだ人間の心が乗り移るなど、それこそ映画や小説の題材にでもなりそうな話だ。

「どういうことだろうな。他人の体に乗り移るなんて」

慎介は率直な感想を述べた。二人とも部屋の中に入っており、千鶴は――千鶴の姿をした和沙は窓際のソファに座り、慎介はダイニングの椅子に座っている。

「私だって何が何だかさっぱりわからないわ。でもこうなっちゃったのよ」

百パーセント信じたかと問われれば、うなずくことはできなかった。何しろ目の前にいるのは和沙とは似ても似つかぬ赤の他人だ。しかし心は和沙なのだと本人は言う。

「まだ信じてないみたいね」

「だってしょうがないだろ」

「新婚旅行にはオーストラリアに行きたかった。オーストラリアじゃなくて」

慎介が勇み足でオーストラリア旅行を予約してしまった話だった。結局和沙が死んでしまって行けなかったが、慎介は恥ずかしくてこの話を誰にも話していない。

「わかった、わかったよ。君は和沙だ。認めるよ」

「最初から信用してよね」

言葉遣いも和沙のものだ。声こそ違えど紛れもなく和沙と話しているのだと慎介は実感した。

「でも変な話だよな。信じられないよ」

「いい加減に信じてよ。この状況に対応してる私って凄いって思わない？」

「最初から説明してくれ。何がどうなったんだ？」

「目が覚めたら病室だったの。先週の火曜日のことだったわ」

これまでの経緯を和沙が説明した。驚きの連続だった。まるで異世界の冒険譚を聞いているようでもあり、映画化したら面白そうだなと慎介は勝手な感想を抱いた。

「俺の部屋に侵入したのはソラに会いたかったからなんだな」

「悪い？　だって隣の部屋にソラがいるのよ。会いたいと願う気持ちは飼い主として至極当然だと思うけど」

やはり和沙だな。慎介は内心納得する。気が強くて妙に理屈っぽい話し方が和沙そのものだ。

「でもびっくりしたわよ。谷田部の写真が貼ってあるんだもの。しかも額に画鋲まで突き刺しちゃって」

それを見て、自分の恋人が谷田部に対して復讐を企てていると和沙は思ったらしい。その復讐を絶対に止める。その一心であれこれと動いていたようだ。

「でも変な気分だろ。他人の体に心だけ入ってしまうなんて」

「そうね。ようやく慣れてきたけど」

「でもよかったよ。こうしてまた君と話すことができるんだ。こんなに嬉しいことはない」

「私もよ」

そう言ったきり和沙は口をつぐんだ。何か言いたそうな顔つきだったが、彼女が口を開くことはなかった。隠していることがあるな。慎介はそう思ったが、怖くて訊くことができなかった。慎介は努めて明るい口調で言った。

「腹減らないか？　俺、腹ぺこなんだけど」

和沙が壁の時計を見た。時刻は午後九時になろうとしている。

「私もお腹空いた。どうしよ、何か作ろうか？」

「コンビニ行って適当に買ってくるってのはどう？　ビール飲みたくなってきた。再会を祝して乾杯しよう」

「いいわね。そうしましょう」

和沙が立ち上がる。二人で部屋から出て、エレベーターに向かって歩き始める。隣を見ると、森千鶴の容姿をした涌井和沙が歩いている。何だか不思議な気分だった。

「潤君っていうのは何してる子？」

慎介が訊くと、和沙が酎ハイを飲みながら答えた。

「本来なら大学生なんだけど、今は休学してる。引き籠もりってやつね。ほとんど外に出ないで家に閉じ籠もってゲームばかりやってるわ。下のコンビニや近所のお弁当屋さんには行くみたいだけど」

ベランダで飲んでいた。森千鶴の部屋のベランダは広く、小さなテーブルとベンチが置いてあったので、そこで飲むことにしたのだ。少し肌寒いが外の空気は気持ちがいい。

「ふーん。まだ若いのに大変だな」

「でも結構いいとこあるのよ。日曜日に池袋まで迎えに来てくれたし、いろいろアドバイスもしてくれたしね。潤君曰《いわ》く憑依っていうみたいよ。今の私の状況」

「霊がとりつくってやつか」

「そうみたいね。実感ないけど」

すでに慎介は二本目の缶ビールを飲んでいる。和沙も同じく二本目の柑橘《かんきつ》系の酎ハイを飲んでいた。和沙はそれを飲み干したようで、三本目の缶に手を伸ばしながら言う。

「この子、私よりお酒強いかも」

「無理するなよ」

和沙が言うこの子とは森千鶴のことだろう。何だか不思議な感じだ。和沙は和沙であって、和沙ではない。哲学の問答みたいで、あまり深く考えると頭が混乱してくる。

「そういえば一昨年《おととし》の大晦日《おおみそか》のこと、憶えてるか？」

慎介が訊くと、和沙が答えた。

「憶えてるわよ。明治神宮に初詣に行こうとして、結局やめたんじゃなかった？」

外に出て駅に向かって歩いていると、急に土砂降りの雨が降り出したのだ。これでは初詣どころではないと二人で和沙のマンションまで引き返してきた。

「あの日、帰ってきてから深夜放送の映画観たよな。憶えてないか？」

「有名なやつでしょ。『ゴースト』だっけ」

「そう。ニューヨークの幻。あの映画に似てるだろ。今の和沙の置かれた状況って」

「でもあの映画とは少し違くない？　死んだのは男性の方で、残された恋人――デミ・ムーアだっけ。彼女には男性の姿がまったく見えないんだから」

「霊が現世に残されるって設定が似てると思うんだ。俺たちはこうして話せるだけましだけどな」

和沙がスマートフォンを手にとった。しばらくして音楽が流れ始める。動画投稿サイトで検索したようだ。

「これ、何て曲？」

「アンチェインド・メロディ。結構古い曲でいろんな人が歌ってるみたいだけど、一番有名なのはライチャス・ブラザーズの曲。映画でも使われた曲みたいね」

「いい曲だよな」

二人で曲に耳を傾けた。深く味わいのあるボーカルだった。曲が終わったのを見計らい、慎介はずっと訊こうと思っていた質問を和沙にぶつけた。

「和沙、犯人に心当たりはないのか？」

「それが全然ないの」和沙はさも無念そうに答えた。「自分が殺されたって知ってから、何度も思い出そうとした。あの日、私は家に帰ってからご飯を作ろうと思ってたの」

買ってきた食材を冷蔵庫に入れ、さあ料理にとりかかろうと思ったとき、部屋のインターフォンが鳴った。宅配便の不在票がポストにあったため、それを届けに来たのだろうと和沙は思った。そして玄関に向かったところ――。

「そこで記憶が途絶えている。気がついたら病室にいて、しかも見知らぬ女の子の顔をしてた」

「谷田部とは面識があったのか？」

「顔見知りっていう程度。池袋で働いてたときの患者さんよ。一度だけカフェで偶然会って、短い時間だけど一緒にお茶したことがある。それだけ」

「部屋にはお前を隠し撮りした写真もあったようだ。自宅住所も知っていたし、奴がストーカーだったのは間違いない」

「彼は本当に自殺したのかな？」

和沙が口にした疑問に慎介は答える。

「警察はそう思ってるらしい。でも一部の刑事は他殺の線を捨てていないようだ。俺も考えてみたんだけど、嫌がる男に薬を飲ませるのって難しいだろ」

「そうね。歯科医のあなたが難しいっていうんだから、普通の人にはもっと難しいかも」

「犯人は谷田部で決まりだ。そうであってほしいと俺は思ってる。もうあれこれ思い悩むのは嫌なんだ」

そう言いながら、警視庁の室伏が語っていたことを思い出す。先週、江東区亀戸で発生した女子大生殺害事件との関連も含め、捜査を見直すと言っていた。

「ねえ、慎ちゃん。どうして私、こうなっちゃったのかな」

なぜ和沙の心が見ず知らずの女性の体に宿ったのか。その疑問は慎介も感じていたが、考えても答えなど思い浮かばなかった。

「さあな。でも俺はよかったよ。また和沙に会えて」

「何か意義があるんだと思う。何かやらなきゃいけないことがあるんだよ、きっと」

和沙は立ち上がり、ベランダの手摺りに手を乗せた。慎介も立って彼女の隣に並ぶ。夜景が綺麗で、新宿副都心のビル群が正面に見えた。あのビルの一つが慎介と和沙が働いていたビルなのだ。森千鶴もこうして夜景を見ていたのだろう。

「和沙、寒くないか。中に入ろうぜ」

「そうだね」

和沙はそう返事をしたが動こうとしない。慎介はその横顔を見る。顔は別人だが、こうして考え込むときの表情が和沙そのものだった。

二日前

和沙は目を覚ました。まだ朝の五時だった。和沙はベッドから抜け出し、リビングに向かった。ソファの上で慎介が寝息を立てている。

音を立てぬように注意しながら和沙は窓を開け、ベランダに出た。朝の空気が気持ちいい。テーブルの上には酎ハイの缶が置いてある。昨夜の飲み残しだ。和沙はベンチに座った。

遂に昨日、慎介がすべてを知ってしまった。他人の体に心が乗り移る。この途方もない話を彼は完全に信じてくれたようだ。

昨夜は楽しかった。彼に再び『和沙』と呼ばれる日が来るなど夢にも思っていなかった。自分の正体を隠さず、涌井和沙として慎介と話す。この当たり前のことを普通にできることが、何よりも嬉しかった。

慎介も楽しそうだった。あおい荘で初めて会ったときとは別人のように、朗らかな顔つきをしていた。さきほどちらりと見た寝顔も穏やかだった。慎介は谷田部が犯人であると信じ込もうとしている節がある。早く事件のことを忘れたいのだろう。

しかし喜んでばかりもいられない。和沙は腕時計に目を落とした。日付の表示は『2』に変わっていた。私に残された時間はあと二日だ。

こうして慎介とわかり合うことができた今、和沙の中にこれまでになかった感情が芽生え始めていた。

生きたい。

切にそう願った。たとえ森千鶴の体のままでもいい。ずっと慎介と一緒に居たい。

消え去りたくない。心の底から和沙はそう思い始めていた。

しかし具体的な方法は何一つ思い浮かばない。時計の針は着実に時を刻んでいくだけだ。いっそのことこの時計を壊してしまえばいいのではないか。一瞬だけ脳裏をかすめたアイデアを和沙はすぐさま撤回する。時計が壊れた瞬間、私という存在がなくなってしまうのではないか。そんな不安があった。

生きたい。消えたくない。

せっかく慎介と以前と同じように話し、笑い、名前を呼び合える関係になったのだ。どうにかしてこの状況を長続きさせられないものか。別に一生とは言わない。せめて一年間、いや一ヵ月だけでもいい。慎介と一緒に居たい。

和沙は腕時計を外した。そもそもこの時計がタイムリミットになっているというのは潤が言い出したことで、それが本当なのか確証はない。しかし現実的に考えて、一生この体を借りた状態が続くとは思えなかった。この時計がタイムリミットを告げているという説には真実味が感じられた。

左手に腕時計を持ち、右の指で竜頭を挟む。怖いが試してみる価値はある。和沙は大きく息を吐いてから、指に少し力を入れてみるがまったく動かなかった。徐々に力を強めていくが無駄だった。時計の針が回ることはなかった。故障しているか、もしくは得体の知れない力がそこに宿っているかのどちらかだ。後者のように思えてならない。

そもそも私の心が森千鶴の体に乗り移った意味とは何だろうか。慎介の復讐を止めることに腐心していたが、私がいなくても同じ結果になったはずだ。

和沙は立ち上がり、ベランダの手摺りにもたれた。まだ薄暗く、周囲は静かだった。いくつかのマンションが見えるが、明かりが灯っている部屋はほんの僅かだ。

明日死ぬことがわかっていたら、何をしますか。

昔、他愛のない日常会話で誰かにそう訊かれたことを思い出した。思い切り遊ぶ。好きなものを食べたいだけ食べる。そのときは冗談交じりにそんなことを答えたはずだが、それが現実の問いとなって目前に突きつけられていた。

明日、死ぬことがわかっていたら、私は何をするだろうか。

答えは決まっている。慎介と一緒に穏やかに過ごすことだ。そして彼に迷惑がかからぬよう、ひっそりと消え去るのが賢明な選択だろう。

まだ覚悟はできていない。生きたい、消えたくないという気持ちが昨夜から急激に膨らんでいた。こんな状態で明日の深夜零時を迎えることができるのだろうか。そんな不安が押し寄せてくる。

今から恐れていてもどうにもならない。和沙は頭を振って、ベランダの手摺りから手を離す。部屋の中に戻ろうと振り返ると、窓の向こうに慎介が立っているのが見えた。やけに真剣な顔つきをしていた。窓を開けてから和沙は慎介に言った。

「慎ちゃん、どうしたの？　いつから居たの？」

「今起きたところだよ。それより和沙、お前、本当に和沙なんだよな」

「そうよ。昨日散々話したじゃない。まだ信じてないの？」

「いや、夢かもしれないと思ってさ」

「夢なんかじゃないわ。朝ご飯作るからちょっと待ってて」

和沙はそう言って部屋の中に戻った。

※

「慎ちゃん、支度できたわよ」

慎介がテレビで朝の情報番組を見ていると、キッチンから和沙の声が聞こえた。同時にトースターのベルが鳴り、和沙が焼けたパンを皿の上に置いていた。慎介は立ち上がってキッチンに向かう。

「旨そうだ。ちゃんと朝飯を食べるの久し振りだよ」

「どんな食生活を送ってきたのよ」

「朝はコーヒーと栄養ドリンクだけでしのいでた」

「慎ちゃん、痩せたでしょ。しっかり食べないと」

和沙がエプロンを外し、椅子に座った。サラダとハムエッグ、スープとパンという簡単なメニューだ。

「今日の予定は？　就職活動するの？」

和沙に訊かれ、慎介は手に持っていたトーストを置いて答えた。

「実は考えてることがある。俺、涌井歯科医院で働いてもいいと思ってるんだ」

和沙が驚いた顔つきをして手にしていたトーストを皿に置いた。慎介は続けて言った。

「お義父さんからも誘われてるんだ。知らないクリニックで一からスタートするより、お義父さんのところで働いた方が俺もやり易いかなと思ってね。横浜に引っ越して部屋でも借りようと考えている。お義父さんも許可してくれるはずだ。和沙はどう思う？」

「私は……」和沙は思案するように宙に目を向けてから言った。「私は反対。だってお父さんはまだ若いし、あの歯科病院に歯科医は二人も必要ないよ。慎ちゃんはどのクリニックでも通用する技術を持ってる。将来的にはわからないけど、今はまだ横浜に行くタイミングじゃないと思う」

やはりな。和沙はきっと反対するだろうと思っていた。慎介は再びトーストを手にとった。

「この話は忘れてくれ。でも将来的に涌井歯科医院で働く気持ちが俺にあるってことだけは覚えておいてほしい」

「わかった。お父さんも喜ぶと思う」

「でも和沙の方はどうなの？　仕事をしなくても大丈夫なのか？　パン屋で働いてたとか言ってたけど」

「こう見えても私、結構羽振りがいいみたいなの」

和沙が説明した。森千鶴はこのマンションのオーナーになっており、自動的に家賃収入が得られること。一年前まではパン屋で働いており、将来は自分のパン屋を持つのが森千鶴の夢であること。その話を聞いて腑に落ちた。同じマンションに姉弟で別の部屋に住んでいることに疑問を感じていたからだ。

「なるほどね。そういうことか」

すでに二人とも綺麗に朝食を食べ終えていた。皿を片づけて、和沙がコーヒーを淹れた。慎介は求人誌は広げたが、特に魅力的な歯科医院は見つからない。手当たり次第、面接を受けるしかないのだろうか。

「ところで和沙、今日どうする？　何しようか」

「そうねえ」

電話の振動音が聞こえた。ソファの上で携帯電話が震えていることに気づいた。

「電話みたいよ」

和沙に指摘され、慎介は冷めたコーヒーを一口飲んで答える。

「いいよ、電話なんて。せっかくまた一緒に暮らせるようになったんだぜ」

「出なさいよ」

「出ないって」

「いいから出なさい。大事な電話だったらどうするのよ」

仕方なく慎介は立ち上がった。すでに着信は切れていたが、履歴を見ると上杉からだった。リダイヤルすると、すぐに電話は繋がった。上杉がいきなり話し出す。

「悪いな、早田。朝早くから。お前、今日は暇か？」

「どうしたんですか？」

風の音が聞こえる。どうやら上杉は屋外にいるようだ。

「実はな、昨日話した新人のことなんだが、ちょっと説教してやったんだ」

昨夜のことらしい。仕事が終わってから治療法や勤務態度について上杉が注意を与えた。そのときは逆らうことなく神妙な顔つきで話を聞いていたようだ。ところが――。

「さっき電話があって、今日は仕事を休みたいって言われたよ。まったく話にならない。奴は今日は早番だった。できれば俺が出たいところなんだが、実は箱根に来てるんだ」

歯科医たちのゴルフコンペのようだった。すでに上杉は箱根のゴルフ場に到着しているとの話だった。ただし午後三時からの遅番のため、上杉だけは途中で切り上げて東京に戻ってくるらしい。

「早田、俺の代わりに早番を引き受けてくれないか。当然、日当で給料も出す」

悪くない話だ。今後のことも考えると、慣れ親しんだクリニックで一日だけのピンチヒッターを務めるのは、いい肩慣らしになるだろう。

「ちょっと待ってください」

慎介は保留ボタンを押し、和沙に上杉からの提案を説明した。和沙はうなずいて言った。

「いいんじゃないの。私は賛成よ」

保留を解除し、早番を引き受ける旨を伝えると、上杉が嬉しそうな声で言った。

「助かったよ。細かいことは佐伯さんに指示を出しておくから、わからないことがあったら彼女に訊いてくれ」

通話を切った。早番は朝九時から午後三時までだ。今は八時過ぎなので、すぐに出かける準備にとりかからなければならない。和沙も慌ただしく片づけを始めていた。

「私も行くからね」

「俺と一緒にか？」

「悪い？　前の職場なのよ。千葉から遊びに来てるあなたの従妹っていう設定でいきましょう。早くしないと遅刻しちゃうわよ」

和沙に急かされ、慎介は立ち上がった。

「歯というのは表面がエナメル質で覆われていて、その下には象牙質《ぞうげしつ》という層があります。今の状態はエナメル質の内部が虫歯で溶けた状態です。写真で言えば二番になります」

患者は仕事を抜け出して来院した三十代のサラリーマンで、最近歯が痛むとの話だった。慎介は今、パネルを見せて歯の状態を説明している。

「そこに見える黒い点は穴です。その奥に虫歯が広がっているんですね。まずは虫歯を完全にとり除いてから、樹脂を流し込んで固めます」

自分の歯がどうなっているか。どのような治療をおこない、どれだけの期間と費用がかかるのか。治療の前にあらかじめ丁寧な説明をおこなうのが上杉スマイル歯科クリニックの方針だ。

「申し訳ないのですが」患者が口を開いた。「仕事が忙しいのであまり通院はできません。どのくらいで終わりますか？」

「三、四回の通院で終わるでしょう。当院は夜十時まで診察をしているので、お仕事帰りに予約していただいても結構です。今日は虫歯をとり除く治療をおこないます。少し痛むかもしれませんが、局所麻酔をするほどではないと私は考えます。治療を開始してよろしいですね」

「お願いします」

すでに五人の患者の治療をおこない、感覚はとり戻していた。この一年間で新しい治療器具も入ったようだが、その扱いにもすぐに慣れた。

診察室は二つあり、もう一方の診察室では別の医師が治療に当たっている。このクリニックのオープン当時から働いている医師で、慎介とも旧知の仲だ。さきほど挨拶をして、自然な形で世間話もできた。

十五分ほどで治療を終えた。患者が診察室から出ていくと、歯科助手が器具や薬品などの交換を始める。慎介はパソコンで診察記録を入力してから、次の患者のカルテを見る。

見憶えのある名前だった。以前、慎介が担当していた患者で名前は宮本節子《みやもとせつこ》という。八十歳を過ぎた高齢の女性で、二年ほど前に前歯を差し歯にした。今日は一ヵ月に一度の定期診察だった。

「次の方を呼んでください」

慎介がそう言うと、歯科衛生士がうなずいてドアを開け、外で待っている患者を呼んだ。宮本節子が中に入ってくる。

「お久し振りです、宮本さん」

「あら、早田先生じゃないの。いつから復帰されたのかしら？」

「今日からです。といっても一日限定のピンチヒッターですよ」

「あら、残念だわ。これからまた早田先生の診察を受けられると思ったのに」

「お加減はどうですか。差し歯に不具合はないですか？」

「ええ、お陰様で」

彼女の差し歯は硬質レジンというプラスチックの素材を用いている。前歯には保険が適用されるので費用が抑えられるというメリットがある一方、自然な色合いではなく、長年使用すると摩耗してくるというデメリットもある。経済的に余裕があれば、セラミックといった保険適用外の素材を選ぶことが可能だ。

宮本節子の場合、年金暮らしという彼女の内情も考慮し、硬質レジンを薦めた。いったん差し歯が入ってしまうと安心して定期診察に訪れない患者も多いが、彼女の場合はしっかりと通院しているようで何よりだった。

「では診察を始めましょう」

慎介がそう言うと、歯科衛生士が宮本節子の首に歯科用エプロンをかけた。

※

「先生、本当に今日一日だけなんですか。ずっとこのクリニックにいればいいのに」

「そういうわけにはいきませんよ。でも今日は宮本さんを診察できてよかったです」

慎介が診察室から出てきた。さきほど中に入っていった老婦人も一緒だった。彼女のことは和沙も憶えていた。以前、慎介に手作りの弁当を差し入れした女性だ。女性は楽しげに慎介と会話をしている。

「今日は院長先生はご不在なのかしら?」

「そうなんです。ゴルフらしいですよ。だから僕が急遽呼ばれたってわけです」

「へえ、そうなの。今日はいい天気だしゴルフ日和《びより》ね」

すでに正午を回っており、待合室に患者の姿はない。彼女が午前中の最後の患者だ。午後の診察は一時半からで、これからスタッフは昼の休憩時間に入る。

ピンチヒッターではあるが、慎介がこのクリニックで働くことは和沙にとっても朗報だった。これがいいきっかけになればいいと和沙は思っていた。慎介だっていつまでも無職のままではいられないだろう。

「お大事にどうぞ」

老婦人がドアから外に出ていった。和沙は午前中、待合室の隅に座って雑誌を読んだりテレビを見たりしていた。東京見物に来ている慎介の従妹と紹介され、受付にいる佐伯さんたちも最初は和沙のことを気にしている様子だったが、そのうち視線を向けてくることもなくなった。森千鶴がここを訪れていたのは去年のことなので、佐伯さんも忘れているようだ。久し振りにクリニックの空気に触れ、和沙も懐かしかった。

「飯でも行こうか。何が食べたい？　和沙」

慎介がそう訊いてきた。受付にいる佐伯さんが怪訝な目を向けてきたが、慎介は何も気づいていない様子だった。「財布とってくるから」と言い、慎介は奥のロッカールームに消えていく。

あとで注意しないとな。そう頭に刻みながら和沙は立ち上がり、受付にいる佐伯さんのもとに向かう。

「すみません。慎介兄さん、いまだに私のことを和沙と呼んだりするんです。事件からもう一年もたったのに」

「仕方ないわよ。もう、じゃなくて、まだ一年しかたってないのよ。早田先生にとってはね」

「ほかにいい人見つかるといいんですけどね」

「時間が解決すると思うけど、当分の間は難しいかもしれない。和沙ちゃんはとてもいい子だったからね」

褒められて悪い気はしないが、慎介がいつまでも私に縛られているままではいけない気がする。慎介に新しい恋人ができると想像すると胸が痛むが、どうせ私の心が消えてしまったあとだろうから、嫉妬に駆られることはないだろう。それはそれで少し淋しい気もするが。

「お待たせ。行こうか」

白衣を脱いだ慎介が戻ってきた。二人でドアから外に出て、エスカレーターに向かって歩く。一階には多くの飲食店がテナントとして入っているのでランチどきは賑わう。もっとも和沙がここで働いているときは家で作った弁当を持参していた。その方が節約できるし、栄養面でも偏らないからだ。

「さて、何を食べようかしら」

エスカレーターを降りながら和沙がそう言うと、前にいた慎介が携帯電話を見ていた。一階に到着すると慎介が言った。

「警視庁の室伏さんから着信があった。ちょっと待ってて」

そう言って慎介が携帯電話を耳に当て、しばらくしてから話し出した。

「もしもし、早田です。……えっ？　今からですか。僕は構いませんが。今は新宿です。……そうです、前に働いてた職場です。着いたら連絡ください」

通話を終えた慎介が和沙に説明した。

「警視庁に室伏さんっていう刑事がいる。和沙の事件を担当してる刑事さんだ。彼が俺に話したいことがあるっていうんだ。こっちに向かってるよ」

慎介は携帯電話を上着のポケットにしまってから続けた。

「和沙、申し訳ない。ゆっくり飯を食ってる時間はなさそうだ。俺は刑事さんと話してくるから、和沙はどこかで……」

「私も同席しちゃ駄目かしら？」

「お前が？」

「だって私の事件なんだよ。私も話を聞く権利はあると思うけど」

私自身が殺された事件なのだ。警察が事件についてどの程度調べているか、興味があった。

「仕方ないな。まあ室伏さんには言ってみるけど、断られるかもしれないぜ」

「そうこなくっちゃ」

ランチどきなのでＯＬの姿が目立つ。今も人気店は変わらないようで、八百円でパスタとサラダバーが食べられるイタリアンと、有機野菜を使った日本食の店の前には早くも行列ができている。建物の入り口にほど近い場所にはカフェがあった。ベーグルが人気の店だ。

「あのカフェにしましょう。ベーグルだったら手早く食べられるしね」

和沙がそう言って歩き出すと、慎介もあとからついてきた。

「でも今でも慎ちゃんに逐一《ちくいち》連絡をくれるなんて、いい刑事さんよね」

和沙がそう言うと、前に座る慎介がコーヒーを一口飲んで答えた。

「まあね。かなり熱心な刑事だよ。あの人は俺を疑ってるんだよ。俺が和沙を殺した犯人じゃないかってな」

「疑うって、慎ちゃんが犯人なわけないじゃない」

「若い女性が殺されて、警察が最初に疑うのは男女関係。痴情のもつれってやつだよ。でも俺にはアリバイがあったしね。あ、来たよ」

慎介が店の入り口に目を向けた。振り返ると店の入り口にグレーのスーツを着た四十代とおぼしき男性が立っている。身なりはきちんとしているが、どこかその存在は浮いていた。一見してサラリーマンのように見えるが、目つきが鋭かった。

室伏は慎介の姿に気づいたようで、こちらに向かって歩いてくる。和沙は立ち上がり、慎介が座っている側の席に移動した。近づいてきた室伏がはっとした表情で和沙を見て、その場で硬直した。隣に座る慎介が訊く。

「室伏さん、どうされました？」

「いえね」室伏は和沙の方に視線を走らせてから、慎介に訊き返した。「早田さんお一人だと思っていたので驚いただけです。こちらの方は？」

「僕の従妹です。名前は森千鶴。今、東京見物で僕のところにいるんです。ご一緒してよろしいですかね」

室伏は答えなかった。通りかかった店員に「ホットコーヒー」と短く告げてから椅子に座る。しばらく迷っているようだったが、室伏は上着の内ポケットから一枚の写真をとり出しながら言った。

「驚きました。この写真の女性を捜していたんです」

和沙は写真を見た。防犯カメラの映像を拡大したものらしく、そこに写っているのは森千鶴だった。心当たりはあった。日曜日に谷田部のマンションで撮られたものではないか。室伏が説明を始めた。

「谷田部の件です。自殺の線が濃厚ですが、他殺の可能性もわずかに残っていたので、防犯カメラの映像を徹底的に洗いました。その結果――」

マンションの住人やその知人、宅配便の業者やセールスマンなど、カメラに映っている人物を一人ずつ照合していった結果、正体不明の女性が浮かび上がった。それが森千鶴だ。

「森さん、単刀直入にお聞きします。あなたは日曜日に早田さんと行動をともにしていた。そういうことですか」

どう説明すればいいのだろうか。答えに窮していると隣で慎介が言った。

「室伏さん、こいつは昔から勘が強い子でしてね、僕がよからぬことを考えてると思ったみたいで、僕を尾行してたんです。あとから知って僕も驚きました。そうだよな、千鶴」

一瞬だけどきりとした。慎介が間違って和沙と呼んでしまうかと思ったからだ。ちょうど店員がコーヒーを運んできたので、店員が立ち去るのを待って和沙は神妙な顔をして頭を下げた。

「軽率なことをしたと反省してます。すみませんでした」

「そういうことでしたか。納得しました」

室伏はそう言ってコーヒーを一口飲んだ。彼の真意は摑めなかった。完全に納得しているようには見えないし、何か疑っているようでもある。

「たとえばですよ」室伏がカップを置きながら言った。「お二人が共犯だったなら話は違ってくる。一人が後ろから谷田部を拘束し、もう一人が谷田部の口から薬を飲ませる。これなら自殺に見せかけることができそうだ」

刑事って怖いな。和沙は実感した。刑事と面と向かって話すのは初めてだが、そんなことまで考えるのか。

「私は谷田部が自殺したとは思えません。谷田部は何者かに殺害された。その犯人が涌井さんの事件に関与していると考えているんです」

和沙は息を飲んだ。つまりこの刑事は谷田部は他殺であり、その犯人こそ、私を殺した真犯人だと言っているのだ。

室伏は続けて説明した。防犯カメラの身許照合作業の結果、和沙のほかにも二名ほど未照合の者が残っており、どちらも男性だという。ただ谷田部の住むマンションの部屋が事務所として使われているケースもあり、そこに出入りした者の特定が難航しているようだった。室伏はその二名の写真をテーブルの上に並べたが、どちらも和沙が知らない顔だった。慎介も同様らしく、首を捻っていた。

「ご協力ありがとうございました」

室伏がそう言って写真を上着のポケットにしまった。それから慎介に向かって言う。

「ここから先は早田さん、できれば二人きりでお話ししたいのですが」

「いえ、この子のことは気にしないでください。口が堅い子なので」

「そうおっしゃられても」

二人の問答はしばらく続いたが、先に折れたのは室伏だった。ところが室伏は本題に入ろうとせず、全然違うことを質問してきた。

「ところで早田さん、今日はどうしてこちらに？　以前の職場に復帰されたということでしょうか？」

「違います。今日だけです。ドクターの一人が欠勤したためピンチヒッターを頼まれただけです」

「そうですか」

室伏がうなずき、コーヒーを一口飲んでから続けた。

「実は上杉スマイル歯科クリニックの院長、上杉先生のことです。彼が涌井和沙さんを殺害したのではないか。私はそう考えているんですよ」

和沙は自分の耳を疑った。慎介も同様らしく、隣で目をしばたたいていた。室伏は身を乗り出して説明する。

「亀戸で殺害された女子大生ですが、八ヵ月ほど前に上杉先生のクリニックでの受診歴があると判明しました。もう一度彼女の自宅アパートの所持品を徹底的に調べたところ、机の中から上杉スマイル歯科クリニックの受診カードが発見されました。つまり上杉先生は涌井和沙と先週殺害された女子大生、二人を知っているんです」

亀戸で発生した事件については慎介から聞いていた。一年前の事件と類似性があるらしく、室伏が独自に捜査をしているとの話だった。しかし腑に落ちない。あの上杉が私を殺すとは思えなかった。

「うちには四人のドクターがいます。上杉が彼女を診察していたとは限りませんが」

「そのあたりのことを含めて、上杉先生から事情を聞いてみたいと思ってます。早田さん、上杉先生のことですが、涌井和沙さんに交際を迫っていたという話はご存じですか？」

「えっ？　いえ、まったく……」

そう答えながら慎介が戸惑ったように和沙の方を気にしていた。

上杉に食事に誘われたことは何度かあるが、それを慎介に話していない。誰にも知られていないと思っていたが、心当たりはあった。上杉に食事に誘われている場面を、同僚の歯科衛生士に目撃されたことがあったのだ。それを室伏は聞き出したのだろう。

「彼の方が一方的に思いを寄せていたのではないか。それが私の推測です。早めに上杉先生から事情をお聞きしたいと思ってます」

「一年前の事件で上杉にアリバイはあったんですか？」

「事件当日、彼はパーティーに参加していたと証言してます。婚活パーティーってやつですね。彼が参加していたことは明らかになってますが、参加人数が百人を超えていたようなので、抜け出すことも可能でしょう。今日、上杉先生はどちらに？」

「午後の三時から出勤予定です」慎介が答えた。その表情は硬い。「今はゴルフコンペで出かけてるようです。彼も忙しい人なので、事前にアポをとった方がいいかもしれませんね」

「そうですか。ただしアポをとって相手に警戒されたくないので、明日の朝一番にでも自宅を訪ねてみることにします。このことはどうかご内密に」

室伏が立ち上がった。財布から千円札を一枚出して、それをテーブルの上に置いた。

「私はこれで失礼します。何かありましたらご連絡しますので」

室伏が立ち去っていく。彼が店から出ていくのを見届けてから、慎介が大きく息をついて言った。

「信じられないよ。上杉さんが犯人だなんて想像してなかった。和沙、お前上杉さんに交際を迫られてたって本当なのか？」

「誇張し過ぎよ、あの刑事さん。ご飯に誘われたことはあるけど、付き合ってくれと言われたことはない」

「和沙が殺された事件――本人の前で言うのも変だけど、お前の事件のときもクリニックの関係者は捜査対象になって疑いが晴れたはずなんだ。それが今になって急に犯人扱いされるなんておかしな話だ」

接点が見つかったからだ。和沙と、そして先週殺害された女子大生、二人を繋ぐ存在として上杉の名が浮上したのだ。室伏が上杉を疑うのは当然のような気がするが、どこか腑に落ちない。胸の中にもやもやした何かが渦巻いている。すでに時刻は午後一時二十分になろうとしていて、店内は空いていた。慎介もそろそろクリニックに戻らなければいけない時間だ。

「私、今から上杉先生の自宅に行ってみる。そろそろ自宅に戻ってくると思うし。住所変わってないよね？」

上杉の自宅マンションは知っている。職場の忘年会の帰りなどでタクシーに相乗りしたことが何度かあるからだ。

「ああ。でも行ってどうすんだよ」

「直接話してみるの。どうしても上杉先生が私を殺した犯人だとは思えないのよ」

「危険だって、和沙。もしかしたら本当に上杉さんが犯人かもしれないんだぜ。何かあったらどうすんだ」

「慎ちゃん、私たち上杉先生にはお世話になってるじゃない。たしかに食事に誘われて断ったのは事実だけど、それが理由で私を殺すような人には見えないの」

森千鶴の体を借りていられるのも今日を入れてあと二日。もしかして上杉が私を殺した犯人ではないか。そんな疑念を抱えたまま消えていくのは嫌だった。和沙は立ち上がった。

「私、行くから」

「待て、和沙」歩き出そうとすると慎介が腕を摑んでくる。慎介が真剣な顔つきで言った。「お前の性格はわかってる。俺が止めても無駄だろう。でもな、和沙。これだけは約束してくれ。上杉さんと絶対に二人きりになるな。彼は殺人者かもしれない。それを忘れないでくれ」

「わかった」

和沙はうなずき、歩き出した。

午後の診察が始まったが、慎介はどうにも落ち着かなかった。和沙のことが気になってしまうからだ。

※

「お大事にどうぞ。受付で次回の予約をしてくださいね」

午後最初の診察を終え、慎介は診察室のデスクに向かった。歯科衛生士が器具の準備をしているのを横目に、パソコンで『亀戸　女子大生殺害』と入力してネット検索した。いくつかの記事がヒットし、そのうちの一つを開く。

戸塚麻里子《とつかまりこ》。それが殺された女子大生の名前だった。茨城県出身で上野にある女子大に通っていたらしい。慎介はニュース画面を閉じ、電子カルテの検索画面を開いた。『戸塚麻里子』と入力して検索すると、すぐに当該のカルテは見つかった。

室伏の言葉に嘘はなく、彼女は八ヵ月前に受診していた。虫歯の治療に訪れたようで、四回受診していた。上杉スマイル歯科クリニックでは完治後も定期的に予防検診を推奨しているが、それ以降に彼女は来院していないようだ。四回の診察はすべて上杉が担当していた。

「ちょっとトイレに」

慎介は歯科衛生士にそう告げてから席を立ち、ロッカールームに向かう。ロッカーから携帯電話を出してその場で和沙に電話をかけるが、繋がらなかった。今頃電車に乗っているのかもしれない。上杉の自宅は市ヶ谷にある。

どうする？　慎介は自分に問いかける。このまま和沙を追って市ヶ谷に向かおうか。予約の状況はどうなっているだろうか。

慎介はロッカールームを出て、その足で受付に向かった。受付に立っていた佐伯美津子に訊いてみる。

「佐伯さん、午後の予約状況はどうなってます？」

「ええと」佐伯美津子はパソコンの画面に目を向けて言った。「午後は予約がぎっしりと埋まってますね。どうされました？　もうお疲れになったとか」

「いや、そういうわけじゃないんだけど」

「頑張ってください、早田先生。次の患者さん、診察室に入ってもらいますね」

「あ、ああ。そうしてください」

ここを抜け出すのは難しそうだ。そう思いながら診察室に戻ろうとすると、自動ドアが開いて二人の男が入ってきた。一人は室伏で、もう一人は見たことのない若い男の刑事だった。

「室伏さん、どうして……」

「やはり早めに事情を聞いておきたいと思いましてね。ここで待たせていただこうと思ってます」

平然とした顔で室伏は言う。彼は最初からそのつもりだったのだと慎介は悟った。さきほど慎介を呼び出したのは情報提供という意味合いだけではなく、上杉のシフトを確認する意図もあったのだ。

慎介は受付から出て、「ちょっとこちらへ」と室伏に声をかけた。自動ドアから外に出て、慎介は言った。

「カルテを確認しました。亡くなった女子大生の担当は上杉でした」

「やはりそうでしたか」

「実は今、僕の従妹の森千鶴が上杉のマンションを訪ねています。上杉の正体を探るためです」

室伏の顔つきが変わった。若い刑事と顔を見合わせてから室伏が言う。

「迂闊に接近するのは危険です。我々警察に任せておけばいいものを」

「申し訳ありません。僕のミスです」

「我々は上杉先生の自宅に向かいます。たしか市ヶ谷でしたね」

「ええ。住所は変わっていないはずです」

室伏たちは足早に立ち去っていく。慎介は苛立《いらだ》ちを押し殺すように唇を嚙んだ。谷田部が犯人で事件に幕が下ろされるのではなかったのか。ようやく落ち着いた生活を取り戻せると思っていたが、まだ事件は終わってくれないらしい。

慎介は大きく息を吐いてからクリニックの中に戻った。

※

和沙は市ヶ谷にある高層マンションの前にいた。地下駐車場に繋がるスロープの近くだ。上杉は自家用車で箱根に行っていると思われたので、必ずここを通るだろうと考えたのだ。すでに見張りを始めて十分以上たっており、時刻は午後二時十五分になろうとしている。

まさか直接新宿に行ってしまったのだろうか。そう思っていると一台のシルバーのBMWがマンション前で減速して、ウィンカーを出しながら和沙の前を通過した。運転席のウィンドウから一瞬だけ見えた横顔は、間違いなく上杉直也のものだった。和沙は慌ててスロープを駆け下りる。

地下駐車場にはたくさんの車が停まっている。高級車ばかりだった。上杉の車はどこだろう。立ち止まってあたりを見回していると、キュインというドアをロックする音がかすかに聞こえた。そちらに目を向けると、ゴルフバッグを担いだ上杉が歩いてくるのが見えた。

「上杉先生」

そう言って和沙は上杉のもとに駆け寄った。上杉がこちらを見て口を開いた。

「君はたしか、早田の……」

「はい。早田慎介の従妹です。その節はお世話になりました」

「早田に電話して君のことを話した。彼は君のことを知らなかったよ。いったい君は何者なんだ？　なぜ早田の居場所を私に尋ねたりした？」

和沙は唇を嚙む。これでは本題に入る前に、自分が怪しい者ではないと証明しなければならない。

「失礼させてもらうよ。私は急いでいるので」

上杉がエレベーターに向かって歩き出した。時間がない。和沙は彼の背中に向かって言う。

「嘘をついたことは謝ります。今日は早田先生の使いでやってきました。彼からの伝言があるんです」

ちょうど上杉はエレベーターのボタンを押して立ち止まったところだった。上杉は振り返った。

「早田からの伝言？　今から彼に会うんだよ。嘘をつくんじゃない」

「知ってます。早田先生は早番で上杉スマイル歯科クリニックに出勤してます。上杉先生はゴルフで箱根に行ってらしたんですよね」

上杉は答えなかった。こちらの真意を測るかのような目つきをして和沙を見ている。

「警察が上杉先生を疑い始めました。一年前に涌井和沙さんが殺害された事件の容疑です。実は先週、亀戸で女子大生が殺害される事件が起きました。殺害された被害者は先生の経営するクリニックの患者でした。一年前の事件と、今回の女子大生殺害事件。二つの事件は同一犯によるもので、その接点が上杉スマイル歯科クリニックなんです」

エレベーターが到着した。迷う素振りを見せた上杉だったが、エレベーターには乗らなかった。肩に担いでいたゴルフバッグを床に置き、和沙に訊いてきた。

「殺された女子大生の名前は？」

すでにここに来る電車の中で調べてきた。被害者の名前を口にすると、上杉が首を捻った。

「戸塚麻里子？　聞き憶えがないな」

「八ヵ月前に受診したようです」

「たくさんの患者を診ているからね。まあカルテを見れば思い出すかもしれないが。それにドクターは私だけじゃないしね」

ここまで話してみて、上杉が犯人かどうかわからなかった。仕方ない。和沙は心を決め、単刀直入に訊いてみる。

「上杉先生、質問があります。あなたが涌井和沙を殺したんですか？」

上杉が目をしばたたき、それから口元に笑みを浮かべた。

「馬鹿を言っちゃいけない。私に彼女を殺す理由などないよ」

上杉の目を見返す。嘘をついているようには見えなかった。

「あなたが生前の彼女に言い寄ってたことに警察は気づいています。嫌がる彼女を食事に誘ったようですね。あなたは彼女にフラれた腹いせに彼女を殺害した。警察はそう考えているようです」

「心外だな。彼女を誘ったのは下心があったわけじゃない。私は早田と彼女が付き合っていたことも知ってたし、ちょっと話したいことがあったんだよ」

「ちなみにこの前の日曜日の午前中、どちらにいましたか？」

「この前の日曜日だったら、息子と一緒だった。月に一度の面会日だったからね」

「それを証明できるものは？」

「まるで警察みたいだな」上杉は肩をすくめてから説明した。「こういう場合、息子の証言は当てにならないのか。そうだな、息子と一緒にスポーツ専門店に買い物に行って、バットやグローブを買ってあげた。その店の従業員が私たちのことを憶えているかもしれないね」

上杉がポケットからスマートフォンを出した。着信があったようで、それを耳に当てて話し始める。

「もしもし？　ああ、君か。……うん、来てるよ。今話しているところだ。彼女が言ってることは本当か？　警察が俺を疑っているらしいじゃないか」

慎介からの電話らしい。上杉はしばらく話してからスマートフォンをこちらに手渡してきた。

「早田からだ。君と話したいようだ」

受けとったスマートフォンを耳に当てると慎介の声が聞こえてくる。

「無事か？　和沙」

「うん、今のところは」

「で、上杉さんの様子はどうだ？　やっぱり怪しいのか？」

「多分大丈夫。詳しいことはあとで話すから」

「警察がそっちに向かってる。そろそろ着く頃だと思う」

「わかった」

通話を切って、スマートフォンを上杉に返した。ちょうどそのときスロープを下ってきた一台の車がこちらに向かって走ってきた。国産の黒いセダンだった。車のドアが開いて二人の男が降りてくる。一人はさきほど会った室伏という刑事で、もう一人の刑事に見憶えはなかった。室伏が警察手帳を出し、それをこちらに見せながら近づいてくる。

「警視庁の者です。上杉先生ですね。以前お話しさせていただいた室伏です」

事前に和沙から話を聞いていたせいか、刑事の来訪にたじろぐことなく上杉は答えた。

「ええ、憶えてますよ、刑事さん。たった今、彼女から話を聞きました。私に容疑がかかっているようですね」

室伏がこちらに目を向けてきた。困惑したような顔つきだった。上杉が続けて言った。その表情には余裕の色が漂っている。

「これからクリニックに向かい、そこで話を伺いましょう。少しなら時間をとれると思います。私は自分の車で向かうので、向こうで合流しましょう」

「よかったら我々の車でクリニックまでお連れいたしますが」

「遠慮します。逃げたりしないのでご心配なく。君は私の車に乗りなさい」

上杉が和沙に向かってそう言い、再びゴルフバッグを担いだ。上杉のあとを追い、シルバーのＢＭＷに向かう。キーを解除して上杉がゴルフバッグを後部トランクに入れ、運転席に乗り込んだ。「失礼します」と言いながら、和沙は助手席に乗り込んだ。

「やれやれ。シャワーを浴びる時間がなくなってしまったよ」

溜め息混じりに言いながら上杉は車を発進させた。室伏たちが車に乗り込む姿が見える。スロープに向かって車を走らせながら上杉が訊いてきた。

「それで、君はいったい何者なんだ？　早田と親しいようだし、事件についても詳しいみたいだね」

「ただの従妹です」

※

男は奥歯を強く嚙み締めていた。市ヶ谷にあるマンションの地下駐車場だった。シートに深くもたれ、フロントガラスの向こうに目を光らせていた。

計画は順調に進んでいるはずだった。このご時世、ネットを駆使すればある程度の情報を得ることができる。上杉なる医師が歯科医師会の主催するゴルフコンペに参加することも別の会員のブログに掲載されていたメンバー表でわかっていたし、上杉が午前中で切り上げて東京に戻ってくることも予想できた。彼のクリニックのホームページに今日の遅番に彼が入ることが掲載されていたからだ。

おそらく午後の早い時間に戻ってくるだろう。そう予測して、男はここで上杉の帰りを待っていた。あとは簡単だった。マンションの住人を装い、上杉と同じエレベーターに乗ればこっちのものだ。彼のあとをつけ、自宅のドアの前で襲う。そして部屋の中に引き摺《ず》り込んで、薬を飲ませて殺害するのだ。パソコンに遺書らしきメッセージを残せば一件落着だ。すべての罪を上杉に被せ、完全犯罪が成立するはずだった。

計画が狂い始めたのは、上杉のＢＭＷが地下駐車場に入ってきてからだ。男が運転席から降り立とうとすると、女が上杉のもとに駆け寄って何やら話し始めたのだ。

例の女だった。早田慎介の隣の部屋に住む、正体不明の女だ。女は上杉と話し始めた。最初は困惑した表情を見せていた上杉だったが、やがてゴルフバッグを置いて立ち話を始めてしまったのだ。

その時点で男は計画を諦めていた。邪魔が入ったが、別の機会にすればいいだけだ。今夜あたり上杉をここで待ち伏せしてもいいだろう。退散しようとキーに手を伸ばしたとき、黒い国産のセダンが地下駐車場に入ってきて、二人の近くで停車した。中から降りてきたのは二人組の男だった。

その雰囲気から想像がついたが、片方の男が手帳を上杉に掲げる仕草を見て男は確信した。二人は刑事だろう。なぜ刑事がこんなところにいるのだ。男の焦りが募っていく。

しばらくして上杉がゴルフバッグを担いで歩き出した。例の女も一緒だった。男はシートを倒し、体を隠す。ＢＭＷのエンジン音が聞こえた。体を起こすとＢＭＷがスロープを上がっていくのが見え、その後ろを刑事たちの黒いセダンがぴたりと追走していた。

この段階で上杉が警察と接触するのは想定外だった。その前に上杉を始末して、彼にすべての罪を押しつける計画だったからだ。計画が水の泡になったことを自覚し、男はハンドルを何度か叩いた。

冷静になれ。男は自分にそう言い聞かせる。まだ警察に正体を気づかれたわけではない。計画の修正が必要だ。

あの女の顔を思い出す。早田慎介の周囲をうろついている謎の女。あの女こそが計画を狂わせた不確定要素であり、元凶ではなかろうか。早めに排除しておく必要がありそうだ。

涌井和沙や戸塚麻里子のように見栄えがする女ではないが、磨けば光るタイプの女だ。獲物としては十分だ。

シナリオが出来つつあった。あの女を殺害し、最後の仕上げとしてすべての罪を早田慎介になすりつけるのもいいかもしれない。なかなか悪くないアイデアだ。

男はほくそ笑み、エンジンをかけて車を発進させた。

※

「上杉さん、そんなことを考えててくれたんだ」

慎介がフライパン片手にそう言うと、リビングのソファに座っている和沙がうなずいた。

「やっぱり持つべきものは先輩よね。感謝しないと」

上杉スマイル歯科クリニックを出て、新宿をぶらぶら歩いてから大塚に戻った。さきほど駅前のスーパーで買い物をした。和沙のリクエストの焼きそばを作っているところだ。

上杉は警察の事情聴取に応じ、短い時間だったが潔白であることを主張した。まだ完全とは言えないまでも、室伏たちも上杉の話を信じたようだった。戸塚麻里子が殺害された時間、上杉にはアリバイがあったことも明らかになっていた。

和沙は市ヶ谷から新宿まで上杉の車に同乗したようで、その車中で話をしたらしい。上杉が和沙を食事に誘った本当の理由も聞かされていた。

上杉が和沙に好意を寄せていたのは事実だが、食事に誘ったのはまったく別の理由だった。上杉は慎介に対してもどかしさを覚えていたという。

三十代の半ばになり、そろそろ独立して開業医になってもいいのではないか。いつまでも雇われドクターに甘んじていてはいけない。

そんな風に思っていたが、それを慎介に直接言っても笑ってとり合わないだろうと上杉は思い、和沙を経由して伝えようとしたらしい。

「上杉先生、馴染みの不動産会社から複数の物件を提示されてたみたい。二つ目のクリニックの開業を考えてたのよ。自分は新クリニックの院長になって、新宿は慎ちゃんに任せてもいいって思ってたみたい」

「雇われの身であることに変わりはないだろ」

慎介はそう言いながら醬油などの調味料をフライパンの中に入れた。煙とともに香ばしい匂いが漂ってくる。

「でも院長としていろいろ目を配らないといけないから今よりずっと大変よ。こんな男のどこがいいのやら」

「おい、それは言い過ぎだろ」

慎介は完成した焼きそばを皿に盛った。それに気づいた和沙が冷蔵庫の中から缶ビールをとり出した。エプロンを外してからテーブルにつく。まず乾杯してから、慎介は目の前に座る和沙の様子を見た。

「どうだ？　和沙。旨いか？」

和沙は箸で焼きそばを掬《すく》い、それを口元に持っていく。一口食べたあと、和沙は満面の笑みを浮かべた。

「美味しい。美味しいわよ、慎ちゃん。今までで一番美味しいかもしれない」

和沙はさらに一口焼きそばを食べてから、酎ハイの缶に手を伸ばした。

慎介が作った特製焼きそばだ。野菜や肉を炒《いた》めたあとで麺を入れ、鶏ガラスープを溶いた水を入れて少し蒸す。味つけは適当だ。ごま油や醤油、オイスターソースや塩コショウなど、冷蔵庫の中の調味料を目分量で入れるだけだ。たまにしょっぱかったりするが、今日はうまくいったようだ。

「どれどれ。俺も食べてみよう」

慎介は焼きそばを一口食べる。驚くほど旨かった。ビールが進む味だ。和沙が冷静に分析した。

「エビやイカの出汁が出てるのね。だからこんなに美味しいんだよ」

普段の具は野菜と豚肉だけなのだが、今日は特別にエビとイカも入っていた。予想以上に美味しく仕上がったのは魚介類から出たうまみのお陰だろう。

「慎ちゃん、もう一人前作ってくれる？　できれば潤君にも食べさせてあげたいの」

「了解」

あっという間に焼きそばを食べ終えてしまい、二本のビールを空にしてしまった。テーブルの上に残っているのは和沙が作ったサラダとスーパーの惣菜《そうざい》売り場で買ってきた竹輪の磯辺揚げだけだ。竹輪の磯辺揚げを一つ食べ、慎介は三本目のビールのプルタブを開けた。

「慎ちゃん、話があるんだけど」

和沙は真顔だった。これは何かあるな。慎介はそう思って胡坐をやめて正座をした。

「明日のことなんだけどね。どこかに美味しいものでも食べに行かない？」

「そんなことか」もっと真面目な話をされると思っていたので、慎介は胸を撫で下ろした。「俺は構わないよ。旨いものを食いにいこうじゃないか。でもなぜ急に？」

「だってせっかくこうして二人で過ごせるようになったわけだし、その記念ということでどう？　店選びは慎ちゃんに任せるわ」

「了解。いい店を探しておくよ」

「頼んだわよ」

「じゃあ潤君の分の焼きそばを作るよ」

慎介は缶ビールを置いて立ち上がった。

※

「慎ちゃんが作ったのよ。よかったら食べて」

和沙が慎介特製の焼きそばを持って潤の部屋を訪ねると、彼はいつものようにパソコンの前に座っていた。今日もゲームをやっているらしい。

「サンキュ。旨そうじゃん」

「美味しいよ」

潤は早速ラップを剝がし、割り箸を割って焼きそばを食べ始めた。彼がさほど充実した食生活を送っていないことは和沙も知っている。半分ほど一気に食べてから、潤が和沙に向かって言った。

「ところで姉ちゃん。泣いても笑ってもあと一日だね」

「そうだね」

できるだけ考えないように努めているが、時計の針はどんどん進んでいく。私はあと一日で消えてしまうのか。そう考えるだけで胸が押し潰される思いがする。

「俺、いい方法思いついたんだよ」

潤は唇に付着した脂をティッシュペーパーで拭きながら言った。

「もし姉ちゃんがこのままでいたかったら、試しにその時計を壊してみるっていうのはどうかな」

それは和沙も前に考えたことだった。しかし時計を壊しただけでこの状況が好転するとは思えなかった。和沙が黙っていると潤が続けて言った。

「保証はまったくないよ。でも映画とかでよくあるじゃん。テロリストが核爆弾のスイッチを持ってて、それを破壊すればミッションクリアみたいなやつ。それと一緒だよ。その時計を壊してしまえば、タイムリミットがなくなる可能性もあるぜ」

「でも」和沙はたまらず口を挟む。「もしそれが成功したとして、あなたのお姉さんはどうなってしまうの？　森千鶴さんの心が帰る場所がなくなってしまうのよ」

「たしかにそうだけど、今の姉ちゃんは涌井和沙なんだろ。もしこのままで居たいと真剣に思ってるんなら、それを止める権利は俺にはないよ」

和沙は腕時計に目を落とす。日付の文字盤は『2』になっていた。この時計を壊せば、私の心はずっと森千鶴の体の中に入っていられる。もしそれが本当なら私は――。

「言っておくけど何も起きない可能性もあるからね。そのときは俺を恨んだりしないように。もし明日の深夜零時、姉ちゃんがどうしてもこの世を去りたくないと思ったら、試しに時計を壊してみるのもいいかもしれない。大きな石があれば簡単に壊せるでしょ。奇跡が起きるかもよ」

潤はそう言ってから、残りの焼きそばを食べ始めた。「喉渇いた」と潤が言うので、和沙は無言のまま冷蔵庫を開けて、中からペットボトルの水を出して潤の手元に置いた。

「でも姉ちゃんが他人の体に乗り移った意味って何だったんだろうね」

潤がペットボトルのキャップを捻りながら言う。

「だって恋人さんも復讐を考えてたわけじゃないんだろ。復讐を止めようと躍起になってたのは俺たちの考え違いだったわけじゃん。姉ちゃんって相当現世に未練があったのかな」

「そうかもしれないわね」

今は慎介と心が通じているだけで幸せだ。いずれにしても私に残された時間はあと一日しかないのだ。

「じゃあ私、帰るね」

「うん。旨かったって恋人さんにも伝えてよ」

「わかった」

サンダルを履いて部屋から出た。ドアを閉め、和沙はしばらくその場で立ち尽くしていた。

腕時計を壊せば、このまま慎介とずっと一緒に居られるかもしれない。可能性は高くはないが、それが私が生きていられるための、たった一つの方法なのだ。

生きたい。他人の体を借りたままでもいいから生き続けたい。慎介と心が通って以来、その思いはどうしようもないほど大きくなってしまっている。

この腕時計を壊せば奇跡が起きるかもしれない。それは和沙にとって悪魔の囁《ささや》きだった。

十八時間前

和沙は午前六時に目を覚ました。眠りが浅く、ぐっすり眠れたとは言い難いが、ベッドから抜け出して壁際に置かれたテーブルに向かった。慎介は隣のリビングのソファで眠っている。

和沙はスマートフォンを手にとり、ネットに接続した。もし今日が最後の一日になってしまった場合、面と向かって慎介に別れの言葉を言う勇気がなかった。どこかに慎介に向けてメッセージを残せないものか。そう思ったのだ。

あれこれネットで検索していると、ぴったりのサービスが見つかった。その利用方法をしっかり読んでから、和沙はネットの画面を閉じた。ベッド脇に置いた腕時計を手にとって見ると、日付の表示は『1』に変わっている。

いよいよだ。胸の中は不安で一杯だ。生きたい、消えたくないという思いは熾火《おきび》のように今も和沙の中で燻《くすぶ》っている。やはりこの時計を破壊して、タイムリミットが止まることに賭《か》けるしかないのか。

もし成功してしまえば、すなわちそれは森千鶴の心が戻ってこないことを意味している。しかし腕時計を壊せばタイムリミットが止まると決まっているわけではなく、何も起きない可能性もある。それなら試してみる価値があるのではないか。和沙はそう思い始めていた。

スマートフォンの電源をオフにしようとしたとき、ちょうどメールの受信を知らせるメッセージが画面に出た。これは森千鶴のスマートフォンだ。彼女のプライベートを見てはいけないとわかっていたが、思わずメールを開いていた。

『千鶴、おはよう。こんな時間にごめんね。噂で聞いたんだけど、意識をとり戻したんだってね。みんな千鶴のことを心配してるよ。マミちゃんもキョウコちゃんもアンちゃんも、早く千鶴が戻ってこないかなって言ってるよ。元気になったら、是非お店に顔を出してください。待ってます。では、私は仕事に行ってくるね』

差出人の名前は小長井雅《こながいみやび》となっていた。こうしてメールを送ってくるということは、森千鶴と仲がよかったのだろう。

未開封のメールがたくさんあった。森千鶴のプライベートを覗いてはいけない。そう思ったとき、そのメールが和沙の目に飛び込んできた。一年二ヵ月ほど前に受信したメールで、すでに開封済みだった。事故に遭う前のメールなので、千鶴も目にしているはずだ。問題はその送信元だった。和沙は頭を横から殴られたような衝撃を覚えていた。

なぜだ。なぜこの男からのメールが――。

メールは食事に誘う内容だった。今度の週末にご飯でもどうかな。軽い感じでそう書かれていた。返信した記録が残っていたので、和沙は送信済みのボックスの中から返信メールを探す。ようやく見つけてそれを読むと、誘いを断る内容だった。

意味がわからない。どうしてこんなメールがあるのだ。深い混乱を感じながら、和沙はスマートフォンをテーブルの上に置いた。

椅子から立ち上がることもできなかった。これは果たして何を意味しているのか。自分が大きな思い違いをしているのではないか。足元が揺さぶられるような感覚があり、和沙は呆然と壁を見つめていることしかできなかった。

もしかして――。和沙はその可能性に思い至る。事件はまだ解決していないのだろうか。私が森千鶴の体に乗り移った意味とは、私を殺した犯人を見つけ出すためではなかろうか。

しかし残された時間はあと一日だけ。私に何もできるわけがない。

※

目が覚めると慎介はソファの上に横たわっていた。腹に毛布がかかっている。慎介は欠伸をしながら大きく伸びをした。

キッチンに和沙の姿はないが、ほのかに出汁の香りが漂っていた。どこに行ったのだろうか。慎介は起き上がり、和沙の寝室を覗いてみた。

和沙はベッド脇の椅子に座り、スマートフォンに見入っている。その横顔は真剣なものだった。慎介の気配に気づいたのか、和沙がこちらを見て「あ、ごめん」と言い、慌てた様子でスマートフォンを置いた。

「おはよう。何か調べてたのか」

「うん、ちょっとね。ご飯すぐ用意するから」

背中を押されるように寝室から出た。洗面所で顔を洗ってからキッチンに戻ると、和沙が手慣れた様子でテーブルの上に料理を並べていた。ご飯に味噌汁、それからアジの干物といった和風の朝食だ。

「旨そうだな」

「お味噌汁作るの久し振りだった。ちょっと自信ないかも」

慎介は椅子に座った。和沙もエプロンを外して慎介の向かい側に座る。お茶を一口啜ってから、慎介は「いただきます」と言って味噌汁に手を伸ばした。

「旨い。和沙が作る味噌汁は最高だな」

「ありがとう」

そう答える和沙の表情が気になった。どこか元気がないように見えるのは気のせいだろうか。慎介はあえて明るい口調で言う。

「今日のことだけどさ、もしよかったら映画でも観に行かないか。そのあとで銀座で飯を食おう」

「初めてのデートを再現するってわけね」

「うん。悪くないだろ」

「映画観たいかも」和沙はそう言って顔を上げた。ようやくその顔に笑みが浮かび、慎介は安堵した。和沙が続けて言う。「ずっと映画なんて観てないなあ。朝ご飯食べ終わったらネットで検索してみる。今、面白いのやってるかな」

和沙がそう言って味噌汁のお椀《わん》を持ったとき、キッチンの方で振動音が聞こえた。和沙のスマートフォンのようだ。和沙はそれを無視してお椀を口に持っていく。

「出ないのか?」

「いいよ。放っておいて。用があるならまたかかってくるでしょ」

「出た方がいいって。大事な用事だったらどうすんだよ」

「このやりとり、昨日と逆だね」

和沙がお椀を置いて立ち上がり、キッチンに向かってスマートフォンを手にとった。電話がかかってきているようだ。和沙は恐る恐るといった表情でスマートフォンを耳に当てる。

「はい、森ですが……」

和沙はほとんど言葉を発しなかった。たまに「ええ」とか「はい」と言うだけで、あとはずっと相手の言葉に耳を傾けているだけだ。和沙が通話を終えて、スマートフォン片手に戻ってくる。

「誰から？」

「バイト先の店長さん。私が意識をとり戻したって知ったみたいで」

森千鶴が一年前までパン屋でバイトをしていたことは知っている。和沙の話では、千鶴が意識をとり戻したことがパン屋にも伝わり、代表して店長が様子を訊いてきたのだという。

「今日店に来ないかって言うのよ。やんわりと断ったんだけど、そしたら今夜にでもお見舞いに行くって言い出して……。どうしよう。無視していいかな」

「でも今夜ここに来るっていうんだろ」

「うん。そうみたい」

「今日の予定を変更しないか」慎介は思いついた案を和沙に伝えた。「午前中、森さんが働いてたパン屋を訪ねてみよう。職場訪問ってやつだ。パンを買って公園あたりで食べるのも楽しそうだ」

そう提案しても和沙は浮かない顔をしている。森千鶴の知り合いと会うのが怖いのだろう。

和沙の気持ちはわかる。だがこうして森千鶴の体を借りて生活していくからには、森千鶴の交友関係も無視できない。いつまでも無職でいるわけにもいかないだろうし、たとえパン屋を辞めることになっても、それなりの筋を通すべきだ。和沙はそういうものを重んじる人間のはずだった。慎介の真意を察したのか、和沙がうなずきながら言う。

「わかった。そのパン屋さんに行ってみるわ」

「和沙ならそう言うと思った。それにちょっと気になってる点があるんだよ。森さんを突き落とした犯人のことだ」

なぜ森千鶴が歩道橋の階段から落ちたのか。そのあたりの経緯は今も明らかになっていない。

「なぜ気になるの？　事故かもしれないじゃない」

和沙に訊かれ、慎介は箸を置いて答えた。

「恩返し、みたいなものかな。死んだと思っていた和沙に会えたのは、彼女がお前に体を貸してくれたお陰だろ。お前にこうして会ってなかったら、俺はどうなってたかわからないよ。今も必死になってお前を殺した犯人を捜してたかもしれない」

今、森千鶴の心はどこかに行ってしまっている。こんな現象が起きていること自体が驚きだが、実際に目の前にいる女性の心は紛《まぎ》れもなく和沙のものだ。

「だから彼女に何かしてあげたいんだ。事故なら事故でいいよ。それにいつまでもこの状態が続くとは限らないだろ。彼女が目を覚ます日が来るかもしれない。そのときに自分がどうして歩道橋から転落したのか、それがわからないって気分が悪いだろ」

「そうよね。いつまでもこの状態が続くとは限らないもんね。そうなったら慎ちゃん、すぐにいい人見つけてね」

「またその話か」たしか三日前だったか。二人でシューマイを食べたとき、彼女はしきりに新しい恋をするように薦めてきた。「和沙、悪いけど新しい恋人を見つける気はない。こうしてまたお前と出会ったんだから」

「でも、いつまでこの状態が続くかわからないのよ」

「何か兆候でもあるのか？　お前がいなくなってしまう兆候が」

「ないけど。私もずっと一緒にいたいと思ってるわ」

やや気まずい話題になってしまったので、慎介は気をとり直して言った。

「どんなパン屋なんだろうな。久し振りにカレーパン食いたくなってきた」

「もう。朝ご飯の途中なのに」

「前に三軒茶屋のパン屋に行ったの憶えてるだろ。あのとき食った揚げパン、最高だったよな」

「憶えてるわよ。パン屋といえば私はね……」

ようやく普段通りの会話が始まったので、慎介は安心して味噌汁のお椀に手を伸ばした。


ＪＲ駒込駅で降りるのは初めてだった。千鶴のスマートフォンの電話帳に店の番号と住所が登録されていたので、それを頼りに訪れることにしたのだ。和沙と並び、今は商店街の中を歩いている。

昔ながらの商店街といった風情が漂っていて、年季の入った洋服店や靴屋といった日常品の販売店から、精肉店や八百屋などが軒を連ねている。

「いい商店街ね」

「そうだな。近くに住んだら便利そうだ」

午前十一時になろうとしていた。森千鶴が働いていたパン屋はこの商店街を抜けた場所にあるらしい。この分だと昔ながらの町のパン屋さんといった店だろう。サンドウィッチやコロッケパンといった惣菜《そうざい》パンが期待できそうな店だ。

商店街を通り抜けたところで和沙が前方を指さした。

「あの店じゃない」

白い塗り壁を基調としたシンプルな外観で、大きな窓から店内がよく見えた。間違いなくパン屋だった。かなり洒落た感じの店構えに予想を裏切られる。

「いいか、和沙。俺はお前の従兄って設定だからな」

「わかってる」

「あまり喋らなくていい。俺が何とかするから」

慎介は店に向かって歩いた。後ろから和沙がついてきているのは気配でわかった。木製のドアを押して中に入る。

すでに店内には多くの客が入っていた。近所の奥様といった客層で、誰もがトレイ片手に楽しげにパンを選んでいる。香ばしいパンの香りが店内に漂っており、その匂いを嗅いでいるだけで腹が減ってきた。朝飯をおかわりして食べたというのにだ。

入ってすぐのところにレジがあり、そこに立っていた白い帽子を被った女の子が慎介の背後を見て目を見開いた。

そう声を発した女の子は、その場を離れて慌ただしく店の奥に向かっていく。やがて同じく白い帽子を被った男が店の奥から出てきた。ちょうど慎介と同年代の男だった。男は和沙を見て顔をほころばせる。

「千鶴ちゃん、よく来てくれた。本当に心配してたんだ」

「ご無沙汰してます。ご心配かけて申し訳ありませんでした。こちらは私の従兄です。まだ体調面で不安があるので、今日は付き添ってもらいました」

「どうも」店長らしき男は慎介に短く挨拶したあと、和沙の腕をとった。「みんな待ってたんだ。顔を見せてやってくれ」

和沙は店長に連れていかれてしまう。売り場の奥が厨房になっているようで、ガラス張りになっているので中の様子がよく見えた。白いコック服を着て働いているのは二十代から三十代の女性ばかりで、彼女たちは中に入ってきた和沙をあっという間にとり囲んだ。

「千鶴……」

助けようにもこれだと何もできない。しかし様子を見ている限り、大丈夫だろうと慎介は思った。「元気だった?」とか「心配してたんだよ」とか声をかけられているに違いない。「うん」と答えているだけで問題はなさそうだ。

慎介は近くに置いてあったトレイを持ち、店内を見て回った。どのパンも旨そうだった。商品説明の札が立っているが、種類が豊富で目移りしてしまう。

女の子の店員が大きなトレイを持って店の奥からやってきて、クロワッサンを籠の中に補充していた。思い切って慎介は訊いてみる。

「この店で一番のお薦めは何ですか？」

「それでしたら」店員が笑みを浮かべて答える。「一番人気はこちらのクロワッサンです。フランスから輸入したバターを使ってるんです。ちょうど焼き立てなので美味しいですよ」

「ありがとう。じゃあいただこうかな」

慎介はクロワッサンを二つトレイに置いた。立ち去ろうとする店員を呼び止めた。

「雅さんっていうのはどなたかな？　あ、別に僕は怪しい者じゃなくて森千鶴の親戚なんだ」

ここに来る途中で和沙から話を聞いた。雅というのは森千鶴の友人らしい。

「雅でしたらあの子です。一番右側にいる子です」

店員が指でさす。ガラス張りの厨房の中だ。まだ和沙は多くの店員に囲まれ、あれこれと質問攻めにされているようだ。その輪から少し離れたところにいる子が雅のようだった。

「申し訳ないけど、雅さんを呼んでもらっていいかな。お礼を言いたくて」

「少々お待ちくださいね」

再び店内を見て回る。フランスパンを使用したサーモンとブルーチーズのサンドウイッチが何とも旨そうで、それをとってトレイの上に置いた。厨房から出てきた店員がこちらに向かって歩いてくる。

「あの、私に何かご用でしょうか？」

「すみません。お仕事中に。森千鶴の親戚の早田です。彼女からあなたの話は伺ってます。とても仲よくしてもらってるそうで」

「よかったです。千鶴ちゃんが元気になって」

「実はですね」慎介はやや声を小さくして言った。「千鶴は一年前の事故で頭を打って、その前後の記憶が曖昧なんです。もしよかったら雅さんにいろいろ話を聞かせてもらいたいんですよ。休憩時間でも構いませんので、お時間作ってもらうことは可能ですか？」

「そういうことですか。私もずっと千鶴ちゃんと話してないから心配してたんです。お昼は交代制で休憩があるので、そのときに時間をとれると思います」

待ち合わせの時間と場所を決めると、彼女は再び厨房の中に引き返していく。まだ和沙は解放されそうにないが、その様子を見ているだけで森千鶴がこの店で愛されていたことが伝わってくる。

慎介はトレイを手に再び店内を回り始めた。

十二時間前

「慎ちゃん、やっぱり上杉先生のクリニックに戻ったらどう？　空きができたわけだし、それが一番だと思うけどね」

上杉スマイル歯科クリニックの新人ドクターのことだ。彼は結局クリニックを辞めてしまったらしい。サンドウィッチを食べていた慎介が口をもぐもぐさせながら言う。

「実はさっき上杉さんからメール来た。復帰の打診だったよ」

駒込の神社の境内にいた。小長井雅という店員が正午にここに来ることになっていたからだ。今は早めの昼食を食べているところだった。屋外で食べるパンはピクニックに来たみたいで格別だ。

「で、返信したの？」

「来週から復帰させてくれって頼んだ。今週末にはあおい荘を引き払おうかと思ってる。しばらくはウィークリーマンションを借りるつもりだ。和沙の部屋も一緒に解約しようぜ。どうせあそこには戻らないだろ」

「それがいいわね」

「いつまでも和沙の部屋――実際には森さんの部屋だけど、あの部屋に住み続けるわけにもいかないだろ。近いうちに部屋を探そう。俺も家賃を払えるようになりそうだから」

「そうね」

慎介の提案にうなずくことしかできなかった。慎介は私が消え去る運命にあることを知らないのだ。そろそろ正午になろうとしており、腕時計の日付の文字盤には『1』の数字が見える。あと十二時間後、私の心はこの世から消え失せてしまう。やはり最後の方法に賭けるしかないだろうか。しかし――。

「おっ、来たぞ」

慎介の声に顔を上げた。神社の鳥居の下を歩いてくる女性の姿が見えた。白いコック服に赤いジャケットを羽織っている。多分あの子が雅だろう。さきほどは多くの店員に話しかけられ、一人一人の名前などわからなかった。

「お忙しいのにすみません」慎介が立ち上がり、歩いてくる雅に向かって頭を下げる。「どうぞお座りください。パン美味しかったです。久し振りに美味しいパンを食べました」

「ありがとうございます」

雅は和沙と慎介の間に座った。和沙は思い切って彼女に話しかける。

「ごめんね。連絡できなくて」

「気にしないで。大変だったんでしょ？」

「うん、まあね」

雅と森千鶴が仲がいいのは想像がつくが、普段どんな風に会話をしていたのかわからないので、どうにも話をしにくかった。困っていると慎介が助け船を出してくれる。

「雅さん、さっきも言った通り、千鶴は事故前後の記憶がないんだ。千鶴が歩道橋の上から落ちたのは考えごとをしてたからだと俺たちは思ってる。こいつ、何か悩みごとでもあったのかな？」

「本当に何も憶えてないの？」

「うん。実はそうなの」

「そうか。特に変わったことはなかったと思うけどね。ただ……」

雅があごに手を置いて何か思い出そうとするような仕草をした。さきほどまで神社の境内には子供を連れた主婦が数組いたが、今は閑散としている。

「事故の起きた二日か三日前だったと思うけど、千鶴ちゃん落ち込んでたんだよ。憶えてる？」

「ごめん、憶えてない」

「潤君と大喧嘩《おおげんか》したんだって。潤君の将来のことを思っていろいろ口を出したら、それがもとで口論になっちゃったみたい」

初耳だった。そんな話は潤から何も聞いていない。雅が続けて言った。

「潤君をマンションから追い出すことも考えていたのよ。その方が潤君が自立するんじゃないかってね。ねえ、千鶴ちゃん。潤君とは仲直りしたんだよね」

「うん、まあね」

「よかった。私ちょっと心配してたんだ。二人が仲直りしたかなあって。ところで千鶴ちゃん、いつから仕事に復帰するの？」

「もう少し先かな」

そう答えながら、和沙は心の中で雅に対して詫《わ》びる。ごめんね。次に会うときは本当の森千鶴だから、それまで待っててね。

「千鶴ちゃんに会えてよかったわ。一年振りだものね。新しい子も入ったんだよ。千鶴ちゃんが戻ってきたら歓迎会をしようってさっきみんなで話してたとこ」

お喋りな子らしく、雅はよく喋った。たまに相槌を打つだけなので助かった部分もあった。しばらく話していると雅が突然「いけない」と言って立ち上がる。

「ごめん、千鶴ちゃん。もう仕事に戻らないと」

「こっちこそごめん。貴重なお昼休みに」

「復帰が決まったらメールして」

「うん、必ずメールする」

雅が慌ただしく立ち去っていく。その背中を見送ってから、和沙はスマートフォンを出した。『大塚　お弁当屋』と入力して検索をかけると、複数の店舗が見つかった。場所からしてこの店だろうと和沙は一軒の店をブックマークする。

「慎ちゃん、予定変更していい？」

「いいけど、どこか行きたいところがあるのか？」

「お弁当屋さんに行きたいの」

そう言って和沙は立ち上がった。慎介もパンの入った紙袋を持って立ち上がり、あとから追いかけてくる。

「和沙、弁当ってまだパンも余ってんだぞ。おい、和沙ったら」

できればこの予感は当たってほしくないのだけれど——。慎介の声に耳を貸さず、和沙は神社の境内をあとにした。


部屋の中に入ると、潤はいつもと同じくパソコンの前に座っていた。パソコンの脇にはスナック菓子とコーラの缶が置いてある。和沙は買ってきたお弁当の袋をテーブルの上に置きながら言った。

「これ、差し入れ。どうせお菓子ばっか食べてんでしょ」

「おっ、悪いね。そういえば今日で最後だろ。覚悟はできた？」

「まあね。なるようにしかならないから」

慎介は外で待っている。ここは二人きりで話したかった。和沙はお弁当を見て言った。

「このお弁当でしょ。潤君が贔屓《ひいき》にしてたお弁当屋さんって」

「そうだよ。あとで食べるよ。今はお菓子食べ過ぎちゃってお腹一杯なんだ」

馴染みの弁当屋が近くにあり、そこに行くために外に出ることもある。以前彼がそう話していたのを和沙は憶えていた。

「最近行ってないみたいね。お弁当屋さんのおばさんが潤君のこと憶えてたわよ。ここ一年くらい姿を見せないからどうしたんだろうって」

ここに来る前、弁当屋に寄ってきた。個人経営のこぢんまりとした店構えだったが、弁当の種類は豊富だった。店頭に貼られている弁当の写真はどれも美味しそうで、選ぶ際には目移りしてしまいそうだった。

「ちょっと遠いしね。それに最近はコンビニの弁当もなかなかの味になってきたし、宅配サービスもあるから」

「さっきね、千鶴さんが働いてる駒込のパン屋さんに行ってきたの。そこでいろいろ話を聞いて、あなたとお姉さんが大喧嘩《おおげんか》したことを知ったわ。お姉さんが歩道橋から落ちる数日前にね」

「喧嘩って大袈裟だな。ちょっと言い合いになっただけ。姉ちゃん、そんなことまで店で話してたのか。まったく困った人だよ」

潤はパソコンの画面を見たままなので、その表情はわからない。言葉から焦りも伝わってこなかった。

「一年前、あなたはお姉さんと大喧嘩した。あなたはお姉さんの機嫌をとるために、お弁当屋さんに行ってお姉さんのための夕食を買ってきた。その帰り道、仕事帰りのお姉さんとばったり会ったんじゃないの？」

潤は答えなかった。彼が外に出るのは基本的にコンビニに行くときだけだ。コンビニはこのマンションの一階にテナントとして入っているので歩道橋を渡らずとも行ける。しかし弁当屋に行くためにはどうしても歩道橋を渡る必要があるのだ。

「で、また歩きながら言い合いになってしまった。何かの拍子にあなたはお姉さんを押してしまい、そして彼女は階段から転がり落ちた。あなたは怖くなってその場から逃げ出した。それ以来、お弁当屋さんに行くのをやめた。お姉さんを押したことを思い出してしまうのが怖いから。どう？　私の話は間違ってるかしら？」

「探偵にでもなったつもり？」

「いいから答えて。あなたが千鶴さんを突き落としたの？」

「悪気があったわけじゃないよ」潤は素直に己《こ》の非を認めた。「階段を降りてる途中で弁当を渡そうとしたら、姉ちゃんが拒んだんだ。せっかく買ってきたんだぜ。それで俺が押しつけようとしたら、向こうが勝手にバランスを崩して落ちたんだ」

「自分は悪くない。そう言いたいわけ？」

「まあね。だって俺、悪くないもん」

腹が立って仕方がない。反省する素振りも見せず、逆に開き直っている。

「明日、お姉さんが目を覚ますかもしれないのよ。あなたに突き落とされたって憶えてるわよ、きっと。どうするの？　謝って許してもらうの？」

「好きにすればいいよ。警察に訴えるならそれでも俺は構わないしね」

「こっち向きなさい」

「嫌だよ」

「いいからこっち向いて」

「何だよ、うるさい──」

潤がこちらを向いた瞬間、和沙は平手で潤の頬を叩いていた。乾いた音が響き渡り、潤が驚いた顔で和沙を見上げていた。平手で人を殴ったことなんて過去にあっただろうか。

「な、何すんだよ」

「ちっとも反省してないからよ。お姉さん、あなたのことが心配だったのよ。心配だからこそいろいろと忠告したんだと思う。それがわからないの？」

「あんたこそ他人じゃないか。赤の他人のくせして俺たちのことに口を出すのはやめてくれ」

「たしかに他人ね。こんな風にならなかったら、あなたとは道ですれ違うことすらなかったかもしれない。でもね、潤君。他人だったはずのあなたと私が、こうして話してるじゃない」

最初は潤だけが頼りだった。私は森千鶴じゃなくて、涌井和沙だ。そんな突拍子もない話を最初に信じてくれたのは、目の前にいる痩せて髪がぼさぼさのこの子だった。彼がいなければどうなっていたかわからない。

「あなたには感謝してる。本当に弟ができたみたいで凄く楽しかった。だから私がいなくなったあと、ちゃんとお姉さんと向き合ってほしいの」

「決めたのか。あんた、自分が居なくなってもいいのか」

返答に窮した。まだどうするか決めていないからだ。和沙は正直に自分の胸中を明かした。

「悩んでる。どうしたらいいかわからない。この時計を壊せば慎ちゃんとずっと一緒に居られるかもしれない。今朝までは時計を壊すつもりだった。今日の深夜零時になる前に」

「こればかりは俺にも決められない。あんたが決めることだ」

「でもね、さっきパン屋さんでお姉さんの友達に囲まれたの。みんな笑みを浮かべて、私を歓迎してくれた。それを見てて……」

和沙は深く思い知った。森千鶴には森千鶴の人生があり、家族や友人に囲まれてこれまで生きてきたのだ。彼女の帰りを待っている人がたくさんいる。

「だから迷ってる。本来ならこの体はお姉さんに返さないといけないと思う。でも私だって生きたいの。死にたくないの。ずっとこのままで居たいの。ねえ潤君、教えて。それって私のエゴ？　私って自分勝手な女？」

すでに涙声になっていることに和沙は気がついた。慎介には遠慮して相談できないことを、この子には言えてしまうことが不思議だった。潤は困ったように鼻の頭をかきながら言う。

「姉ちゃんは自分勝手でもエゴイストでもないよ。悩むのは当然だよ。ていうか悩んでる時点で偉いよ。俺だったら迷わず自分を優先するもん」

「……そうかな」

「うん、俺はそう思う。まだ時間はある。悩みに悩んだ末の結論だったら、俺はそれに従うから。明日の朝、起きてくるのは森千鶴でも涌井和沙でも、俺は受け入れる覚悟がある。あ、勘違いしないでほしいんだけど、もし本当の姉ちゃんが起きてきたらちゃんと謝るよ。それだけは約束する」

「あなたにはいろいろ助けてもらってばかりだった。どうなるかわからないから一応お礼言っておくね。本当にお世話になりました。ありがとう、潤君」

この体を借りていた時間、一番嬉しかったのは慎介と出会って前と同じように話せたことで、二番目がこの森潤という青年と過ごせたことだ。和沙は無理に笑う。

「じゃあ私、行くから」

玄関に向かって歩き出すと、背後で声が聞こえた。

「待てよ、姉ちゃん」

振り返ると潤は再びパソコンに向かっていて、その背中しか見えなかった。こちらを見ずに潤が言う。

「こっちこそありがとう。あんたと過ごせて俺は……俺は……」

そこから先は言葉が聞きとれなかった。潤はテーブルの上に突っ伏して嗚咽を洩らしていた。和沙は流れる涙を手の甲で拭い、あえて明るい口調で言う。

「またね、潤君」

和沙は靴を履いて部屋から出た。

七時間前

「いやあ、なかなか面白かったな」

慎介がそう言って隣を歩く和沙を見ると、彼女は苦笑して言った。

「ほとんど寝てたでしょ、慎ちゃん」

「そう言う和沙だって寝てただろ」

午後五時になろうとしていた。電車で有楽町に出て、映画館に入った。観た映画はアメリカの誘拐サスペンスで、娘を誘拐されたシングルマザーが、隣の部屋に住む元海兵隊員とともに事件に挑むという内容だった。しかし上演時間の半分以上はうつらうつらと舟を漕《こ》いでいたのは紛れもない事実だった。

「でも誘拐犯の動機がいまいちわからなかったな。狙うならもっと裕福な家庭の子を狙えばいいわけだし、下調べすれば隣に凄腕の元海兵隊員が住んでるのもわかったはずだろ」

「だって映画だから」

和沙が短く言う。潤の部屋から出てきた和沙は涙を流していた。おそらく森千鶴を歩道橋の階段で突き落としてしまったのは潤だろう。ただ和沙の晴れ晴れとした顔を見て、潤ときちんと話し合えたんだなと慎介は思い、詳細についてはあえて尋ねなかった。

「慎ちゃん、お願いがあるんだけど」

「何？」

「買ってほしいものがあるの。ちょっと高いかもしれないけど、いいかな？」

「いいよ。何が欲しいんだ？」

「それは見てのお楽しみ」

和沙がそう言ってデパートに向かって歩いていくので、慎介もその隣を歩いた。デパートの中は混み合っていた。客層のほとんどは若い女性だった。エスカレーターに乗り、三階の婦人服売り場で降りた。

「じゃあ俺、ここで待ってるから」

そう言って慎介は財布を出して、中からクレジットカードを出して和沙に渡した。和沙と買い物するときはいつもこうだった。一緒について歩いたりはせず、慎介は一人で待っていることが多かった。

「ありがと。じゃあね」

和沙は踵《きびす》を返して歩き始める。エスカレーターを囲むように数台のベンチが置かれていて、慎介と同じくエスコートに疲れた男性陣が座っている。慎介もベンチに座った。

慎介は上着のポケットから携帯電話を出した。映画が始まる前に電源を落としていたからだ。電源を入れると同時に携帯電話が震え始める。

上杉からのメールだった。内容は明日から出勤してくれないかという打診だった。やはり新人のドクターが急に辞めてしまったのはクリニックにとっても痛手のようだ。

了解のメールを送信した。それからしばらくあたりを眺めていたが、和沙が何を買っているのか気になったのでベンチから立ち上がる。慎介は和沙の姿を探して売り場を歩いた。

テナントを見て回ったが、どこにも和沙の姿はなかった。試着室あたりに入っている可能性もあるが、漠然とした不安が募った。何もなければいいのだが。

慎介は携帯電話をとり出して、和沙の番号にかけてみた。なかなか出なかったが、十コールほどでようやく繋がった。

「和沙、どこにいるんだよ」

「ごめん、慎ちゃん。実は一階にいるの」

一階を移動したということか。慎介は通話状態にしたままエスカレーターに乗り、一階まで駆け下りた。人がたくさんいるのでどこに和沙がいるのかわからない。

「どのあたりにいるんだ？」

「化粧品売り場」

あっちか。慎介は化粧品売り場に向かった。さまざまなメーカーがテナントを構え、鏡の前でメイクを施している女性客の姿も見える。周囲を見回しても和沙の姿はない。

「どこだ？」

「すぐ近く。私からは慎ちゃんが見えてるわよ」

慎介の視線が止まった。某有名化粧品メーカーのテナントの前に一人の女性が立っている。和沙だった。しかしさきほどとはまったく印象が違っている。服装も変わっているし、メイクも違う。

「どう？　可愛いでしょ？」

少し照れたように和沙が笑う。薄い青色のドレスに黒のボレロを着ている。手に持っているのは毛皮のコートだ。

「どうしたの？　気に入らない？」

声が出なかった。あまりにも和沙の――森千鶴の変貌《へんぼう》ぶりに驚いていたからだ。服とメイクを変えただけでこんなに美しくなるとは思ってもいなかった。

「い、いや、可愛いよ。凄く可愛い」

「よかった。この子、きちんとすれば可愛いんだよ。久し振りのデートだし、きちんとお洒落しようと思ったの。ちょっと奮発しちゃったけど問題ないよね」

そう言いながら和沙がクレジットカードを返してくる。左手には紙袋を持っていて、それにはさっきまで着ていた服が入っているようだ。

「行きましょう」

「あ、ああ」

二人で並んで化粧品売り場を歩き、デパートから出た。どこか華やいだ気分になってくる。和沙が服とメイクを変えただけで、こちらの気持ちまで変わってくるのが不思議だった。

「ところでご飯はどこに連れてってくれるの？」

和沙に訊かれたので、慎介はもったいぶって訊き返す。

「どこだと思う？」

「うーん、どこだろ。最初のデートで行ったお店かな。この近くのイタリアンじゃなかったっけ？」

「それも考えたんだけど、違う店にした。実は銀座にオーストリア料理の店があるらしいんだよ。そこに行こうと思ってる。予約してないけど平日だから入れるだろ」

「嬉しい。ウィーン風カツレツね。何て言うんだっけ？」

「ヴィーナー・シュニッツェル。あとデザートにはザッハトルテも出るらしい」

新婚旅行で和沙が行きたがっていたオーストリア。せめて料理だけでも食べられないものかとネットで探して見つけたのだ。銀座はあまり来ないので店の場所もいまいちわからないが、散策しながら見つければいいと思っていた。

「それは楽しみね。慎ちゃん、よく見つけたわね」

和沙がそう言って笑ったが、その笑みはどこか無理しているように感じられた。慎介は思い切って和沙に訊く。

「和沙、体調悪いのか？」

「ううん、別に」

和沙は前を向いたまま答えた。それ以上何も言えず、慎介は和沙の歩調に合わせて隣を歩くことしかできなかった。

六時間前

銀座を歩くのは久し振りだった。たまにショーウィンドウに映る自分の姿を見るだけで和沙は心が浮き立つのを感じた。

さきほどデパートの婦人服売り場で買った服だ。薄い青色のドレスと黒のボレロ、それからフェイクファーのコート。実はじっくり選んでいる暇がなかったので、マネキンが着ている服をそのまま買った。試着してみると森千鶴によく似合った。結婚式にお呼ばれしても問題なさそうだ。

しかしトータルで見ると、一点だけ気に食わない点がある。それは靴だ。靴だけは買っている時間がなかったので、森千鶴の私物であるパンプスを履いているのだが、もっと高いヒールを履けば完璧だろう。さきほどから靴屋を探してるのだが、なかなか見つからなかった。

時刻は午後六時ちょうどだ。あと六時間で午前零時を迎えるが、まだ気持ちの整理ができていなかった。生きる道を選ぶのか、もしくはこの体を森千鶴に返すのか、決心することができなかった。

　あと六時間で私という存在が消えてしまう。そう考えるだけで足が震えるほどの恐怖を感じる。もしこの体を借り続けることができるなら、慎介だけではなくお父さんやお母さんともずっと会えるのだ。やはりこの腕時計を壊して、奇跡が起きるのを信じたいというのは偽《いつわ》らざる心境だ。しかし——。

「ねえ慎ちゃん」和沙は隣を歩く慎介を呼んだ。「お願いがあるんだけど、ちょっと別行動しない？」

「どうして？　どこか行きたいところでもあるのか？」

「うん、まあね。二時間だけでいいから」

　自分はどうするべきなのか、少し一人きりになって考えたかった。運命を左右する決断なのだから、集中して考えたいという思いもあった。

「和沙がそう言うなら仕方ないな。まあ俺も銀座は久し振りだし、見て回りたい店もあるから」

「ありがとう、慎ちゃん」

「じゃあ二時間後な。さっきのデパートの前で待ち合わせでいいだろ」

「わかった」

「じゃあな」と手を振り、慎介が背を向けて歩き出した。こっちの気も知らないで呑気なものだな。和沙は内心苦笑する。私がこんなに悩んでいるのに気づかないとは、慎ちゃんってこんな鈍感な男だったかしら。

慎介の背中を見送っていると、通りの向こう側に有名なファストファッション店の巨大な看板が見えた。あの店なら手頃なヒールを手に入れることができそうだ。先に靴を買ってしまおうか。そう思ったところでバッグの中から着信音が聞こえてくる。スマートフォンをとり出すとソラを預けたトリミングサロンからの着信だった。画面をタップして通話をオンにする。

「森千鶴さんの携帯電話でよろしいでしょうか？」

「ええ、そうです」

「私、NYトリミングサロン新宿店の者です。先日お預かりしたソラちゃんのことでお電話いたしました」

「ソラに何か？」

「実はですね、体調が思わしくありません。ぐったりしていてゴハンもほとんど食べない状態です」

「わかりました。すぐに様子を見に伺いますので」

通話を切って周囲を見回す。和沙は今、銀座五丁目にいた。三越方面に引き返して地下鉄の銀座駅から丸ノ内線に乗った方が早いのではないか。和沙はすぐに廻れ右をして歩き出す。

和沙は動悸が早まるのを感じた。向こうから接触してきてくれたのは好都合だ。絶対にあの男から話を聞かなければいけないと思っていた。

しかし一人で乗り込むのは心細い。やはり慎介に付き添ってもらうべきだろう。和沙は慎介が立ち去った方を見る。多くの人が行き交っていて、その中に慎介を見つけることはできなかった。

仕方ない。一人で行くしかなさそうだ。ただし万が一の場合に備え、保険をかけておくべきだろう。

地下鉄の出入り口が見えたので、和沙は階段を早足で駆け下りてホームに向かう。ちょうど夕方という時間帯のせいか、丸ノ内線銀座駅の構内は混雑していた。会社帰りのサラリーマンやＯＬたちが地下鉄の到着を待っている。

構内アナウンスが聞こえ、新宿方面行きの電車の到着を告げていた。和沙は左手に嵌めている腕時計に目を落とした。

たとえば運を天に任せるという方法もある。この時計を外し、到着する電車に向かって投げ込むのだ。時計が壊れるか、それとも壊れないか。やってみないとわからない。どらの目が出るか、決めるのは私ではなくて天の意思だ。

時計を外して右手に持つ。電車の振動音が聞こえてきて、先頭車輛《しやりよう》のライトが遠くに見えた。徐々に電車が近づいてくる。

神様、どうか——。

和沙は心の中で祈り、右手に持った腕時計を投げ込もうとした。が、腕が硬直してしまって投げることができなかった。駄目だ。私にはできない。和沙はその場でうずくまりたいほどの虚脱感を覚えた。電車がホームに滑り込んできて、ドアが開いて乗客の乗り降りが始まっている。

一本見送ることにした。発車のベルがホームに鳴り響く中、和沙は空いているベンチに座った。息を大きく吐いて、外してしまった腕時計を左手首に巻きつけた。やはり運を天に任せることなどできない。生きるか、それとも消え去るか。私は、自分の運命を自分で決めるしかないのだ。

和沙は溜め息をついて自分の置かれた境遇を呪う。どうしてこうなってしまったのだろう。そもそも私を殺した犯人は、なぜ私を殺したのだ。殺されるほどの恨みを買っていた覚えはない。

動機。さきほどの映画に対する慎介の感想を思い出す。私はなぜ殺されなければならなかったのか。私を殺して得をする人間がいるのだろうか。

これまで考えたこともなかったことだ。恐ろしいことを考え始めているような気がして、和沙は身震いした。

五時間前

「森といいます。二日前に預けたトイプードルの件で伺いました」

午後七時、新宿のNYトリミングサロンの受付でそう言うと、女性の店員が対応してくれた。

「わざわざお越しいただきありがとうございます」

「ソラの様子はどうですか？」

「すみません。私は現場スタッフからの言付けをお伝えしただけですので。今日の午後から調子が悪くなったと聞いております」

「ソラに会えますか？」

「ええ、もちろん」

受付を右に向かうとトリミングサロンで、左に向かうとペットホテルだった。左に向かって歩き出そうとすると、女性の店員が声をかけてきた。

「森様、ソラちゃんは獣医の先生のところにいるので、そちらではございません」

「どういうことですか？」

足を止めて説明を聞く。同じビルの四階に提携している動物病院があり、ソラはそこに運ばれたとの話だった。布井動物病院といい、トリミングサロンの関係者が経営している動物病院だった。

「じゃあそちらに行ってみます。あ、ちょっとお願いがあるんですけど」

「何でしょうか？」

「もし私が一時間経っても戻ってこなかったら、ここに連絡してもらっていいですか」

和沙が差し出した紙片を受けとり、店員は首を傾げた。「お願いします」と頭を下げてから和沙はトリミングサロンから出てエレベーターに乗った。

犬というのは意外に繊細な生き物なので、こうした不測の事態のとき、すぐにペットホテルから動物病院に移してもらえるのは有り難いことだ。

四階で降りる。廊下に人の気配はない。会計事務所や不動産会社などの事務所がテナントとして入っているようだ。突き当たりに『布井動物病院』の看板を見つけたが、すでに診療時間を終えたようで、窓のブラインドが下りていた。その隙間から微《かす》かな明かりが洩れている。

インターフォンらしきものがないので、和沙は引き戸をノックした。「すみません」と声に出して呼んでみたが、中から応答はない。引き戸を引いてみると簡単に開いた。

「失礼します」

中に足を踏み入れた。入ったところが待合室になっていて、ソファが置いてあった。人の気配はないが、有線放送のクラシック音楽が流れている。奥に『診察室』と書かれたドアが見えた。

「すみません。どなたかいませんか」

やや大きめの声を出したが、それでも反応がない。診察室の方から犬の鳴き声が聞こえたような気がして耳を澄ます。やはり聞こえる。ソラの鳴き声に似ていた。

「ソラ？　ソラなの？」

診察室に向かって歩き出す。ドアに鍵はかかっていなかった。中央に診察台があり、その上にはケージが置かれていた。その中にソラが入っている。

「ソラ」

和沙はケージに駆け寄った。ソラはケージの中で舌を出して動き回っている。見たところは異常はなさそうだ。ケージは鍵がかかっていて開けることができなかった。和沙がケージの隙間から人差し指を入れると、ソラがその指を舐める。どうにかして出してあげたい。鍵はどこにあるのだろうか。

診察室の中を観察する。壁際のデスクにパソコンが置かれていた。奥にもう一枚ドアがあるのが見えた。気になったのでノブを回してみるが、鍵がかかっているようで開かなかった。

どうしようか。明かりも点いているので、ついさきほどまで人がいたのは確かなようだ。入り口の鍵を開けたまま外出してしまったのだろうか。ここで獣医の先生を待っているのが得策だろう。

「ソラ、ちょっと待っててね」

和沙がそう声をかけると、それに応えるかのようにケージの中でソラが鳴いた。

付き合いの長さでいえば慎介より長い。池袋の歯科医院に勤めているときに飼い始め、仕事でつらいことがあったときも自宅に帰ってこの子の顔を見るだけで癒された。大切な愛犬だ。

「ソラ、もしかしたらもう会えないかもしれない。そうなったらごめんね」

ソラは首を傾げた。その仕草が別れを惜しんでいるようでもあり、胸が締めつけられた。ケージの隙間から指を入れ、ソラの額を撫でる。ソラは気持ちよさそうに目を瞑《つむ》った。

この子と別れるのもつらい。やはり私は生きたい。慎介やソラと一緒に居たい。自分の気持ちに嘘をつくことなどできなかった。

森さん、聞こえる？

和沙は心の中で森千鶴に呼びかけた。私はどうしたらいいの？　私が生きる道を選んだとしたら、森さんはきっと許してくれないでしょ？　でも私は生きたいの。消えたくない。忘れ去られるくらいなら、あなたの体の中にずっと入っていたいのよ。

そのときだった。背後で微かな物音が聞こえ、和沙は振り返った。

三時間三十分前

慎介はタクシーに乗っていた。時刻は午後八時三十分を過ぎたところだった。

和沙と銀座で別れてから、慎介は銀座をぶらぶらと散策した。結局慎介が辿り着いたのは喫茶店で、そこで雑誌を読みながら時間を潰した。

和沙が今朝から様子がおかしいことに慎介も気づいていた。たまに深く考え込むような表情も見せている。映画に誘ったのも気晴らしになればいいと思ったからだ。

待ち合わせの午後八時にデパートの前に着いたのだが、なかなか和沙は現れなかった。電話をしても通じなかった。どうしたものかと気を揉んでいると携帯電話が鳴り出した。相手は森千鶴の弟、潤からだった。

大事な話がある。潤はそう言ったが、今は無理だと慎介は断った。和沙がいなくなったことを告げると、電話の向こうで潤が真剣な口調で言った。

だったら尚更だ。一刻も早く姉ちゃんを助けたいなら、俺の話を聞いてほしい。

潤が真剣な口調でそう言ったので、彼の言葉に従うことにしたのだった。

「運転手さん、このあたりで」

タクシーが減速した。東京都庁を通り過ぎ、京王プラザホテルのある交差点の近くだった。料金を払ってタクシーを降り、慎介はＪＲ新宿駅方面に向かって走り出した。

待ち合わせの場所は新宿フォースタワーというビルの一階にあるカフェだった。このあたりは職場も近いため、そのカフェの存在も知っていた。慎介はカフェの中に駆け込んだ。店内を見回すと、窓際のカウンター席に黄色いジャケットを着た男が座っているのが見えた。慎介はドリンクも買わずに店内を横切った。

潤が顔を上げる。慎介の顔を見て、潤は安堵するように息を吐いた。

「もう少し待っても来なかったら帰ろうと思ってた」

引き籠もりでほとんど部屋から出ないと聞いていた。こんなカフェに一人で来ることは普段ないのだろう。慎介は潤の隣に腰を下ろしながら言った。

「で、大事な話って何なんだ？」

「それより姉ちゃんは見つかった？」

「まだだ。ずっと電話をしているんだが繋がらない」

タクシーの中でもずっと電話をかけていたが、和沙が電話に出ることはなかった。

すでにメールも三回以上は送っている。

「そう」潤は深刻そうな顔をして、手元に置いてあったタブレット端末をタップした。「俺なりにいろいろ考えてみた。誰が涌井和沙を殺害したのか」

「待て。犯人は谷田部なんだ。そんなことを蒸し返すよりも、今は和沙を捜すのが先決だろ」

「話は最後まで聞いてよ。現在、犠牲者は二人だ。涌井和沙と先週殺害された戸塚麻里子という女子大生。もしかすると谷田部もそうかもしれないけど、まずは女性二人に焦点を絞って考えてみた。犯人はどうやってこの二人を標的に選んだのか」

共通点は上杉スマイル歯科クリニックだ。和沙は歯科衛生士として、戸塚麻里子は患者としてクリニックと接点があった。しかし院長の上杉への疑惑は晴れた。ほかのドクターやスタッフも同様だろう。

「犯人は必ずどこかで二人を見たんだ。街で偶然見かけたみたいなレベルじゃなくて、ちゃんと見たんだと思う」

潤が窓の外に目を向けた。全面ガラス張りになっていて、会社帰りとおぼしき女性二人が横切っていくのが見えた。その二人の姿を目で追いながら潤が続ける。

「犯人はどこかで二人を見ていた。それも一度や二度じゃないだろうし、場合によっては話をしたかもしれない。そういう場所ってどこだろうって考えた」

潤が手にしていたタブレット端末をテーブルの上に立てる。Ａ４サイズほどの大きさだった。潤が画面をタップすると数枚の写真が映し出された。某有名ＳＮＳのページだった。

「これ、戸塚麻里子の友達のページ。本人のアカウントはすでに停止されてるけど、友達のは残ってる。今から八ヵ月前の投稿だよ」

友達と遊んでいる写真や食べた料理の写真などがアップされている。潤はそのうちの一枚の写真を拡大した。二人の女性がそれぞれ膝の上に犬を抱いていた。どちらも小型犬だった。写真の下には投稿文があった。

『今日はマリリンとお出かけ。サロンに行って、そのあとドッグカフェへ。めっちゃ癒された』

潤が説明する。

「右側の子が戸塚麻里子。マリリンっていうのが彼女のニックネームだったみたいだね。ちょっと別のページに飛ぶよ」

潤が画面を押すと、別のページに飛んだ。さっきと同じ写真だが、投稿されている文章は違った。今から五ヵ月前の投稿だった。

『マリリンの愛犬、ミルが交通事故で死んじゃったみたい。悲しい、えーんえーん』

戸塚麻里子は犬を飼っていたが、五ヵ月前に交通事故で愛犬を失っていた。潤が言わんとしていることに薄々気がついた。慎介は言う。

「犬か。犬が二人の共通項だったのか」

「うん。あんたの恋人も犬好きだろ。無断で隣の部屋に侵入して愛犬に会おうとするくらいだし」

潤がさらに別のページに移動した。今度の写真は泡まみれのロングコートチワワだった。台の上に載せられ、シャンプーの途中らしい。チワワを洗う男の手だけが見える。

『今日は新宿のサロンへ。カリスマ店長に洗ってもらってご機嫌のチーちゃん』

潤が平然とした表情で言った。

「新宿には四十店舗ほどのトリミングサロンがあるみたい。そのうちのどこかのサロンに戸塚麻里子は通っていたってこと。こういう場所なら男性スタッフとも話をするだろうね。ペットの悩みを相談したりとか。ん？　どうかした？」

喉が渇いていた。ドリンクを買ってきていなかったので、慎介は思わず潤のカップに手を伸ばしていた。冷めたコーヒーを飲み干してから慎介は言った。

「和沙もトリミングサロンに通っていた。この近くのNYトリミングサロンだ」

「やっぱり。これで繋がったかも」

潤が指をパチンと鳴らしてから、画面をタップした。検索バーに文字を入力すると、NYトリミングサロンのホームページが映し出される。

「布井陽仁《ようじん》。こいつが経営者みたいだね。へえ、コンクールで優勝したことがあるみたいだよ。カリスマ店長ってこいつのことかもしれないね」

スタッフ紹介のページで男の写真が掲載されていた。先週店に行ったときに中年女性の小型犬をブラッシングしていた男だった。耳にピアスをして、薄く髭を生やした優男《やさおとこ》だった。

トリミングサロンの経営者、布井陽仁。しばらくの間、慎介は言葉を発することができずにタブレット端末の画面を見つめていた。

「ねえ。あんたの恋人が殺されたとき、防犯カメラの映像を警察は全部チェックしたんだよね」

潤に訊かれ、慎介は答えた。

「ああ。宅配便の業者に変装した男が映っていた。そいつが谷田部だったというのが警察の推理だ」

「それ以外に怪しい奴はいなかった？」

「いなかったみたいだな。谷田部が死んだときもそうだった。彼のマンションに出入りしたすべての人物が洗い出されたが、怪しい人物はいなかったようだ」

厳密に言えば二人だけ身許不明の人物がいたらしいが、警察はその二人は事務所に出入りした者だと考えているようだった。そのことを潤に伝えると、彼はうなずきながら言った。

「なぜ犯人は防犯カメラの映像に映らなかったのか。その謎が解けたような気がするんだよ」

「本当か？」

思わず声が大きくなってしまい、慎介は慌てて周囲を見回した。誰もこちらを見ていない。警察があれだけ調べてもわからなかった謎を、この青年が解いてしまったとは思えなかった。

「あくまでも想像だけどね」潤はそう前置きして説明する。「犯人は外部から侵入したんじゃなくて、内部にいたんだよ。つまり犯人はあんたの恋人さんと同じマンションに住んでたってわけ。それなら入り口の防犯カメラに映らないし、非常階段とか使って移動すればエレベーター内のカメラにも映らないでしょ」

理屈は通っている。しかし警察だってマンションの住人については調べたはずだ。

潤が続けて説明した。

「狡猾《こうかつ》で、用意周到で、緻密な計画を練《ね》る人物。そういう犯人像だとすると、計画の何ヵ月も前から被害者と同じマンションに部屋を借りることも、全然いとわないんじゃないかな」

慎介は鼓動が高鳴るのを感じていた。携帯電話を出しながら潤に言う。

「今の話、刑事さんに伝えてもいいか？」

「喜んで。そのためにあんたに話したんだから」

すぐに室伏に電話をかけた。室伏が電話に出たので、慎介は早速話し始める。

「室伏さん、新宿にNYトリミングサロンというペットサロンがあります。生前和沙が愛犬を連れて通っていたサロンです。そこの経営者が怪しいと思うんです」

電話の向こうで室伏が押し黙った。慎介は室伏に訊く。

「どうされました？」

「いえね、実は今からNYトリミングサロンに向かおうと思っていました」

「どういうことでしょうか？」

「三十分ほど前に私のところに連絡があり、その場所を伝えられたんです。私は出ていたので直接話せなかったんですが、千鶴さんからの伝言だったようです」

やはり和沙はNYトリミングサロンに行ったのかもしれない。いや、おびき出されたといった方が正確だろう。

「室伏さん、布井という男をご存じですか。NYトリミングサロンの経営者です」

「知ってます。一年前まで涌井さんが通われていた店ですね」

やはり知っていたか。和沙が殺された事件の捜査で、警察は徹底的に和沙の立ち寄りそうな場所を調べたのだろう。

「先週殺された女子大生も同じ店に出入りしていた形跡があります。そのあたりを調べてください」

「そ、それは……」

電話の向こうで室伏が唸った。まだ彼は知らなかったようだ。事件が発生して間もないため、まだそこまで捜査が進んでいないのだろう。

「それと和沙が住んでいたマンションの件ですが」

続けて慎介は説明した。犯人が和沙と同じマンションに部屋を借りていた可能性。さらに慎介は谷田部が死んだ事件にも言及した。

「犯人は谷田部を殺害するために、彼と同じマンションに部屋を借りていたんじゃないでしょうか。和沙のマンションと谷田部のマンション、同じ人物が部屋を借りていなかったか、調べてみてはどうでしょうか？」

「わかりました。早速手配します」

室伏が意気込んでいる気配が伝わってきた。通話を切ると、潤がタブレット端末をバッグの中にしまっている。

「帰るのか？」

「そんなわけないだろ」潤が首を横に振って答えた。「何のために新宿で待ち合わせしたと思ってんの？　NYトリミングサロンはここからすぐだ」

「わかった。でも警察もこっちに向かってるらしい。あまり無茶はしないで警察の到着を待った方が賢明だろうな」

潤は立ったままこちらを見下ろしている。やがて潤は口を開いた。

「知らないの？　姉ちゃんから何も聞いてないのか？」

「何のことだ？」

「今日で最後なんだよ。明日になればあんたの恋人はいなくなって、本物の姉ちゃんの心が戻ってくるんだ」

言葉が出なかった。今日で……今日で和沙がいなくなる？　そんなことって——。

「タイムリミットだ。あの人が、涌井和沙が姉ちゃんの体を借りていられる時間は十日間。今日が最後の夜なんだよ。今日の深夜零時であんたの恋人はいなくなっちゃうんだ」

思い返せばその兆候はあった。たまに心ここにあらずといった感じになることもあったし、何か重要なことを言おうか言うまいか迷っている気配も感じられた。

「とにかく行こう」

「わ、わかった」

慎介はふらふらと立ち上がり、潤とともに店を出た。時刻は夜の九時を回ろうとしていた。慎介は頭を振る。日付が変わるまであと三時間だった。

三時間前

目を覚ますとそこはさきほどと同じく布井動物病院の診察室だった。周りには誰もいない。手首に違和感を覚えたので目を向けると、右の手首に手錠が嵌められ、診察台の脚部に繋がれていた。診察台は非常に重く、力を込めても動かせそうにない。

さきほど振り返ると男が立っており、次の瞬間に首筋に強烈な電気のようなショックを感じたことを憶えている。どのくらい意識を失っていたのかわからない。腕時計を見ると午後の九時過ぎだった。二時間近く気を失っていたことになる。

ドアが開く音が聞こえ、和沙は身構える。一人の男が診察室に入ってきて、和沙を見下ろして言った。

「やっと目が覚めたようだね」

「あ、あなた――」

名前は布井陽仁。NYトリミングサロンのトリマーで、経営者でもある男だ。ソラをトリミングしてもらったことも一度や二度ではない。

「ええと、森千鶴さんだったよね。僕は布井といいます。初めまして」

布井は壁際にあるデスクチェアに座った。ベージュのパンツに白いシャツを着ている。いつもサロンで見かけるときと同じような格好だ。繊細で優しそうな顔で女性客からの人気も高いと聞いたことがある。

「やっぱりあなただったのね。あなたが涌井和沙を殺したのね」

虚を突かれた顔つきで布井が視線を向けてきた。こちらの真意を測っているような目つきだった。

ＮＹトリミングサロンの布井に目をつけたのは昨日のことだ。市ヶ谷にある上杉のマンションに向かう電車の中で、先週亡くなった戸塚麻里子のことを調べた際、彼女の画像に犬が映っているのを発見し、そこからトリミングサロンを連想した。もしかして布井が犯行に関与しているのではないか。そんな疑問が浮かんだが、私——涌井和沙の知人はすべて警察が調べ尽くしたと慎介からも聞いていたので、昨日の段階では根拠のない想像に過ぎなかった。

さきほどＮＹトリミングサロンから連絡があったとき、自分の想像が徐々に現実になっていくのを和沙は感じたのだった。

「なぜだ。なぜ僕を知ってる？」

布井がそう訊いてきた。和沙は震える声で訊き返した。

「どうして涌井和沙を殺したの？」

「答える必要はない」

「教えて。なぜなの？」

布井は答えなかった。その顔を見ているだけで心が引き裂かれる思いがした。私は……私はこの男に殺されたのだ。この男こそが私のすべてを奪った張本人なのだ。

「やはり君が危険分子だったか」布井が溜め息をついて言った。「昨日、市ヶ谷で君を見た。あるマンションの地下駐車場だ。君は上杉直也と接触して、そのまま彼の車に乗って去っていった。あのとき嫌な予感がしたんだよ。どうやら現実になってしまったようだ」

なぜ上杉のマンションに布井がいたのか。その答えは聞かなくてもわかる。やはり上杉はスケープゴートだったのだ。すべての罪を彼になすりつける算段だったに違いない。

「君の目的は何だ？　なぜ僕のことを知ってる？」

口調こそ普通だが、内心苛立《いらだ》っているのが伝わってきた。当然のことだが布井は森千鶴を知らない。彼にとって今の私は未知の存在なのだ。

「何も話してくれないなら僕にも考えがある」

布井はデスクの引き出しを開け、中から何かをとり出した。右手にはナイフ、左手には注射器を持っている。それを和沙に見せつけながら言った。

「好きな方を選べばいい。もし素直に知っていることを話せば、この注射器を使用する。犬の安楽死に使う即効性の高い毒物が入っているから、苦しまずに死ぬことができる。もしも何も言わないなら、このナイフで切り刻む。君がすべてを打ち明けてくれるまでね。痛いよ、かなり。どうする？　どっちにする？」

布井の表情はまったく変わらない。和沙はちらりと腕時計を見た。午後九時を十五分ほど過ぎていた。トリミングサロンの女性店員に言付けを頼んだ。警視庁の室伏刑事に宛てたメッセージだ。入店からちょうど一時間がたった午後八時、あの女性店員がちゃんと警察に電話をしてくれていればいいのだけど。

「わかった。知ってることは全部話す」時間を稼ぎたかった。今は警察が来てくれることを祈るしかない。「あなたは一年前、涌井和沙という女性を殺害した。そして先週、戸塚麻里子という女子大生を殺して、谷田部彰を自殺に見せかけて殺害した。どう？　間違ってる？」

「ふーん。結構いい線いってるじゃないか」

この男だけは絶対に許さない。何としてでも警察に逮捕してもらうのだ。

「教えて。なぜなの？　なぜみんなを殺したの？」

「なぜだと思う？」

布井に訊き返され、和沙は返答に窮した。人を殺したいという気持ちになったことがないからわからない。それに布井とはサロンで何度も話したが、常に紳士的な態度で接してきた。食事に誘われたり連絡先を聞かれたこともない。ストーカーには見えなかった。

「僕は生まれつき男性機能がない。だから女性を敬遠して生きてきた。でも三年前のことだ。こんな僕でも愛してくれる女性に出会うことができたんだよ」

男性機能がない。生殖器に問題があるのか、それとも精子に異常があるのか、どちらかわからなかった。布井は続けて言う。

「でもやがて彼女は僕から離れていった。彼女は僕に嘘をついたわけだ。頭に血が昇って、僕は彼女の部屋に侵入した。寝ている彼女に近づいて、馬乗りになって首に手を回した。彼女が死んだとき、僕はこれまでに味わったことのないような快感を覚えた。殺してしまえば永遠なんだよ。わかるだろ。永遠に彼女を手に入れることができるんだよ」

和沙は答えなかった。恐怖心が強まっていく。やはりこの男は尋常ではない。どうにかして逃げたいが、手錠で繋がれているのでここから身動きがとれない。

「僕は彼女の遺体をレンタカーのトランクに入れ、山梨県の山中に埋めた。まだ彼女の遺体は発見されていない」

布井は淡々と話している。その顔に感情を読みとることはできない。

「そして一年半前、僕は再び恋に落ちた。それが涌井和沙だ。彼女を手に入れる計画を練ったんだよ」

ちょうど一年半くらい前だった。以前はソラを池袋のトリミングサロンに連れていっていたのだが、友人の薦めでNYトリミングサロンに通い始めたのだ。

「計画を練るのは楽しかったよ。遺体を山中に埋めるのもいいけど、涌井和沙をストーキングしている男がいることがわかったから、その男に罪を着せられないかと考えたんだ。我ながら計画は成功だった。一年前のあの日、彼女がマンションの部屋に帰ってきたとき、僕はすでに彼女の部屋の中にいたんだよ。警察が防犯カメラを調べても無駄さ。僕はあのマンションの一室を借りていたんだから」

帰宅して夕食の準備にとりかかろうとしたとき、インターフォンが鳴った。そして玄関に向かったことまでは憶えている。この男は私の背後で息をひそめていて、いきなり私に襲いかかったということか。

インターフォンを鳴らしたのは再配達に訪れた宅配業者かもしれない。それにしても、なぜこの男は私の部屋に侵入できたのか。合い鍵を使ったとしか考えられないが、その入手先は限られている。もしかして――。

「協力者がいるってこと？」

和沙の質問に答えず、布井は話し出した。

「涌井和沙を手に入れることができ、同時に警察は谷田部を容疑者としてマークした。すべて僕の思い通りの結果になった。戸塚麻里子の事件もそうだ」

先週殺害された女子大生の事件だ。近所に住むフリーターが逮捕されたが、犯行を否認しているという。

「戸塚麻里子に新宿の歯科クリニックを紹介したのは僕だ。サロンで世間話を交わす間柄だったからね。上杉は最後のスケープゴートになる予定だった。それを君が台無しにしてくれたんだよ」

一つだけ疑問があった。谷田部のことだ。和沙はその疑問を口にする。

「どうやって谷田部を殺したの？　彼だって必死に抵抗したはずなのに」

「簡単だよ。僕はこう見えても子供の頃から格闘技を習っていた。男らしくなりたいというコンプレックスがあったからね。大型犬に薬を飲ませる要領だよ。背後に回って口を開かせ、錠剤を投与する。少量の水を垂らして、喉を上から下へ撫でてやるんだ。そうすると自然と薬は嚥下されていくんだよ」

布井が上を向き、自分の喉を撫でる。こうして谷田部を殺したんだ。そう見せつけられているような気がして気持ちが悪い。和沙は思わず口走っていた。

「やめて。気持ち悪い。あなたなんてもうおしまいよ」

たい。
「どういうことだ？」
布井がそう訊いてきた。この男に散々な目に遭わされたのだ。どうにかして反撃し
「そろそろ警察が到着するはずだわ」
「警察だと？　連絡したのか？」
「ええ、そうよ。すぐに逮捕されるわ。観念しなさい。人を殺した罪から逃れること
はできないのよっ」
最後は大声で叫んでいた。目の前にいる男に殺された憎しみと、その男から逃げら
れない恐怖。そういった感情がない交ぜになっていた。
腕時計を見る。時刻は午後九時二十分だ。この体を借りていられる時間はあと三時
間を切っている。
「まったく余計なことをしてくれる」
布井が和沙の前に立った。いきなり腹部に強烈な痛みを感じ、和沙は悶絶した。靴
の先で蹴られたのだ。苦しくて息ができない。
警察はまだか。あの女性店員が連絡してくれなかったのか。やはり慎介にも連絡し
ておくべきだったのだ。

さらに腹部を蹴られ、和沙は床に倒れた。痛みで呼吸ができなかった。私はここで息絶えてしまうのか。

ごめんなさい、森さん――。

和沙は二回目の死を覚悟した。

二時間四十分前

「誰もいないみたいだね」

潤がガラスにおでこをつけるように店内を見回していた。NYトリミングサロンは営業時間を終え、店の中は真っ暗だった。人がいる気配はない。

「そうだな。でも奥にペットホテルがあるはずなんだ。無人ってことはないと思う。誰かはいるんじゃないか」

焦りが募った。一刻も早く和沙を見つけ出す必要がある。彼女には――俺たちに残された時間は少ないのだ。

ここに来る途中、潤から説明を聞いた。森千鶴の腕時計がタイムリミットを告げており、日付が変わるごとに文字盤の数字が一つずつ減っていくという。彼女が白いG−SHOCKを巻いているのは知っていた。そんな馬鹿な話があるかと思ったが、和沙の心が森千鶴の体に宿っていること自体が有り得ないわけだし、潤の説明には不思議と説得力があった。

まったく和沙ときたら……。こんな大事な話を胸にしまい、一人で消えていこうとするあたりが彼女らしい。

「電話してみよっか」

そう言って潤がスマートフォンを出した。慎介は通りを見る。たまに会社帰りのサラリーマンが歩いていくだけだ。このあたりはオフィスが多いため、飲食店などはあまりない。

肩を叩かれ、振り返ると潤がスマートフォンをこちらに寄越してくる。それを受けとって耳に当ててると女性の声が聞こえた。

「もしもし？　NYトリミングサロンでございますが」

「夜分すみません。そちらに犬を預けている者です。ちょっと確かめたいことがあってお店の前まで来てるんですけど」

「地下に続く階段があると思うんですけど、わかりますか？」

慎介は周囲を見回した。女性の言う通り、やや離れたところに地下へ続く階段があった。

「見つかりました。すぐに伺います」

電話を切って、スマートフォンを潤に返した。「こっちだ」と慎介は言い、階段に向かった。潤もあとからついてくる。階段を下りたところに鉄製のドアがあり、ドアが開いて女性が顔を出した。二十代くらいの若い女性だった。

「どういったご用件でしょうか？」

「早田と申します。涌井、いえ森という名前でソラという犬を預けているんですが」

女性が手に持っていたノートをめくる。ドアの隙間から中を見ると、薄い照明の中にいくつものケージが置かれているのが見えた。どの犬も眠っているようで静かだった。

「ソラちゃんでしたら、今日の午後に体調を崩してしまって獣医のもとに運ばれたようですね」

「体調を崩した？　それは本当ですか？」

「ええ。ですのでここにはいません。このビルの四階にある布井動物病院というところです」

「布井動物病院？　オーナーの布井さんと関係があるんですか？」

「オーナーの伯父《おじ》さんが経営されている動物病院です」

ソラはその動物病院に運ばれたということか。体調を崩したソラも気になるところだが、今は和沙の居場所を知ることが先決だ。

「こちらに森千鶴という女性が訪ねてきませんでしたか？」

「さあ。私は夜間の当番なので存じ上げません」

「そうですか」

ここには和沙もソラもいない。礼を言って慎介は階段を引き返す。地上に出たところで潤が言った。

「夜の動物病院か。怪しいね」

「そこに和沙がいるってことか？」

「わからないけど。何か怪しいと思っただけ」

上着のポケットに振動を感じ、慎介は携帯電話をとり出した。警視庁の室伏からだった。

「さきほどの件ですが、調べてみました。先週亡くなった戸塚さんですが、友人の話によると新宿のNYトリミングサロンに通っていたことは間違いないようです」

予想していたことなので驚きはない。電話の向こうのサイレンの音が聞こえてくる。パトカーでこちらに向かっているのだろう。室伏は続けて言った。

「谷田部が住んでいたマンションですが、NYアニマルドリームという会社が部屋を借りていたことが判明しました。布井の経営する株式会社で、二ヵ月前から借りているようです。涌井和沙さんの方は今も部下に調べさせています。従業員の名義を使用している可能性も高いので、そちらは難航しそうですね」

「あとどのくらいで着きそうですか？」

「十分くらいでしょうか。早田さん、その場で待機していてください」

慎介は通話を終え、携帯電話をポケットに入れながら潤に言った。

「警察がこっちに向かってる。あと十分ほどで着くらしい」

「よかった。でも姉ちゃん、本当に動物病院にいるのかな」

時計を見ると、午後九時二十分になろうとしていた。和沙に残された時間はあと二時間四十分しかない。せめて動物病院に誰かいるのか、それだけは確認しておきたい。もしここが空振りなら、和沙は別の場所にいることになる。今は一刻も惜しい。

「様子を見てこよう」

「マジで？　警察を待った方がいいんじゃないの」

「時間がないんだ。君だってお姉さんのことが心配だろ」

エレベーターに向かって歩き始めると、潤も渋々あとからついてきた。

四階は静まり返っていた。オフィスなどがテナントとして入っているようで、廊下に人の姿はない。足音を忍ばせて廊下を奥に進むと、その突き当たりに布井動物病院があった。看板の電気は消えている。

窓ガラスにはブラインドが下ろされている。誰もいないのだろうか。落胆を感じていると、背後で潤が言った。

「聞こえない？」

「何が？」

「かすかに音楽が聞こえる。クラシック音楽だよ」

耳を澄ましても何も聞こえなかった。しかし潤には聞こえるようだ。慎介は念を押した。

「間違いなく聞こえるんだな」

「うん。俺は耳がいいから」

「俺は様子を見てくる。君はここで待機してくれ。何かあったらすぐに警察に連絡するんだ」

「いいけど、本当に大丈夫なの？」

不安だった。しかし和沙が囚《とら》われの身になっていると考えると、ここで指をくわえて警察の到着を待っているわけにはいかなかった。和沙には時間が残されていない。

「様子を見るだけだ」

中に人がいることだけを確認したら引き返す。簡単なことだ。

大きく息を吐いて前に出る。忍び足でドアの前まで進んだ。ドアは引き戸だった。指をかけてみると鍵はかかっていなかった。数センチだけ開けて、中を覗いてみる。暗くて見えないが、人がいる気配はない。しかしクラシック音楽だけははっきりと慎介の耳でも聞きとれた。

さらにドアを開け、中腰の姿勢のまま中に入った。そこは待合室になっており、長いソファが一脚置いてある。正面に診察室のドアがあった。音楽はそこから聞こえてくる。ドアの隙間から光は洩れていない。

逡巡《しゅんじゅん》した。このまま引き返そうか。いや、まだ中に人がいると決まったわけではない。せめて人の話し声でも聞こえればいいのだが。

慎介は診察室に近づいた。ドアに耳を近づけようとした瞬間、突然ドアがこちらに向かって開いた。身を引くようにドアをかわしたが、いきなり胸倉を摑まれて中に引き込まれてしまう。足をかけられて床に転倒する。同時に室内の電気が点いた。眩しさに目をしばたたく。男が立っている。布井陽仁だった。

「お前……和沙はどこだ？」

「和沙？　何言ってんだよ。涌井和沙だったら一年前に僕が殺したじゃないか」

視界の隅に人影が映った。和沙だった。和沙はぐったりとした様子で床に座り込み、頭を垂れていた。意識を失っているようだ。右手首には手錠が嵌められ、診察台の脚部に繫がれている。

「おい、大丈夫か」

和沙のもとに向かおうとすると、髪の毛を摑まれた。頭上で布井の声が聞こえる。

「ここに警察が向かってるって本当？」

慎介は布井を見上げた。外見はとても殺人者のようには見えないが、この男が和沙を殺した張本人なのだ。

慎介は渾身の力を込めて立ち上がり、布井に摑みかかろうとした。しかし布井は軽快な動きでそれをかわし、立て続けにパンチを放ってくる。慎介はたまらず膝をつく。

「ねえ、質問に答えてよ。僕のことを警察に話したの？」

「ああ、もうすぐここに到着するはずだ。お前はもう終わりなんだよ」

「二人揃って似たようなことを言うんだね。まあ仕方ない。君たちには死んでもらう。まさかここまで追い詰められるとは思ってもいなかった。でも僕だってみすみす警察に捕まるようなへまはしない。こうなった場合のプランもあるからね」

いつの間にか布井の右手にはナイフが握られている。ナイフの切っ先を慎介に向けながら布井が言った。

「すぐに彼女もあとを追うから心配しないで」

慎介は後ずさる。手も足も出ない状況が腹立たしい。俺はどうすることもできないのか。慎介が諦めかけたそのとき、電話の着信音が聞こえた。デスクの上の固定電話が鳴り響いている。

一瞬だけ布井の視線がそちらに動いた。その隙を見逃さず、慎介は立ち上がって布井の右手を両手で摑んだ。絶対に離してなるものか。腹や顔を殴られたが、慎介は全身全霊の力で布井の手首を摑み続けた。

ようやくナイフが落ちる。頭に強い衝撃を感じ、慎介の目の前に火花が散った。見ると布井があごを押さえてよろめいていた。こちらの頭が布井のあごにぶつかったようだ。形勢が変わったことを感じ、慎介はすぐさまナイフを拾い上げ、布井を突き倒した。

「お、お前……よくも……」

布井は朦朧《もうろう》としているようで、目の焦点も合っていない。正当防衛という言葉が脳裏に浮かんだ。今ならこいつを殺せるのではないか。

「駄目、慎ちゃん」

慎介がナイフを握り直したとき、その声が聞こえた。顔を向けると和沙が薄く目を開け、首を横に振っている。

「殺しちゃ駄目。警察に引き渡すのよ」

「和沙、こいつはお前を……」

「絶対に駄目。どうしても殺したいなら、私が殺すわ」

和沙の目は真剣だった。布井はまだぐったりと横になっている。

「慎ちゃん、目を覚まして。こんな男は殺す価値さえないのよ」

その通りだ。この男の手は汚れ切っている。放っておいても裁判になれば極刑が言い渡されるはずだ。それを祈るしかない。

「……わかったよ、和沙」

慎介は手にしていたナイフを近くの台の上に置くのを見て、和沙がうなずいた。

「よかった、慎ちゃん」

そう言って和沙が目を閉じ、崩れるように床に横になった。慎介は和沙のもとに駆け寄り、彼女の様子を確かめる。

「大丈夫か、和沙」

息はしている。意識を失っているだけらしい。彼女を抱き起こそうとしたところで外から複数の足音が聞こえ、室伏を先頭に数人の刑事が診察室に入ってきた。

「早田さん、大丈夫ですか？」

「俺は平気です。それより彼女を早く——」

「すぐに救急車が到着します」

別の刑事たちの手によって布井はうつ伏せに寝かされ、手錠をかけられているところだった。

助かったのか。慎介は大きく息を吐いた。手の甲で鼻の下を拭い、自分が鼻血を流していることにようやく気がついた。

四十分前

目を覚ますと周囲は薄暗かった。ここはどこだろう。私はたしか――。

マズい。和沙は勢いよく体を起こす。どうやら病院らしい。慎介が中に入ってきたことだけはぼんやりと憶えている。そこから先の記憶が曖昧だった。慎介はどうなったのだろうか。

床に足をつける。立ち上がると腹部に鈍い痛みがあった。布井に蹴られた箇所だ。いつの間にか白いゆったりとした検査着を着せられていて、めくってみると脇腹に湿布が貼ってあった。骨には異常がなかったということだろう。

ベッドサイドの時計を見て、和沙は言葉を失う。時刻は午後十一時二十分になろうとしていた。森千鶴の心が戻ってくるまで一時間を切っている。ここでぼんやりと深夜零時を迎えるわけにはいかなかった。

椅子の上にデパートで買った服が折り畳んであったので、和沙は検査着を脱いでそれらを身にまとう。多少汗の匂いが鼻についたが、贅沢を言っている場合ではない。

腕時計を嵌めて、ハンドバッグを持った。スマートフォンを探したが見つからなかった。腕時計の日付を確認すると、文字盤の数字はまだ『1』のままだった。

あと四十分。そう考えただけで心臓が音を立てて鳴り始めた。まさかこんなことになってしまうなんて。足元から恐怖が荒波のように押し寄せる。

パンプスを履いたところでノックの音が聞こえた。若い警官が顔を覗かせ、病室に入ってきた。

「お目覚めですね、森さん。痛いところはありませんか？」

「ええ、大丈夫です。それより」和沙は警官に訊く。「早田慎介さんは無事ですか？いったい何が起こったんですか？」

「早田さんなら無事です。布井陽仁は最寄りの警察署に連行されました。暴行の現行犯逮捕ですが、これから殺人容疑で取り調べがおこなわれるようです」

慎介は無事なのだ。警官は和沙の前に立ちはだかって言った。

「森さん、今夜はぐっすりお休みになった方がよいとお医者様もおっしゃっていました。私が一晩森さんを警護します。明日の朝から事情聴取にご協力いただけると幸いです。あ、弟さんが外でお待ちですよ」

潤が来てるのか。わずかな希望を感じた。警官が病室から出ていき、入れ替わりで潤が中に入ってくる。

「潤君、来てくれたんだ」

「弟だからね。恋人さんもそのうち来ると思うよ」

思わず駆け寄り、抱き締めていた。「やめてよ、恥ずかしいよ」と潤は必死に抵抗する。潤の体を離してから、和沙は真顔で言った。

「潤君、ここから出たいの。方法ある？」

「ないことはないけど。姉ちゃん、決めたの？」

和沙は答えなかった。その表情から何かを嗅ぎとったのか、潤がうなずいた。

「わかったよ、姉ちゃん。今から俺が一芝居打つから、そのうちに姉ちゃんは逃げればいい」

潤が右手に持っているバッグが目に留まった。和沙は潤に訊く。

「ねえ潤君。パソコン持ってる？」

「うん、持ってるけど」

「貸して。お願いだから」

潤がバッグからとり出したのは、ノートパソコンではなくタブレット端末だった。すぐに電源を入れ、ベッドの近くにあった狭いテーブルの上に置く。文書作成ソフトを起動させて文字を打ち始めた。タッチパネル式なので入力に時間がかかってしまう。

「姉ちゃん、急いだ方がいいんじゃないの」

「静かに。大事なことなの」

入力に専念する。潤はちらちらと病室の外を気にしていた。すべてを打ち終えたとき、パネルの右下の時刻は午後十一時三十五分を回っていた。電源を落とし、タブレット端末を潤の胸に押しつけて言った。

「この中に私の正直な気持ちが入ってる。その使い方もね。あなたに託すわ」

「何か大袈裟だな。遺言みたいじゃん」

もう一度潤を抱き寄せた。今度は抵抗することなく、潤も大人しくしていた。背中を二度叩いてから、和沙は潤の体を離して言った。

「じゃあお願い、潤君」

「わかったよ、姉ちゃん」

潤は咳払いをしてから、いきなりその場に倒れた。お腹を押さえて暴れ出す。苦しそうな声を上げた。騒ぎを聞いて病室の外に待機していた警官が中に入ってくる。

「大丈夫ですか。どうかされましたか」

「すみません、うちの弟、胃に持病があるんです。すぐに内科のドクターを呼んでください」そう言いながら和沙は内心苦笑する。私とこの子、こんな芝居ばかりしているな。真顔で和沙は続けた。「一刻を争うんです。お願いします」

「わかりました。すぐに呼んできます」

警官が足早に立ち去っていく。潤が苦痛で顔を歪《ゆが》める演技をしながら、片目を瞑《つむ》るのが見えた。「ありがと、潤君」と小声で言い、和沙は病室から出た。

警官が立ち去った逆の方向に向かって走った。途中で階段があったので、その階段を下りた。和沙がいた病室は二階だったようで、すぐに一階に辿り着いた。案内表示を見て、正面玄関に向かって走り出す。夜の病院は静まり返っていて、和沙の足音だけが響き渡っている。

広いロビーに出たが、そこにも人のいる気配はなかった。再び案内表示に目をやる。夜間はどこから外に出ればいいのだろうか。

「和沙！」

ロビーのなかほどにあるベンチで慎介が立ち上がるのが見えた。和沙は慎介のもとに駆け寄る。

「慎ちゃん、私──」

「いいんだ。和沙、それより時間がない。ここから出よう」

右手を握られる感触があった。なぜタイムリミットのことを慎介が知っているのか、そんな疑問を覚えた。慎介に手を握られ、二人で廊下を走る。夜間通用口に向かい、守衛の前を通って外に出た。

「ここは新宿だ」隣で慎介が言った。「お前は病院に運ばれたんだ。さっき潤君から話を聞いた。あと少しで森さんの心が戻ってくるんだろ」

周囲に人通りはなく、静寂に包まれている。額に水滴が落ちるのを感じた。いつの間にか弱々しい雨が降り始めていた。

「和沙、どうする?」

「何のこと?」

「その腕時計だ。それを壊せば、ずっと和沙のままで居られるんだろ。奇跡が起きるかもしれないんだろ」

潤から聞いたに違いない。慎介はあたりを見回している。やがて近くにあったバス停に目を留めた。慎介が言う。

「俺が手伝ってもいい。あそこにベンチがある。あのベンチの脚を使って時計を壊そう。下に置いて上から押し潰すんだ。それしか方法は思い浮かばない」

慎介が手を伸ばしてきたが、和沙は腕時計を外さなかった。和沙は慎介の顔を見つめて言った。

「慎ちゃん、何か私に言いたいことない？」

「は？　何言ってんだよ、和沙。今は時間がないんだ」

「いいから。何か私に言い残したことはないの？」

「言い残すってそんな……。俺はお前のことを愛してる。ずっと一緒に居たいと思ってる。だからその時計を寄越せ。早く」

慎介が再び手を伸ばしてきた。その手をかわし、和沙は大きく息を吸い込み、そして吐いてから言う。

「決めたわ、慎ちゃん。私、森さんにこの体を返す」

八分前

和沙が何を言っているのか、慎介には理解できなかった。和沙は続けて言った。

「この体は森さんに返さなくてはいけないの。だから今日でさよならよ、慎ちゃん」

慎介は何も言えなかった。続けて和沙が言う。

「私だって必死になって考えた。悩みに悩み抜いた結果なの。私はこの体を森さんに返す。そして私はいなくなる。それが一番の選択なのよ」

和沙の——森千鶴の表情はこれまで見てきたものとは違っていた。どこか張りつめた弓の弦のように凜《りん》としており、近寄り難い空気さえも感じられる。

「今日パン屋さんに行ったでしょ」和沙が静かに話し始める。「そこで森さんの同僚に囲まれて、彼女には彼女の人生があるんだなって実感した。この体は彼女のものだから彼女に返してあげるのが自然の形なの。それに……」

和沙が言い淀《よど》んだので、慎介は先を促した。

「それに、何だ？」

「やっぱり言わない。いつか慎ちゃんが私の気持ちを理解してくれる日が来ると思うから」

和沙は笑った。何かを悟ったような穏やかな笑みだった。諦めの笑みのようにも見えた。

「和沙、本当にそれでいいのか？」

「うん。もう決めたから」

和沙がうなずいた。その目を見て慎介は思った。腹をくくったようだ。こうなってしまったら、何を言っても無駄なことを経験上知っている。

慎介は大きく溜め息をついて言った。

「わかったよ、和沙。お前の気持ちはわかった」ポケットから携帯電話を出すと、そこに表示されている時刻は午後十一時五十二分だった。あと八分だ。「俺はどうすればいい？　深夜零時で森さんが戻ってくるんだろ。俺は近くにいていいのか？」

「慎ちゃんは私から離れて。あなたは彼女にとって他人なんだから、いきなり話しかけたら彼女驚くと思う。遠くで彼女を見守ってあげて」

「わ、わかった」

弱い雨が降っている。向こう側からヘッドライトが近づいてきて、ややスピードを落とした。空車のタクシーだった。乗車を期待したようだったが、やがて速度を上げてタクシーは走り去っていく。

「ごめんね、慎ちゃん」和沙が目を伏せて謝った。「最後まで我がまま言って。まさか二回も別れることになるなんて思ってもいなかったね。本当にごめんなさい」

和沙の目にうっすらと涙が滲んでいた。それを見ているだけでこちらまで涙が出てきそうだった。

「俺は幸せ者だよ」鼻を啜って慎介は言う。「お前と付き合えて本当によかった。この二日間、俺は幸せだった。だって死んだと思ってた和沙が生き返ったんだからな。お前と付き合ったことを俺は一生忘れない」

明日になれば――あと数分後には彼女と俺は赤の他人同士になる。もう二度と会うことはないだろう。彼女の人生と交わり合うことは許されないような気がしていた。

「今、何時？」

和沙に訊かれ、慎介は手に持っていた携帯電話の画面を見て和沙に伝えた。

「十一時五十七分」

「そろそろ別れないといけないわね」

「……そうだな」

「元気でね、慎ちゃん。いい人見つけてね」

和沙はそう言って笑う。和沙もすでに雨で全身濡れてしまっている。慎介の目に映るのは森千鶴の笑顔だが、そこに涌井和沙の笑顔が重なった。

「じゃあ私、行くね」

「あ、ああ」

踵を返して歩き出した和沙だったが、急に力を失ったようにバランスを崩した。慎介は思わず彼女に駆け寄り、その体を支える。彼女を抱いたままゆっくりと膝をついた。薄目を開けて、和沙は慎介を見ていた。

「どうしたんだろ。力が入らないわ」

和沙の体は小刻《こきざ》みに震えている。彼女の体が火照っているのがわかった。尋常ではない熱さだ。

「和沙、大丈夫か？　痛いところはないか？」

「ううん、全然」和沙が首を振った。「何かね、ぼうっとしてるの。痛いっていうか、ふわっと体が浮いちゃいそうな感じなの」

森千鶴の心が戻ってくる前兆だろうか。見ているだけでこちらまで息苦しくなってくる。

和沙が目を閉じた。それを見て慎介は彼女の体を揺さぶる。

「和沙、大丈夫か。おい、和沙」

返事はなかった。慎介は片手に持った携帯電話の画面を見た。時刻は午後十一時五十九分だった。携帯電話を放り、もう一度和沙に呼びかける。

「和沙、返事をしてくれ。和沙」

その声が聞こえたのか、和沙がもう一度薄目を開けた。そして右手をゆっくりと上げて、慎介の頰に手を当てた。その手は小刻みに震えていて、驚くほど熱を帯びていた。

「さよなら、慎ちゃん」

「和沙っ」

次の瞬間、和沙が目を閉じた。ずっと感じていた体の熱が急速に引いていくのを感じた。鼻のあたりに手を当てると、彼女が息をしているのがわかった。アスファルトに落ちている携帯電話を拾い、画面を見ると数字のゼロが並んでいる。午前零時だ。

彼女の体をゆっくりと横たえると、不意に彼女が目を開いた。慎介は驚き、思わず声をかけていた。

「か、和沙？」

彼女は返事をしない。慎介の顔を見て大きく目を見開き、それから震える声で言った。

「だ、誰ですか？」

他人に向けられた視線だった。慎介は答えることができずに立ち上がり、覚束ない足どりで歩き始める。徐々に早足になり、気がつくと走っていた。振り返るのが怖かった。

病院の夜間通用口が見えた。さっき通ってきた通用口だ。慎介は中に駆け込み、守衛に向かって声をかける。

「すみません。ここから東に百メートルほどの場所に女性が倒れてます。助けてあげてください」

それだけ言い残して慎介は通用口から出た。雨はまだ降り続いている。慎介はゆっくりと雨の中を歩き始めた。

一年後

慎介は鍵を開け、部屋の中に入った。今日も長い一日だった。疲れ果てている。早くビールが飲みたかった。

ネクタイを外しながらリビングに向かうと、ソファにバスローブをまとった女性が座っていた。ワイングラスを手にしている。

「何だ、来てたのか」

慎介がそう言うと、梶山美咲は頰を膨らませて言った。

「メール送ったじゃない」

「すまない。忙しくてな」

慎介は手にしていたバッグをテーブルの上に置くと、梶山美咲が立ち上がって慎介のもとに寄ってきた。細い指がワイシャツのボタンを外していく。

「待ってくれ、美咲。疲れてるんだ。まずは風呂に入ってからだ。何か食い物あるか。腹減ってんだ」

「そう言うと思ってデパートで買ってきた。ワインもね」

美咲は慎介から離れ、キッチンに向かって歩いていく。

多忙を極める毎日だった。慎介は二ヵ月前に上杉スマイル歯科クリニックの院長になっていた。前院長の上杉は幡ヶ谷《はたや》に新たに開業したクリニックの院長となり、それを機に慎介が院長に就任したのだ。院長といっても前と何ら変わらない。丁寧で、患者に不安を抱かせないような治療を心がけているだけだ。

さらに土曜日限定で横浜の涌井歯科医院に出向き、そこで臨時のドクターとして治療をおこなっている。今も和沙の父、涌井雅之は慎介に目をかけてくれている。いずれ彼の歯科医院をそのまま譲り受けることになりそうだ。

脱衣所に入ったところで携帯電話が鳴り始めた。警視庁の室伏からだった。彼から連絡が来るのは久し振りだ。慎介はやや緊張気味に携帯電話を耳に当てる。

「はい、早田ですが」

「警視庁の室伏です。早田さん、お時間よろしいですか?」

「ええ。布井の件で何かあったんですか」

事件から一年が経過し、布井陽仁は計三件の殺人などの罪で起訴され、今も裁判がおこなわれていた。和沙と戸塚麻里子、それから谷田部彰への殺人罪だ。彼が最初に手にかけたとされる女性については、今も遺体が発見されずにいることから、起訴を見送ったという。布井は容疑を一部否認し、すべての殺人は依頼されたものだと言い出しており、争う姿勢を見せていた。

慎介は検察側の重要な証人であり、これまでに三回ほど証言台に立った。そのための打ち合わせが多く、プライベートの時間はほとんどない状態だ。

「実は私のもとに手紙が届きました」電話の向こうで室伏が言う。「同じ手紙が早田先生のもとにも届いていると思います。ちょっと気になる手紙なんですよ」

どういうことだろうか。手紙など届いていない。室伏が続けて言った。

「早田先生にも事情を伺いたいので、今ご自宅に向かってるところです」

慎介は脱衣所から出た。美咲がキッチンで皿に料理を盛っているのが見える。はだけたバスローブから形のいい乳房が覗いているが、今はそれを見ても何も感じなかった。

「わかりました。お待ちしてます」

通話を切り、テーブルの上に置いたバッグの中を見る。たしか帰り際に個人宛てに送られてきた封筒を佐伯美津子から受けとったはずだ。慎介はバッグの中から封筒をとり出し、それを手に持って書斎に向かった。

ペーパーナイフで封筒を開けた。中には数枚の便箋とチラシが入っていた。チラシを見ると、そこにはこう書かれていた。

『この手紙はタイムカプセルレターです。過去から未来へと宛てた手紙です』

説明文を読む。どうやら到着日時を指定できる郵便サービスのようで、従来の郵便と違うところは、その到着日時を最大で十年後まで指定できるらしい。

便箋を開き、慎介は言葉を失った。

『早田慎介様。お元気でしょうか。この手紙をあなたが読まれる頃、私がいなくなってから一年がたっているはずです。

私は今、病室にいます。あと一時間もしないうちにタイムリミットの午前零時を迎えます。かなり急いで書いているので、誤字脱字はご容赦《ようしゃ》ください。

この手紙をあなたが読んでいるということは、すでに私はあなたの前から姿を消したということですね。実はまだ迷っていて、この手紙があなたに届くということは、私にとってあまり嬉しい結果ではありません。

私は一年前(今のあなたからすれば二年前ですね)、何者かに殺されました。あっという間の出来事で、私は痛みすら憶えていません。しかし驚いたことに、私の心は森千鶴という女性の中に入ってしまったのです。この現象は、私を不憫《ふびん》に思って、神様が限られた時間を与えてくれたのではないかと思っていました。

一昨日のことでした。あなたはようやく私の正体に気づいてくれましたね。あなたから「和沙」と名前で呼ばれることが、こんなに嬉しいものだとは思ってもいませんでした。

またあなたと過ごせる日が来るとは思ってもいなかったので、この二日間はとても楽しく、充実していました。いろいろ話せて楽しかったです。まさかもう一度あなたの特製焼きそばが食べられるとは(笑)。本当に美味しかったです。

できればこの状態が少しでも長く続いてほしい。そう思っていろいろ考えていたときに、潤君が教えてくれました。腕時計を壊せば、もしかするとカウントダウンが止まるかもしれないと。

私は悩みました。生きたい。あなたとずっと一緒に居たいという気持ちが強かったからです。本来なら持ち主である森さんに体を返すのが自然なことだと頭では理解しているのですが、生きたいという思いが、消え去ることへの恐怖が強く、腕時計を壊そうと半ば本気で考えていました。

しかし今は迷っています。だからあなたに決断を委ねようと思っています。あなたが真実を告げてくれたら、私は腕時計を壊すつもりです。そしてあなたと寄り添い、一緒に罪を償っていこうと考えています。

もしあなたが真実を告げなかった場合、私は消え去ります。そしてもっとも効果的なタイミングで、あなたの罪を告発するつもりです。

そうです。涌井和沙は早田慎介に殺害されたのです。

今朝、森さんのスマートフォンでメールを見ました。あなたから森さんへのメールで、内容は食事の誘いでした。受信したのは一年二ヵ月ほど前、ちょうど私たちが婚約した頃です。そんな時期にクリニックの患者を食事に誘うなんて随分不謹慎ですね。メールを読んだ私はあなたの人間性を疑い始めました。

そもそも私はなぜ殺されなければならなかったのか。私が死んで得をする人間がいるだろうか。そう考えたとき、思い浮かんだのはあなただけでした。

婚約したものの、実は内心それを破棄したかった。理由はわかりません。私に飽きたのかもしれませんし、ほかに好きな人ができたのかもしれません。でもあなたが私と別れたいと考えていたのであれば、私が殺害されたことはあなたにとって好都合です。さらにあなたが横浜の父の歯科医院を手に入れることも視野に入れているなら尚更です。あなたは私と結婚しなくても労せずして父の歯科医院を手に入れることができるのですから。

私を殺した布井は合い鍵を使って私の部屋に侵入したようです。布井には協力者がいたんだと思います。あなたが協力者ではないのですか。

賢いあなたのことです。自分に繋がる証拠はすべて消し去っていることでしょう。しかし警察がこの手紙を読んだらどうするでしょうね。作り話だと笑うでしょうか。それとも一考に値すると思うでしょうか。あの室伏さんという刑事が、あなたのことをずっと気にかけていたのは、実はあなたを疑っていたからではないでしょうか。それを欺かんがために、あなたは自分で事件を解決しようと躍起になっていた。別の犯人を仕立てようとしていた。私の考え過ぎでしょうか。

慎ちゃん、この一年間楽しかったですか。

私がいなくなって、すっきりしましたか。

もう安心だ。そう思ってはいませんか。

それは間違いですよ。これからあなたへの追及が始まるのですから。あなたの仮面の下の顔が、世間に明らかになるのを期待しています。

最後になりましたが、早田慎介様、あなたにはその卑劣な罪に相応《ふさわ》しい罰が下ることを、心から祈念しております。

涌井和沙』

まさか――。手紙を読み終えた慎介は、全身に汗をかいていることに気づいた。

手紙を丸めて壁に向かって投げつける。そのときインターフォンが鳴り、慎介はハッと息を飲んだ。

本書は二〇一七年一二月、小社より単行本として刊行されました。

|著者|横関 大　1975年、静岡県生まれ。武蔵大学人文学部卒業。2010年『再会』で第56回江戸川乱歩賞を受賞しデビュー。フジテレビ系連続ドラマおよび映画化「ルパンの娘」原作の『ルパンの娘』『ルパンの帰還』『ホームズの娘』『ルパンの星』、TBS系連続ドラマ「キワドい2人」原作の『K2 池袋署刑事課 神崎・黒木』をはじめ、『グッバイ・ヒーロー』『スマイルメイカー』『炎上チャンピオン』『ピエロがいる街』（以上、講談社文庫）、『誘拐屋のエチケット』『帰ってきたK2 池袋署刑事課 神崎・黒木』『ゴースト・ポリス・ストーリー』『ルパンの絆』（以上、講談社）、『マシュマロ・ナイン』（角川文庫）、『ミス・パーフェクトが行く！』『彼女たちの犯罪』（ともに幻冬舎）、『アカツキのGメン』（双葉文庫）など著作多数。

仮面《かめん》の君《きみ》に告《つ》ぐ
横関《よこぜき》 大《だい》

講談社文庫
定価はカバーに
表示してあります

2022年2月15日第1刷発行

KODANSHA

発行者——鈴木章一
発行所——株式会社 講談社
東京都文京区音羽2-12-21 〒112-8001
電話 出版 (03) 5395-3510
販売 (03) 5395-5817
業務 (03) 5395-3615

デザイン—菊地信義
本文データ制作—講談社デジタル製作
印刷———豊国印刷株式会社
製本———株式会社国宝社

Printed in Japan

ISBN978-4-06-526985-5

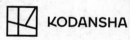

講談社文庫刊行の辞

二十一世紀の到来を目睫に望みながら、われわれはいま、人類史上かつて例を見ない巨大な転換期をむかえようとしている。

世界も、日本も、激動の予兆に対する期待とおののきを内に蔵して、未知の時代に歩み入ろうとしている。このときにあたり、創業の人野間清治の「ナショナル・エデュケイター」への志を現代に甦らせようと意図して、われわれはここに古今の文芸作品はいうまでもなく、ひろく人文・社会・自然の諸科学から東西の名著を網羅する、新しい綜合文庫の発刊を決意した。

激動の転換期はまた断絶の時代である。われわれは戦後二十五年間の出版文化のありかたへの深い反省をこめて、この断絶の時代にあえて人間的な持続を求めようとする。いたずらに浮薄な商業主義のあだ花を追い求めることなく、長期にわたって良書に生命をあたえようとつとめるところにしか、今後の出版文化の真の繁栄はあり得ないと信じるからである。

同時にわれわれはこの綜合文庫の刊行を通じて、人文・社会・自然の諸科学が、結局人間の学にほかならないことを立証しようと願っている。かつて知識とは、「汝自身を知る」ことにつきていた。現代社会の瑣末な情報の氾濫のなかから、力強い知識の源泉を掘り起し、技術文明のただなかに、生きた人間の姿を復活させること。それこそわれわれの切なる希求である。

われわれは権威に盲従せず、俗流に媚びることなく、渾然一体となって日本の「草の根」をかたちづくる若く新しい世代の人々に、心をこめてこの新しい綜合文庫をおくり届けたい。それは知識の泉であるとともに感受性のふるさとであり、もっとも有機的に組織され、社会に開かれた万人のための大学をめざしている。大方の支援と協力を衷心より切望してやまない。

一九七一年七月

野間省一